BEST SELLER

Barbara Rose Brooker tiene un diploma superior en escritura creativa y pintura. Desde 1991 enseña escritura creativa en talleres de la Universidad Estatal de San Francisco, y se han hecho varias exposiciones de su obra artística. Ha publicado varias obras de ficción y no ficción en sellos como William Morrow o Crossing Press, entre otros, y actualmente colabora para diversos medios de prensa escrita como *San Francisco Chronicle* o *Huffington Post*. En 2011 se autopublicó la novela *Los diarios del Viagra*, cuyos derechos han sido vendidos a trece países. La prestigiosa cadena HBO ha comprado los derechos para hacer una serie televisiva producida por Darren Star (*Sexo en Nueva York*).

BARBARA ROSE BROOKER

Los diarios del Viagra

Traducción de
Flora Casas

DEBOLS!LLO

Título original: *The Viagra Diaries*

Primera edición: marzo, 2013

Printed in Spain – Impreso en España

ISBN: 978-84-9032-302-1
Depósito legal: B-1038-2013

Compuesto en Comptex & Ass., S. L.

Impreso en Novoprint
Sant Andreu de la Barca (Barcelona)

P 3 2 3 0 2 1

Dedico este libro con todo mi cariño
a mis hijas, Suzy Unger y Bonny Lisa Osterman.
A Emilia Pisani, mi inteligente editora,
quien hizo posible este libro,
y a David Vigliano, el mejor de los agentes.
Mi más sincero agradecimiento a mis alumnos,
futuros escritores

1

La noche estrellada de Van Gogh me deja alucinada. Es increíble: remolinos de estrellas, emociones desbocadas, colores vibrantes. Y es que no hay nada como el arte.

Bueno, me llamo Anny Applebaum. Tengo sesenta y cinco años y escribo una columna en el *San Francisco Times* sobre estilo de vida destinada a las personas mayores. Estoy en el Museo de Arte Contemporáneo de San Francisco, tomando notas para mi siguiente artículo. Normalmente escribo sobre restaurantes, gimnasios, acontecimientos sociales y cosas parecidas, y espero que una columna sobre arte sea más motivadora.

Se está haciendo tarde, así que bajo a toda prisa la escalera hasta el enorme vestíbulo de mármol donde están las impresionantes esculturas móviles de Calder y salgo a la calle. Llueve a mares; como he perdido el paraguas echo a correr, intentando no caerme con mis botas de cuero con tacón de diez centímetros. Es la hora punta y la gente se precipita hacia los tranvías con los paraguas abiertos. Dios mío, qué bonito es San Francisco, con las colinas que rodean la bahía. Soy de aquí, y nunca me canso de la ciudad. Es como vivir en una de esas bolas de cristal que se agitan.

Empapada, voy hacia Union Square, pegada a los edificios, pensando en coger el siguiente autobús para volver a casa, pero se pone a llover con más fuerza y los relámpagos rayan el cielo. Decido meterme en una cafetería hasta que pase la tormenta.

El local es pequeño y acogedor. Hay unas cuantas personas sentadas a las mesas, con sus portátiles. Me quito el abrigo y el sombrero, los sacudo para que caigan las gotas de lluvia y me acomodo al lado de la ventana. Pido un café, pensando en escribir unas notas para mi siguiente artículo, y en ese momento suena el móvil. Es Monica, la directora de mi periódico. Llevo cinco años escribiendo la columna y raramente me llama, así que sé que tiene que ser algo importante.

—¡Hola! —digo con entusiasmo.

—Malas noticias —replica Monica cortante, sin dejarme añadir nada. Está hablando por un manos libres, y me la imagino fumando un cigarrillo—. Las ventas del periódico están bajando a lo bestia.

—La columna de mañana será estupenda —me apresuro a decirle en el tono más convincente de que soy capaz—. Estoy escribiendo sobre Van Gogh, y explico que el museo es un sitio donde los mayores...

—Nuestros mayores llevan pañales, Anny. No tienen ni idea de quién es Van Gogh. No hay mercado para los ancianos. A no ser que encuentres otro enfoque, algo polémico, tendré que suprimir la columna —dice Monica en su tono cortante.

—Los mayores me escriben diciéndome que están cansados de que los clasifiquen y los discriminen por la edad y esas cosas —replico, intentando disimular que me siento molesta.

—Si el *San Francisco Times* no gana dinero, de nada vale que tenga seguidores —me espeta Monica—. De nada. No puedo publicar «Los mayores y la política». Casi siempre hablas de tu postura antibelicista y de lo mal que anda el mundo.

—Solo he dicho que pensaba que la guerra de Irak fue inútil y que los mayores deberían intervenir y protestar.

—No eres Christiane Amanpour. Si quisiéramos un comentarista político, contrataríamos a uno. Ya te he avisado de que tienes que moderar tus opiniones. ¡Has acusado a Asilo Feliz de mantener a la gente en condiciones terribles! Me ha llamado la propietaria del periódico. Y es una imbécil.

Me muerdo la lengua, tragándome la necesidad de decir a Monica que yo también soy mayor y que no me gusta cómo habla de los mayores, pero me digo que no debo quemar mis naves.

—Detesto la etiqueta de tercera edad. Detesto todas las etiquetas: gay, hetero, ciudadano de la tercera edad —razono en el tono más calmado que puedo—. Tengo sesenta y cinco años, pero no soy una anciana. Soy una persona. En cuanto cumples los cincuenta, si no eres una de esas amas de casa ñoñas y ricas, te relegan a la ayuda a domicilio. Me gustaría escribir sobre la discriminación por razón de edad. Eso es polémico.

—Mira, chica, la gente no quiere leer nada sobre hacerse viejo, y a nuestros lectores no les interesan las personas de la tercera edad que actúan como John Travolta en *Fiebre del sábado noche.* La mayoría de nuestros mayores llevan pañales y se recuperan de una apoplejía. Como no se te ocurra algo polémico y de actualidad, tendré que despedirte.

—Claro, claro. No te lo tomes a mal, Monica, pero tú tienes treinta y ocho años y no te discriminan por tu edad. En fin, ya se me ocurrirá algo.

—Oye, Anny, yo creo en ti. Hace casi seis años que trabajamos juntas. Me caes bien, pero obedezco órdenes de Bunny Silverman, que se cree que esto es el *New York Times.* Así que presenta algo que produzca una reacción enorme. Tengo que dejarte.

Después de colgar me entra el pánico y me tiembla todo el cuerpo. Ojalá tuviera una bolsa de papel. Cuando me pongo nerviosa soplo en una bolsa de papel. Me aprieto una servilleta contra la boca. Dios mío, por favor, no puedo perder esta columna. Necesito el dinero. Tal y como están las cosas, y a pesar de la Seguridad Social y Medicare y de que de vez en cuando vendo un cuadro, apenas gano lo suficiente. Y aquí me tienen: una columnista de sesenta y cinco años, divorciada y sin dinero que duerme en un sofá cama. Pero quiero fama, fortuna y amor eterno. Lo quiero todo. Y estoy harta de que todo el mundo me diga que soy demasiado vieja. La edad no tiene nada que ver con los sueños.

Desde que tengo uso de razón siempre he querido escribir, incluso me imaginaba ser una periodista famosa como Diane Sawyer, en algún país dejado de la mano de Dios, en medio de la lluvia, con el pelo chorreando, mientras el mundo se venía abajo y yo volvía corriendo a la redacción para escribir sobre eso. A veces es duro reconocer que ha pasado mucho tiempo y que no ha ocurrido nada importante.

Pido más café y me pongo a observar los tranvías que suben penosamente las colinas, recordando los años en que escribí una novela, que guardé en un cajón cuando me casé, y después me acuerdo de cuando tenía treinta y tantos años e iba a la Escuela de Posgrado para hacer el máster en escritura creativa. Tras el divorcio, escribí artículos para periódicos sin importancia sobre gente de la alta sociedad y reseñas de restaurantes y de inmuebles. Me iba fatal hasta que hace cinco años le entré a Monica; irrumpí en su despacho con varias listas de ideas sobre los mayores, y al final me dijo: «Vale. Te contrato. Me gustan tus ideas».

Mientras observo cómo se deslizan las gotas de lluvia por las ventanas recuerdo el día en que Donald me dijo que quería divorciarse. Yo había encontrado Viagra en uno de sus bolsillos, y cuando le interrogué, reconoció que se acostaba con Conchita, nuestra asistenta de veinte años, y me pidió el divorcio. Para colmo, se declaró insolvente. Conseguí una pequeña asignación y me mudé al apartamento de San Francisco en el que sigo viviendo. Inmediatamente después del divorcio, Donald se casó con Conchita y tuvieron dos hijos. Y luego dicen que si la gente se hunde. Y está por ver que se ponga en contacto con nuestra hija, Emily, que a sus cuarenta y un años sigue esperando que la llame. Es penoso. Me da lástima Emily. Donald y yo no hicimos buen papel como padres. Yo estaba siempre pintando o escribiendo y soñando con labrarme una carrera. Donald estaba muy liado ejerciendo de abogado y comprando casas, y desde muy jovencita Emily tuvo que desempeñar el papel de cuidadora.

Deja de llover. Pago la cuenta. Tengo intención de coger el autobús de las cinco y trabajar más tarde en las cajas. Confecciono y pinto cajas. Tengo debilidad por las cajas. Las recojo en las obras y creo dentro de ellas pequeños mundos, minúsculos retablos que sirven de inspiración a mis cuadros. Pero últimamente me he quedado sin ideas y mi trabajo me parece muy soso.

Me abotono el abrigo de cuero negro; salgo a toda prisa y subo corriendo hasta Sutter Street, donde cojo el autobús.

Me abro paso entre las personas que lo abarrotan, tratando de pillar un asiento delante.

—Eh, tranquila, ancianita —dice un chico, lleno de granos y con una parka apestosa, que me quita el asiento. Me quedo parada y asombrada unos momentos, después retrocedo y por fin encuentro un asiento junto a la ventanilla.

Mientras el autobús traquetea lentamente por las cuestas, pasando ante hileras de casas victorianas de color caramelo, veo mi reflejo en el cristal de la ventanilla y me pregunto si parezco vieja. Tengo bolsas debajo de los ojos y el pelo castaño me cae lacio hasta los hombros. Nada parecido a lo de esas chicas de los anuncios de champú, con un cabello tan sedoso que flota. Pero ¿qué significa «viejo»? En este país, cualquier cosa con más de veinte años es vieja. Cierro los ojos y recuerdo la semana pasada, en casa de Emily. Vive en Berkeley con Harry, su pareja, un arquitecto de cincuenta años, y Fred, su labrador negro. Me animaron a que me registrase en JDate, un servicio de contactos dirigido sobre todo a judíos, empeñados en que ya va siendo hora de que conozca a alguien. «Antes de que seas demasiado vieja y acabes en una residencia de ancianos, mamá», dijo Emily. Pero yo me negué y les dije que no quiero conocer a nadie por internet. Emily no para de preocuparse por mí y de decirme lo que tengo que hacer. Me pone frenética.

Desde el divorcio, aparte de ver a mis mejores amigas, Janet y Lisa —hablamos todas las noches por teléfono y nos lo contamos todo— y a mi vecino, Ryan McNally, no salgo mucho. Ryan tiene diez años menos que yo, es fotógrafo del *National Geographic* y ha obtenido varios premios. Vive en el mismo edificio que yo, y nos conocimos en la lavandería hace unos nueve años. Yo acababa de mudarme, y estábamos esperando a que terminaran las secadoras. Empezamos a hablar y me puse a contarle lo de mi divorcio. Él me confesó que era viudo. Nos hicimos amigos, y cuando no está viajando por cuestiones de trabajo vamos al cine, a museos e inauguraciones de exposiciones y muchas veces criticamos nuestros respectivos trabajos. Ryan sabe mucho de arte, y a los dos nos encanta. Pasa los fines de semana en su casa de campo, en Sebastopol, donde cultiva flores.

El autobús se para en Broadway y me apeo. Ya está oscuro, y la luna empieza a recortarse en el cielo. Recorro las dos manzanas que me separan de mi edificio y me detengo ante los rosales de la fachada, recordando que hace dos meses, antes de marcharse a Holanda, Ryan cortó unas rosas de color rosa y me explicó que tenía que cortar los tallos debajo del agua antes de ponerlas en un jarrón.

Entro en el portal morisco, paso junto a la falsa cascada y subo el tramo de escalones desiguales hasta mi apartamento, aspirando los dulces aromas de la cocina persa y de la comida china para llevar que flotan en los corredores. Paso ante el apartamento vacío que está enfrente del mío, pensando que no quiero morirme sola en un sofá cama como la señora Nelson, la pobre mujer a la que sacaron en una bolsa mientras todo el mundo miraba.

Abro la puerta de mi casa, contenta de tener la noche por delante.

2

Es cerca de medianoche, y no puedo dormir. Después de una cena de lo más variada, sardinas y galletas saladas, mientras veo las terribles noticias en la CNN, me pongo unos vaqueros y una camisa de faena llenos de manchas de pintura. Me recojo el pelo en una cola de caballo y pongo música de salsa. No puedo trabajar sin música. Preparo la paleta y todos los instrumentos.

Empiezo con *Cajas románticas*, una serie de cajas de metacrilato que encontré en Chinatown y que llené de poemas y pétalos de rosa. Luego está la colección de *Cajas colgantes,* cajas de caucho que encontré en una tienda de magia, que cuelgan de cuerdas delgadas, con lazadas. Pintar me estimula. Las imágenes me ayudan a ver mi realidad, a aclarar lo que desconozco o no sé explicar. Es un proceso increíble. Tengo marchante desde hace varios años, y aunque no considero que mi pintura sea una fuente de ingresos para mí, fantaseo con organizar una exposición individual de mis obras algún día.

Aunque mi apartamento es pequeño, el techo tiene una altura de cinco metros y da sensación de amplitud. Una puerta de cristal separa la zona de estar de la minúscula cocina y del comedor, que he transformado en estudio. Hace unos años Ryan me ayudó a hacer estanterías para colocar libros, pinturas y lienzos. Tengo jarrones mexicanos de colores del mercadillo de Marin llenos de rosas de té naranjas. Por muy en la ruina que esté, voy todas las semanas al mercado de flores a comprar rosas de té. En una mesa blanca y alargada pegada a la pared tengo fotografías enmarcadas de Emily, de Ryan y de otros amigos.

Perforo unos agujeros muy pequeños dentro de las cajas y les pongo unas lucecitas que resaltan los cubos de cristal del fondo. A continuación trabajo en *Caja de boda*, una caja cuadrada de papel maché con agujeros en la parte de arriba. Quiero que refleje el amor virginal. Meto un pincel en pintura acrílica blanca mezclada con flores secas y la aplico hasta que queda brillante. Me paso una hora pegando perlitas en los agujeros.

Cuando me siento agotada dejo de trabajar. La habitación está fría, y cierro las ventanas. Llueve torrencialmente. Las hojas amarillas, preciosas, se pegan a los cristales como estrellas mojadas; los coches pasan susurrantes por las calles frías, empapadas.

Quiero recogerlo todo antes de acostarme, así que lavo los pinceles, los pongo a secar en latas de café y guardo los tubos de pintura en un gran cubo de plástico que tengo debajo de la mesa. Por último coloco las revistas del *New Yorker* y los ejemplares del *New York Times* sobre el baúl de mimbre para mantener la apariencia de orden en el atestado apartamento. Me encanta el caos; es una forma de orden. Como padezco una ligera dislexia pongo las palabras al revés, pero tengo mi propio sistema para ordenar, y organizo por colores los pinceles, los lienzos y otras cosas. El caos me inspira. El exceso de orden me paraliza.

Estiro los brazos mientras miro una fotografía en color de Ryan que saqué hace unos meses, antes de que se marchara a Holanda. Está podando rosas. Tiene el cuerpo musculoso, en forma, y está inclinado sobre las flores. El sol le ilumina el pelo rizado y dorado con vetas grises. Al lado hay una fotografía de Emily con su labrador negro, Fred.

Salvo el lento ruido del tráfico menguante y del alarido de alguna sirena, el viejo edificio de apartamentos está en silencio. De repente me siento sola, muy sola, y me pregunto si seguiré así el resto de mi vida. A veces tengo pesadillas, sueño que me da un ictus y Emily me deja en una residencia, y allí me quedo en una tumbona, en el vestíbulo, babeando, con el cabello sucio y unas gafas de cristales gruesos, con una etiqueta de velcro con mi nombre pegada a mi bata de flores de grandes almacenes. Tiritando, me cubro los hombros con el viejo chal rojo que me tejió Emily hace años. Me da por pensar que a lo mejor Emily y Harry tienen razón y que debería registrarme en JDate. Aunque Emily se pone muchas veces mandona, más madre que hija, también muchas veces tiene razón.

Además, tampoco es para tanto. Todo el mundo está conectado, así que, ¿por qué no voy a meterme en JDate? ¿Quién se va a enterar, al fin y al cabo?

Entro en JDate usando el portátil. Me registro, y pago solo tres meses, siguiendo las indicaciones. Escribo mi apodo: LadyAnny. Después relleno un cuestionario, en el que explico que prefiero hombres de cincuenta y cinco a noventa años y que no me interesa el matrimonio, que no fumo y que soy liberal, y escribo mi anuncio:

> Columnista de sesenta y cinco años busca diversión y romance con hombre que sea culto, con sentido del humor y no le asuste la lluvia. Sé valiente. No importa la edad. Ponte en contacto conmigo.

Por último subo la última fotografía que aparece en mi columna.

Tras recibir un correo que dice que ya soy oficialmente miembro de JDate, contenta por la nueva experiencia, me paso una hora viendo fotografías, sorprendida ante la enorme cantidad de hombres nacidos en los años cuarenta y cincuenta. Pero la mayoría de ellos solicitan mujeres de «no más de cuarenta, ni un solo día más, talla 36, en forma y con ingresos propios». Me río en voz alta al ver sus apodos: Dick el Diestro, Abe Potente, Harry el Colgado. Veo fotografías de astronautas, chefs, hombres en barcos de pesca con los enormes peces que han capturado, y otros aparecen en un campo de golf o junto a un avión. Lucen peinado de cortinilla; unos llevan pantalones cortos, otros, esmoquin; todos mencionan sus méritos: médico, abogado, millonario, inversor de bolsa.

Hago clic en perfiles: un viudo de sesenta y seis años diseñador de barcos, un psicoterapeuta que ha escrito un libro titulado *Mujeres felices* y un hombre de setenta años, alto, delgado, guapo, con ropa de esquí, en la cima de una montaña, con expresión de ser su dueño. Su apodo es Tío Genial. Según su perfil, tiene setenta años, triunfa en el comercio de los diamantes y quiere una relación romántica duradera con una mujer madura que sea inteligente e independiente. Me gusta que diga «mujer madura» refiriéndose a mí. Le envío un correo para decirle que me gustaría conocerlo.

Deseando ver JDate, a la mañana siguiente me conecto y miro mis correos. Me quedo boquiabierta al comprobar que el comerciante de diamantes ha respondido. Tío Genial dice:

> Querida Anny:
>
> Me llamo Marv Rothstein. Me gustaría que nos viéramos el viernes a las seis y media en la coctelería de Harris, para tomar unas copas y cenar. Por favor, envíame un correo para confirmarlo. Yo llevaré un traje negro y te encontraré.

Impresionada por la rapidez de su respuesta, lo busco en Google y veo con sorpresa que es un comerciante de diamantes de renombre internacional y que tiene oficinas en Sudáfrica, Bélgica y Francia. Sus clientes van desde estrellas de cine y personajes famosos hasta políticos. ¿Por qué estará en JDate?, me pregunto. Pero me digo que merece la pena conocerlo.

Le escribo:

> Me llamo Anny Applebaum. Nos vemos allí a las seis y media. Yo iré de negro. Tengo el pelo largo y oscuro con mechas, y soy alta. Con deseos de conocerte,
>
> ANNY

3

Al día siguiente a mediodía estoy en la cafetería del sótano de Macy's, con Janet y Lisa. El enorme salón huele a enchilada, y los clientes forman largas colas para pedir comida. Janet está en su hora de comer y Lisa tiene un hueco entre dos posibles compradores de casas.

—Los vejetes son de pesadilla —dice Janet, comiendo un sándwich de pavo—. O van por ahí con fotografías de sus esposas muertas en biquini o son tan tacaños que te obligan a andar veinte kilómetros para aparcar el coche.

Janet luce uniforme de Chanel azul oscuro. Lleva el cabello, que antes era pelirrojo, teñido de naranja fuerte y recogido en la coronilla. Tiene una de esas caras imperfectas que resultan preciosas: nariz prominente, ojos oscuros y penetrantes, y los labios carnosos y rojos.

—Tú lo superas todo, Anny —dice Lisa—. Se te ocurrirá alguna idea para tu columna.

Lisa es menudita, con el pelo rubio despuntado y ojos oscuros e inteligentes. Lleva un chal azul de Hermès formando pliegues sobre los hombros de un traje gris de Armani. A su lado está su bolso turquesa de Birkin.

Janet está divorciada desde hace treinta años y es la jefa de compras de Chanel en Macy's. Nos conocimos hace nueve años, cuando fui a comprar una barra de labios de Chanel y descubrí que las dos teníamos una hija de la misma edad y que nos habían dejado nuestros respectivos maridos; nos hicimos muy amigas. Janet se crió en un orfanato y desde entonces se las ha apañado sola. Después conocí a Lisa Berman en una comida de guías de museo, y De Kooning y Picasso nos unieron. Tiene sesenta y dos años, es viuda y promotora comercial inmobiliaria de renombre. Tiene un hijo, casado, y un nieto, y su marido murió de un ataque al corazón hace diez años.

—Pues ayer me pasé casi toda la noche navegando por JDate —anuncio, y observo sus caras para ver cómo reaccionan—. He quedado con un hombre el viernes por la noche. Vamos a vernos en Harris, para cenar y tomar unas copas. Es un comerciante de diamantes muy rico, de setenta años.

—¡Cariño, no está nada mal! —exclama Janet con entusiasmo—. Los setentones con los que yo salgo me llevan a italianos baratos. La mitad usa pañales. Si tosen, se tiran pedos. Si andan deprisa, se mean encima. La mitad de los sesentones toman Viagra, van por ahí empalmados, se inflan a Extenze y se les pone el pito como un árbol.

Lisa dice:

—Ten cuidado. Podría ser un asesino en serie.

Toma ensalada de remolacha orgánica a delicados bocaditos.

—Los hombres judíos no son asesinos en serie —le espeta Janet—. Son médicos, abogados...

—Y de los que no creen en lo de «Santa Rita, lo que se da no se quita» —dice Lisa y toma un sorbo de té frío—. ¿Os acordáis del alto ejecutivo que conocí en JDate? ¿Con fundas en los dientes, chófer, un ático...? Me regaló un Rolex de oro por mi cumpleaños. En cuanto vio que no iba a irme a la cama con él, se llevó el reloj. El reloj de su esposa muerta. Una lástima, porque entre nosotros había química.

—Ya, química pero no física —interviene Janet, metiéndose unas patatas fritas en la boca—. Yo no quiero saber nada de ellos a menos que sean enrollados. Salí con un peletero muy rico que vive a cuerpo de rey, pero es un agarrado. Usaba la tarjeta de oferta de dos por uno y se la daba de tapadillo al camarero, como si yo no me enterase.

—La verdad, Janet, no me importa si tiene dinero o...

—A lo mejor es el definitivo —me interrumpe Janet con una sonrisa burlona—. Tenemos que casarnos antes de que empecemos con los antidepresivos y las prótesis de cadera y nos veamos en un crucero a Alaska para solteros de la tercera edad. Cásate con él antes de que tu gran alegrón de la semana sea que vayan a verte los chicos con unas flores compradas en una gasolinera.

—Estoy harta del matrimonio —le replico—. No estoy segura de que se pueda vivir con el mismo hombre toda la vida. No estamos en la época de Jane Austen. Podemos elegir.

—Sí, elegir entre estar sola o con algún setentón que se hincha a Viagra —dice Janet.

—Y tanto —tercia Lisa. Mira a su alrededor y añade en un susurro—: Y Janet no lo dice en broma, lo del Viagra. Es la generación del Viagra.

Janet tuerce el gesto.

—Hasta los tíos más blandengues pueden hacerlo. Yo estuve con un magnate de los seguros que no podía ni con su alma. Con solo tocarle un testículo que daba lástima, del tamaño de una canica, se empalmaba como un burro. Myrna Goldblatt iba en un crucero coñazo con un tío riquísimo que había tomado tanta Viagra que se le quedó la cosa dentro de Myrna, y ella tuvo que llamar al capitán para que avisara a un médico y los separase, como a los perros.

—¡Dios mío! —digo, intentando no reírme—. Pobre.

—¡Janet! —la regaña Lisa.

—Anímate, cariño —dice Janet. Se calla, y sus conmovedores ojos oscuros se clavan en mi rostro—. Anny, necesitas cambiar de imagen.

Lisa asiente con la cabeza.

—Eres alta y delgada, pero necesitas bótox. Llevas una ropa demasiado poshippy. Quítate ese gris y ponte más mechas rubias. Hasid, mi peluquero, se encargará de todo. Voy a llamarlo.

—¿Por qué no me dejáis en paz? Llevo en psicoterapia nueve años, y al fin me gusta mi aspecto.

Janet y Lisa suspiran con expresión de frustración. Pero Janet se empeña en que me deje maquillar.

—Ya verás. Para la cita estarás despampanante.

Lisa tiene que volver al trabajo, y yo me pregunto, ¿qué tengo que perder? Sigo a Janet a la planta de arriba.

Macy's parece un circo. Por los amplificadores se oye música rock a todo volumen. En el mostrador de Chanel, en medio de la planta principal, me siento en un alto taburete de madera frente a un espejo, mientras Manuel, el ayudante de Janet, me limpia la cara con bolitas de algodón empapadas en un astringente apestoso. Manuel está como un palillo, tiene unos diecinueve años, el pelo de punta y unos ojos altaneros, como puntitos oscuros. Va todo de negro y se mueve como si bailara.

—¿Usas una buena limpiadora? —pregunta con marcado acento español.

—Nivea —contesto con humildad.

—Fatal —replica Manuel, espantado—. Obstruye los poros. Por eso tienes la piel tan apagada. Hay que exfoliar.

Sus dos ayudantes, que no parecen tener más de doce años, asienten entusiasmados, como un coro griego. Una pequeña multitud de clientes ha rodeado el taburete y observa.

Janet se pone al mando, desde una escalerilla.

—Bueno, cariño, en primer lugar, vamos a ponerte una hidratante. ¡Uy, uy! Pero fíjate en esas arrugas. Cuando conozco a un hombre, piensa que tengo treinta años. Fíjate en mi piel. Está tersa. Hidratada. —Baja la voz—. Y por las noches me unto la cara y el tú ya me entiendes con aceite de oliva virgen. Porque el tú ya me entiendes se nos queda seco.

—Hidratar —repito.

—Cierra los ojos, cariño —dice Janet, echándome el aliento a tabaco en la cara—. Ahora voy a aplicarte corrector, para cubrirte esas manchas oscuras y las venitas rojas. Qué feas. Esto es muy importante, cariño.

—Vale.

A continuación me pone delineador en las cejas y me aplica sombra gris en los párpados mientras murmura: «Cargados y sensuales», y me sermonea sobre la importancia del colorete.

—Vale. Me lo pondré.

—Y actúa con indiferencia, cariño —susurra, echándome otra vez el aliento a tabaco—. A esos setentones les chifla que les hagas rabiar. Les pone cachondos. Y no te abras de piernas el primer día. Que piensen que tu tú ya me entiendes es oro.

—Solo he quedado para cenar —protesto, avergonzada ante el gentío que está cada vez más cerca del taburete.

—Aunque el mío está todo reseco y me tiño el vello, les dejo que piensen que no son suficientemente buenos para entrar ahí abajo —continúa Janet en un susurro.

Todos están pendientes de lo que dice. Me pongo colorada, pensando, tierra trágame, y confiando en que el maquillaje oculte mi bochorno.

Janet termina con el maquillaje y me pone un espejo delante para que vea mi nueva imagen. La verdad es que me gusta.

—Es estupendo. Gracias.

Janet me da un abrazo.

—Cariño, el romance está a la vuelta de la esquina. Sé alegre. Sé guapa. Exfóliate. Bebe agua.

—Vale.

—Practica ruiditos orgásmicos. Les encanta que parezcas una perra en celo.

Todo el mundo está pendiente de mi cara y de lo que dice Janet. Noto que me sonrojo, y me pregunto si se me notará con la crema de color.

Manuel murmura, arrebatado, que estoy «preciosa».

—Cuando entraste parecías una pobrecilla. Ahora estás divina.

Janet me mete un montón de muestras de Chanel en el bolso. Nos damos otro abrazo; salgo al atardecer de la calle y paro un taxi para ir a casa. No dejo de dar vueltas en la cabeza a los consejos de Janet y Lisa, planteándome cómo será ese nuevo mundo desafiante en el que voy a entrar.

4

Es viernes, y yo estoy para el arrastre. Dentro de dos horas voy a ver a Marv Rothstein. No puedo creerme que haya quedado con alguien. Me estremezco de solo pensarlo; no había quedado con nadie desde mi divorcio y no me sentía tan nerviosa, casi a punto del mareo, desde que conocí a mi ex.

Me seco el pelo con el secador. Sigo teniéndolo castaño, pero ayer me aplicaron mechas rubias entre las canas para atenuarlas. Emily siempre me está machacando con que soy demasiado mayor para llevar el pelo largo, pero a mí me encanta. Cuanto mayor me hago, más me lo dejo crecer.

Me aliso las medias negras de malla sobre las piernas y me pongo los zapatos de plataforma a lo Joan Crawford. Son negros, con delgadas tiras en los tobillos, y quedan perfectos con la falda negra por debajo de la rodilla.

Me perfilo cuidadosamente los labios con lápiz rojo y los relleno con brillo de Chanel. Un poco de vaselina en las cejas, que todavía tengo oscuras y pobladas, y por último rocío al aire perfume de Chanel, y doy un par de giros para que me impregne todo el cuerpo. Me pongo los pendientes de plata que me llegan hasta los hombros, el collar tibetano también de plata y los anillos de ámbar. Me encanta la joyería de plata; la compro en ferias de artesanía.

Estoy lista. Me abrocho el abrigo de cuero, que es largo y ajustado, y lo aliso en las caderas.

Cuando vuelvo a mirarme en el espejo suena el móvil y

contesto enseguida, pensando que quizá podría ser Marv.

—¿A qué hora pasa a recogerte? —pregunta Emily. Oigo a alguien respirar en el otro teléfono.

—Vamos a vernos en la coctelería de Harris.

—¡Que vaya a recogerte! —grita Emily.

—Yo pienso lo mismo —dice Harry por el otro teléfono.

Harry, el novio de Emily desde hace tiempo, tiene cincuenta años, es arquitecto y trabaja en casa. Siempre escucha las conversaciones de Emily, pero me cae bien.

—Bueno, ¿qué sabes de ese tío? —pregunta Emily en tono severo.

—Tiene setenta años, un negocio de diamantes muy próspero, viaja por todo el mundo y se ha divorciado dos veces. Tiene un hijo más o menos de tu edad, también divorciado dos veces. En la fotografía se le ve muy bien, en forma.

—¿Cuánto tiempo lleva divorciado de la segunda mujer? —pregunta Harry.

—Todavía no lo sé.

—Pues que no se te olvide preguntárselo —me aconseja Emily—. Mamá, debes tener cuidado.

—El amor no es un currículo.

—¡Mamá! ¡Ni que fueras una tarjeta de felicitación de Hallmark! —gruñe Emily—. Y no hables de tu divorcio. Los hombres lo detestan. Deja que hable él.

—Yo pienso lo mismo —dice Harry.

—Y no le pongas las cosas fáciles —añade Emily—. Si te pide que volváis a salir, di que estás ocupada.

—Pero ¡si no estoy ocupada!

—¡Pues entonces, no nos preguntes a nosotros! Tenemos muchas cosas que hacer. ¡No quieres escuchar!

—Es que Emily está preocupada por ti —tercia Harry en tono conciliador—. Queremos que seas feliz.

—Lleva condones —me aconseja Emily.

—¿Qué? No pienso irme a la cama con un hombre en la primera cita. No me interesan esas cosas.

Los dos suspiran.

—¿Qué te has puesto? —pregunta Emily—. Espero que no lleves esos zapatos marcianos a lo Joan Crawford, que parecen de segunda mano. Harry piensa lo mismo.

—Yo no he dicho eso —protesta Harry.

—Me gusta lo que llevo —replico.

—Llámame por la mañana, a primera hora —dice Emily.

Después de colgar vuelvo a leer en JDate el perfil de Marv Rothstein. Estudió la especialidad de empresariales en el Toledo State College. Abrió varias tiendas de diamantes y poco a poco construyó todo un imperio. Leo: «Me encanta ser abuelo. Adoro a mi nieta de seis años. Me encantan el jazz, el arte contemporáneo y bailar el tango».

Cierro el ordenador mientras me pregunto por qué estará en JDate un hombre atractivo y de éxito. Cojo mi bolso y salgo al portal, pensando que ya va siendo hora de averiguarlo.

Es una noche fría de enero; la luna es de un amarillo brillante, y la niebla, envolvente como la seda. San Francisco está tranquilo, salvo por las sirenas antiniebla y el viento susurrante. Como el restaurante queda a poca distancia de mi casa, voy andando por Van Ness Avenue, evitando los baches, no vaya a ser que me caiga. Solo me faltaba romperme una cadera antes de mi primera cita desde hace décadas. En mi cabeza oigo una música sensual, y se me pone la piel de gallina de pura expectación.

Entro en el restaurante con un cosquilleo en el estómago.

5

Me quedo junto a la entrada, parpadeando. Tengo problemas con la percepción de la profundidad, así que tardo unos segundos en situarme. Me dirijo a la coctelería y me siento en un rincón, frente a la puerta. El sitio es muy agradable, uno de esos bares superelegantes donde los camareros llevan pajarita, preparan los cócteles en cocteleras y un grupo toca «Hojas de otoño».

Como he llegado quince minutos antes pido mi copa favorita: Stolichnaya con hielo y tres aceitunas verdes. Empiezo a sentirme bien; por primera vez en toda la semana se me quitan de la cabeza las preocupaciones por mis deudas y mi trabajo.

A las seis y media en punto se dirige hacia mí un hombre alto, delgado, con el cabello sedoso y plateado peinado hacia atrás que resalta una nariz romana y un rostro melancólico pero agraciado. Camina como si la habitación fuera suya, con un aura de arrogancia en la sonrisa inalterable, en la mirada perspicaz. Va elegantemente vestido, con traje oscuro de raya diplomática, camisa azul claro y corbata de seda de color burdeos. Madre mía, es de verdad impresionante. Me siento inmediatamente atraída.

—¿Anny?

—Hola, Marv. —Le tiendo la mano, pensando que es más guapo que en la fotografía, una mezcla de un Clint Eastwood judío y Harrison Ford—. He pedido una copa —añado, nerviosa.

—Yo también voy a pedirla.

Me juzga con una sola mirada de sus ojos oscuros mientras se sienta a la mesa.

Mira con impaciencia al camarero que ronda por allí cerca, lo llama y pide un Cutty Sark.

—Eres más guapa que en la foto —dice, mirándome detenidamente como si tasara un diamante.

—Tú también —replico, y me siento estúpida, pero no puedo evitarlo.

Me he quedado pasmada, y su forma de mirarme me pone nerviosa, como si sus ojos pudieran traspasarme.

Cuando le sirven, choca su copa con la mía.

—Por esta noche —dice con voz melosa.

Cuando sonríe no se le ven los dientes, y su boca alargada forma una línea ascendente. Me tomo el vodka de un trago y me mareo un poquito.

—Bueno, cuéntame lo de tu negocio de diamantes. Parece muy interesante.

En un tono de voz bajo, modulado, confiado, me cuenta que ha ido subiendo poco a poco y que vende diamantes por todo el mundo. Pasa tiempo en Zimbabue y en sus oficinas de Bélgica y Francia, le encanta su trabajo y siempre está buscando el diamante aún más perfecto.

—No hay nada más bonito que un diamante perfecto —dice con expresión nostálgica.

—¿Diamantes de sangre? —pregunto con cautela.

Niega con la cabeza.

—Compro diamantes en subastas o por recomendación de un especialista. Mi clientela va desde sultanes hasta estrellas de cine, pasando por modelos, personas que aprecian la belleza y que tienen dinero para comprar la auténtica belleza. —Da un sorbito a su copa, sujetándola delicadamente entre dos largos dedos—. Los diamantes me llevan hasta lo más alto. Conozco a personas maravillosas —dice con aire pensativo.

Mientras él sigue hablando de diamantes, de sus viajes y

de que aspira a comprar minas de diamantes, yo me doy cuenta de que todo en él me seduce, su tono de voz, el nudo perfecto de la corbata, su postura tan erguida, como si desafiara al mundo, su altanería, su elegancia, el sutil aroma de una buena colonia. Parece de otro mundo.

—Entonces ¿un diamante es de verdad el mejor amigo de una chica? —pregunto bajando la voz, consciente de que estoy coqueteando.

—Para la mayoría de las mujeres, sí —contesta Marv, con una sonrisa insinuante.

—Supongo que pensarás que mis joyas de artesanía son horteras —digo, agitando las pulseras.

—No, te quedan bien. Se te nota que tienes algo de artista. —Me observa sin apenas pestañear—. ¿Te gustan los deportes?

—Detesto el deporte.

—Pues a mí me gustan todos —replica sonriendo—. Voy a esquiar por todo el mundo. Giselle, mi primera esposa, era francesa, y ganó un campeonato de esquí. Se escapó con su entrenador y se mató en un accidente de esquí.

—Lo siento.

—Estás muy bien para tener sesenta y cinco años —dice tras un tenso silencio—. Nunca había salido con una mujer de tu edad.

—¡Estupendo! ¿Es que no lo sabías? Ahora los sesenta y cinco son como los cuarenta de antes.

—Me pareces muy atractiva. Eres distinta.

—¿Eso crees?

—Lo sé.

—¿Por qué contestaste a mi anuncio? —pregunto tras una larga pausa.

Sonríe y su expresión pasa del coqueteo intrascendente a la tensa reflexión.

—Pensé que parecías una persona interesante. Vi en Google que escribes en un periódico, y yo admiro a las mujeres que trabajan. —Me mira fijamente—. Mi segunda ex esposa no hace otra cosa que jugar al tenis con sus diamantes puestos y sacar de paseo a su perro. Vive en Marin, en una casa fabulosa que pago yo. —Vuelve a guardar silencio, y en sus ojos veo soledad, una herida—. De todos modos, somos amigos.

—Ya —murmuro, pensando si no será uno de esos tíos marcianos de los de «quiero a mi ex mujer».

Marv abre la carta y elige minuciosamente la cena, preguntándome qué quiero yo.

Ya estamos hablando con soltura. Le digo que estuve casada treinta años, que llevo diez divorciada y le hablo de mi hija, Emily, le cuento que vive en Berkeley con su pareja, Harry, que tiene un negocio de panadería y que ninguno de los dos ha estado casado. Después a él se le iluminan los astutos ojos cuando me habla de su hijo y sobre todo de su nieta.

—Es toda una mujercita. Adorable. —Durante unos segundos parece perderse en sus reflexiones—. Y tú, ¿por qué estás en JDate?

Dudo durante unos segundos.

—Pues por lo que está todo el mundo... Para encontrar el amor.

—¿Amor? ¿Y qué es el amor?

—Ni que fueras el príncipe Carlos... Yo podría preguntar qué hace un hombre como tú en JDate cuando es evidente que conoces a mucha gente...

Parece reflexionar.

—Me gusta la aventura. Descubrir el siguiente diamante perfecto.

—En fin, yo sí creo en el amor —replico, consciente de que estoy dando demasiadas explicaciones, pero quiero que él sepa lo que siento.

Me roza un lado de la cara con la mano, con expresión repentinamente triste.

—Anny, tú me haces pensar en tarjetas de San Valentín,

martinis en una tarde de lluvia y besos bajo las estrellas. Eres una romántica. Voy a llamarte Valentina.

Nos sirven la cena. Tomamos salmón y judías verdes, finas como hilos. Marv picotea la comida, apartando la mayor parte, mientras que yo estoy muerta de hambre e intento no zampármela toda. Come pulcramente, con unos modales impecables, con una mano en las rodillas, mientras habla de los magníficos restaurantes de París, de la gastronomía «superior» de Francia.

Durante el resto de la cena habla de los días que pasa en Francia, de que es un país que le encanta, del refinamiento de los franceses, de que saben lo que se hacen.

—La ropa en Europa es maravillosa, hecha a mano. Yo ahora compro la mayor parte de mis prendas en Italia.

Una vez acabada la cena tomamos café solo, y me sorprende lo a gusto que me siento con él. Le pregunto cómo empezó con el negocio de los diamantes.

No responde inmediatamente, como si no quisiera desvelar demasiado de sí mismo. Después me cuenta que cuando tenía catorce años trabajaba en la joyería de su tío, en Toledo.

—Yo era muy pobre, y tuve que trabajar para conseguir cosas. Un día entró en la tienda una mujer joven, preciosa. Llevaba un anillo con un diamante muy grande y era tan guapa, tan altiva, que en ese mismo momento comprendí que quería comprar y vender diamantes como aquel. Encontrar diamantes raros es todo un reto, y ya entonces me gustaba enfrentarme a los retos. Es lo único que he querido hacer, desde siempre. Bueno, quizá también cantar.

—Qué interesante. —Me conmueve su confesión, su nostalgia casi juvenil—. Yo siempre he querido ser novelista... y artista. Pero bueno, pinto. Tengo marchante y espero que tarde o temprano haré una exposición con mis cuadros. Ahora estoy trabajando en pinturas de mujeres dentro de cajas.

Una señora que vende gardenias se detiene ante nuestra

mesa con una gran cesta. El grupo vuelve a tocar melodías de Cole Porter.

—Me las quedo todas —dice Marv a la señora y deja un billete de cincuenta dólares en la cesta.

La mujer mete las gardenias en una bolsa de celofán y me la da.

—Gracias, Marv. —Aspiro el dulce aroma de las flores—. Me encantan las gardenias.

Marv me observa como si estuviera tomando una decisión sobre algo. Después mira su reloj.

—Vamos a mi casa. Quiero enseñarte mi colección de arte.

Me pilla por sorpresa. Me siento aturdida, y aferrando la bolsa de gardenias, pienso, vale, el hombre importante me ha invitado a cenar y me ha regalado gardenias, pero ir a su casa demuestra demasiado interés en este momento. «Di que estás ocupada», me ha aconsejado Emily.

—Es que mañana temprano se me acaba el plazo para una columna. Esta noche, no —digo.

—Bien, pues otra vez será —replica Marv, y me da la sensación de que toda su calidez se transforma en educada frialdad.

Al levantarme me tambaleo un poco. Se me ha quedado una rodilla agarrotada. A veces cuando me pongo en pie demasiado deprisa pierdo el equilibrio. Pero Marv me toma de la mano y salimos, y el aparcacoches se acerca al volante del Mercedes negro descapotable de Marv.

En el coche Marv pone un CD y canta al mismo tiempo que Frank Sinatra con voz aguardentosa, como si estuviera en un escenario. Me echo hacia atrás; contemplo la luna, abultada como una perla, y de repente la noche es cálida, como si fuera a haber un terremoto. Marv me coge la mano en una señal de stop y siento como si la piel se me electrizara.

—Las estrellas son como diamantes.

—Pronto desaparecerán —dice Marv con cierto mal humor.

—Las estrellas duran eternamente —replico.

—Nada es eterno.

Me aprieta la mano.

Detiene el coche ante mi edificio y me acompaña hasta el portal. Andamos lentamente, yo con mi bolsa de gardenias.

Al llegar a la puerta, busco la llave y abro. A la luz de la farola, los ojos de Marv parecen casi de color avellana, y distingo unos pelitos plateados, como hilos, en sus pobladas cejas oscuras. Me besa delicadamente en la boca, y la sensación de sus labios, de su sabor, me deja sin aliento. Desearía alargar ese beso. ¡Dios mío!

Marv sonríe, como si supiera que me muero por él.

—Me gustaría volver a hacer esto pronto, Anny.

—A mí también —digo con el corazón acelerado.

—Te llamaré, Anny.

Entro a toda prisa en el portal y subo como flotando.

No enciendo las luces. Quiero prolongar lo más posible la noche; me siento como embrujada, en la cima de una montaña muy alta, tratando de no caerme. No me puedo creer que esté ocurriendo una cosa así, esta magia, esta química prodigiosa. Pongo las gardenias en un enorme cuenco con agua y aspiro su dulce perfume.

Me siento junto a la ventana en el sillón de cuero que más me gusta para observar las estrellas con sus parpadeos de plata en el inmenso cielo oscuro, y pienso en lo ocurrido durante la noche. ¿De verdad creía Marv que iría a su casa? ¿Pensaba que me acostaría con él? ¿O llevo tanto tiempo sin salir con nadie que he actuado como una adolescente tonta? Pero de ninguna manera estoy lista para el sexo, por no hablar de que Marv tiene esa historia de la ex mujer. Sin embargo, hay algo debajo de todo eso, algo que me derrite, algo en su búsqueda de la belleza que parece vulnerable, como de un chico que sueña con un coche nuevo y resplandeciente. Y se ha producido una química incontrolable, algo que no me ocurría desde el día que conocí a Donald en una fiesta, hace cuarenta y cinco años, y nos pasamos toda la noche bailando. «Te querré siempre», dijo Donald. Siempre, hasta que conoció a Conchita.

El tráfico desaparece repentinamente de las calles, pero las estrellas siguen parpadeando, y me siento desbordante de alegría por el nuevo día y por la perspectiva de volver a ver a Marv.

Después de tomarme mi aspirina infantil, el Citracal y el Lipitor, me meto en la cama; el aroma de las gardenias, en la mesilla de noche, enardece mis sentidos.

Me arropo con el viejo edredón y apago la luz. Me encanta esa faceta de la noche, la quietud. Y mientras me va venciendo el sueño lentamente, con los besos de Marv aún en mi boca y un revoloteo de mariposas en el estómago, me deslizo hacia lugares imprecisos y me veo reviviendo acontecimientos perdidos, sentimientos enterrados, sueños poblados por mariposas y aroma de gardenias.

6

Dios mío, no permitas que me enamore de Marv Rothstein. Han pasado dos semanas y no ha llamado. Por mucho que me repito que es un cretino y que no es hombre para mí, no puedo dejar de pensar en él, obsesionada, y de preguntarme qué he hecho mal. Miro y remiro los mensajes, tratando de convencerme de que está fuera o de que ha ocurrido algo imprevisto. «Habrá tenido que marcharse por cuestión de negocios», les explico a las chicas y a Emily.

Es una tarde soleada y estoy en el parque de Berkeley con Emily. Hemos sacado a pasear a Fred. Andamos deprisa para no perderlo de vista. Va corriendo junto al borde de la zona destinada a los perros, detrás de una pelota. Con mallas negras, camiseta blanca sin mangas y zapatillas de tenis, Emily no aparenta tener cuarenta y un años. Se la ve mucho más joven. Lleva el pelo negro azabache recogido en una cola de caballo y sujeto con una cinta roja. Va explicando su última receta de bollitos, elevando la voz para hacerse oír porque hace viento. Le va bien en el negocio de panadería y tiene dos socios nuevos.

—No me estás haciendo caso —dice, mirándome con enfado. Tiene los ojos negros y la nariz ladeada, y los labios carnosos son como los de su padre.

—Chocolate y pasas —le suelto—. Sí te hago caso.

—Tienes la cabeza puesta en ese cerdo de Marv. Los hombres que te tiran los tejos y luego no llaman son unos cerdos.

Llevas dos semanas esperando esa absurda llamada, como una quinceañera. «Nada es eterno», te dijo. Hay que ser cerdo. Con él, nada dura más de un momento. Contesta a otros del JDate, a ver si encuentras un marido como es debido.

—No quiero maridos. Tengo mi trabajo.

—Una columna que está a punto de desaparecer —dice Emily con expresión compasiva, como podría mirar una madre a una hija poco realista.

Lanza otra pelota a Fred y lo llama por su nombre. Lleva el juguete del perro, un pato de trapo zarrapastroso que tiene desde que lo recogieron en el albergue de animales, y un hueso recubierto de mantequilla de cacahuete.

—Además, a lo mejor está fuera —digo, sentándome en el banco al lado de Emily.

—Mamá, tiene móvil. Y si está fuera, ¿con quién? ¿Con su ex mujer?

—No. Solo son amigos.

—Mamá, eres más lista que todo eso. Estás haciendo lo mismo que con papá. Era evidente que se había liado con alguien. Nunca estaba en casa, pero tú siempre te inventabas excusas. Y encima, en tu matrimonio no había sexo. Me lo contaste tú.

—No me vengas con sermones.

—Escondiste la cabeza como un avestruz. Mamá, no consientas que el divorcio te destroce la posibilidad de conocer a alguien estupendo. Apuesta por un hombre que valga la pena, como Ryan. Es guay, y además artista. Tienes más cosas en común con él.

—Es un amigo.

—Déjate de estupideces con la amistad. Ryan es estupendo y te adora. Me he dado cuenta. Y a Harry también le cae bien.

—Bueno, pero solo tiene cincuenta y cinco años, y yo tengo sesenta y cinco.

—¿Y qué? Tú siempre dices que la edad es solo un número. Si te gusta Marv es solo porque sabes que es emocionalmente inalcanzable. Siempre quieres lo que no puedes conseguir y no quieres lo que sí puedes conseguir.

—Bueno, ¿qué tal Harry y tú? —pregunto tras un largo silencio.

—Lo que quieres decir es por qué no nos casamos, ¿no?

—Yo no... yo no he dicho eso.

—Ni falta que hace.

—Lleváis seis años viviendo juntos. Tú tienes más de cuarenta años y él cincuenta. ¿Cuál es el problema? ¿Por qué no te pide Harry que os caséis? Es uno de esos hombres con fobia al compromiso. Si no os habéis casado ya, sabes que él no...

—¡Relájate! —chilla Emily con la cara roja de furia—. Tú, siempre presionando. ¡Harry no quiere casarse! Y además, ¿qué tiene de bueno el matrimonio? ¿Acaso crees que quiero pasar por lo que has pasado tú?

—Perdóname, Emily. Yo deseo que seas feliz. Me siento culpable por haberte causado tanto dolor.

Emily se muerde el labio inferior y me mira con ojos suplicantes, llenos de emoción.

—Mamá, no quiero verte vieja y sola. Ya verás cuando te hagas pis en la cama y no tengas a nadie a tu lado.

Mientras observo cómo pasa el cepillo especial a Fred, hablándole en un lenguaje especial, me siento triste al recordarla de pequeña, cuando cepillaba con cariño los caballos árabes de su padre. Y pienso que ojalá pudiera retroceder en el tiempo y volver a criarla, ser más cariñosa con ella y prestarle más atención. Desde que empecé con la psicoterapia veo con claridad lo distante que fui, lo absorta que estaba en mi pintura, mi escritura y mis sueños, sin hacer caso a Emily, como había hecho mi madre conmigo. Y me pregunto si las madres y las hijas adultas pueden recuperar esa infancia, si pueden elevarse por encima del pasado.

Emily echa agua en el pequeño cuenco de plástico que lleva en su bolso y le pone un cubito de hielo. Fred se bebe toda el agua, y después Emily le da una galleta con mantequilla de cacahuete. Nos dirigimos hacia el coche en silencio, ella con la cabeza erguida; yo, con la cabeza gacha.

En el coche no hablamos. Fred va tumbado sobre mis piernas. Cuando llegamos a la estación de tren, a punto de oscurecer, Emily me da una bolsa de bollitos.

—Llámame cuando llegues a casa —dice.

Salgo del coche, y se marcha.

Cuando llego a casa es casi de noche. Enciendo las luces de riel, que resuenan como un estallido al parpadear. Emily me ha dado un disgusto, pero no puedo dejar de recordar la sensación del beso de Marv. Seguramente está fuera, no dejo de repetirme. Y además, solo nos hemos visto una vez.

Pongo el equipo de música en la emisora de clásica. Trato de tranquilizarme escuchando a Bach. Me preparo una ensalada y miro las noticias. Después de cenar intento trabajar en las cajas, pero no puedo. Me siento confusa al recordar las últimas palabras de Marv, «te llamaré», y me pregunto por qué no lo habrá hecho.

Escribo notas sobre la noche con Marv en el ordenador, tratando de comprender qué fue mal, describiendo cada detalle que puedo recordar, cada uno de sus silencios, de sus gestos. Por lo general, la única manera de aclarar mis sentimientos es poniéndolos por escrito.

> Se sienta en su Mercedes descapotable y repite tres veces que los asientos tienen calefacción y que si no me parece estupendo tener un coche así.
>
> Tiene un ego que desborda de dinero. Le encanta el dinero y lo que puede comprar con él. Le encanta la perfección. Vive en lo externo de las cosas, como un bicho extraño que se arrastra por la superficie del suelo sin llegar nunca abajo. «Las estrellas desaparecerán dentro de poco», dijo. ¿Existe solo en

> el momento y después se retira a sus castillos de diamantes y sus altas esferas? Para él, ¿el sexo significa amor? ¿El amor significa sexo? ¿Alguna vez se dan al mismo tiempo?

Intento encontrar respuestas y sigo escribiendo sobre Marv, sobre su aspecto, sobre lo que comió. Lo llamo señor X.

> El señor X camina como si el suelo fuera suyo, y yo me quedo como sin aire, como si me ardieran los huesos y se me abriera el corazón. Está buscando el siguiente diamante perfecto.
>
> Me besó bajo las estrellas, y me sentí como si me estuviera devorando. Noté su corazón latiendo junto al mío y comprendí que con un beso más me iría con él a su casa y no querría volver a salir de allí.

Dejo de escribir. Y entonces caigo en la cuenta. El señor X es mi artículo. Es perfecto. Es listo, un hombre de éxito, y se aferra a su juventud. El señor X es como otros tantos setentones y servirá de ilustración humana de las calamidades de la generación del Viagra, esos hombres que consumen Viagra como caramelos, convencidos de que les devolverá la juventud, y que evitan la intimidad. Sí, todo tiene un porqué. No me cabe duda de que la cita con Marv mereció la pena, de que tenía que ser así. Y en el momento en que llego a esa conclusión me siento viva, redimida e inspirada.

Durante las dos horas siguientes escribo mi primer artículo sobre el señor X, pero para enmascarar el inconfundible aspecto físico de Marv, lo presento como alguien más bajo, con el pelo más oscuro y la frente con entradas. Me explayo en los detalles de la noche, del diálogo, en su ropa, describo su forma de andar, rápida pero sin levantar los pies, y cuento que entre frases pletóricas sobre sus viajes se interrumpe, como si reflexionara o decidiera si quiere continuar. Todos y cada uno de sus movimientos son calculados. Describo sus elegantes modales, su pulida perfección y sus momentos encantadores.

Hablo sobre esa noche maravillosa y la termino con el beso. «Te llamaré», dice.

Corrijo el texto, lo guardo, y ya está lista la columna. Me gusta la energía que tiene. Es real, y me siento como electrizada.

Escribo una nota a Monica, proponiéndole una serie de artículos sobre una mujer de más de sesenta años que busca a un señor X: «Propongo *Los diarios del Viagra*, una serie sobre el amor después de los sesenta».

Le envío por correo electrónico la columna y la nota. Ya está. Se ha hecho tarde y la habitación está fría.

Me estiro lentamente, con la sensación de que mi trabajo acaba de tomar un giro diferente. Me preparo para acostarme y me quedo dormida de inmediato. Sueño que estoy bailando un tango con Marv. Llevo un vestido negro, corto, con una abertura lateral, y una rosa en el cabello, que he recogido en un moño. Marv baila maravillosamente, pero yo le piso y me inclino demasiado sobre él. Sin embargo, él me sujeta con fuerza y me lleva.

Monica llama al día siguiente, a primera hora de la mañana.

—Me gusta tu propuesta de *Los diarios del Viagra* —dice—. El artículo del señor X es divertido, y creo que una serie sobre citas entre sesentones sería estupenda.

—Qué alegría me das —digo, aliviada y encantada de que le guste. Tengo la sensación de que todo ha vuelto a cambiar, para mejor.

—La sacaré la semana que viene. Olvídate de lo de los mayores fugitivos. Es un aburrimiento.

—Estoy de acuerdo contigo.

—A ver si ganas un premio Pulitzer para el periódico.

—No lo dudes. Está hecho —añado riendo.

—Ponte a trabajar. Con el siguiente señor X.

—Vale.

—No puedes decepcionar a tus lectores.

Después de colgar entro en JDate.com y consulto los correos que me han enviado otros hombres. Leo unos cuantos y al final decido contestar a un psicoterapeuta, autor de un libro titulado *Mujeres felices,* y a un hombre que se precia de ser millonario y de desear una vida sencilla.

Contesto y me quedo esperando.

7

Ha pasado una semana y Ryan ha vuelto de Holanda, donde ha estado haciendo fotos. Hemos quedado en la inauguración de una exposición de Manny Futz, amigo suyo y compañero de clase del Instituto de Bellas Artes de Chicago. Es casi de noche y llego en taxi a la galería Solar, en Mission Street. Me he puesto de tiros largos. Llevo unas botas altas y brillantes de cuero que encontré en una tienda de segunda mano, una chaqueta de cuero negra con cremalleras plateadas y unos pantalones vaqueros con flores pintadas.

Ryan me recibe a la entrada con un enorme abrazo.

—Cuánto me alegro de verte, Anny.

Me da un beso en cada mejilla.

—Y yo.

Es un poco más alto que yo, como de uno setenta y cinco. Tiene el pelo rubio oscuro y rizado, bastante largo por detrás, y los ojos más azules que he visto en mi vida. Lleva chaqueta negra, camiseta, vaqueros ajustados y las botas de montaña de costumbre.

Me coloco bien el sombrero y sigo a Ryan por la tortuosa escalera hasta la galería. Antes era un almacén de tamales; está situada encima de un conocido restaurante mexicano, y por la escalera asciende un delicioso olor a comida. Es un espacio fantástico, de más de doscientos cincuenta metros cuadrados, con el suelo desnivelado de cemento gris. Las altas ventanas de tipo industrial dan a la bahía y al estadio de béisbol de San

Francisco. Unos focos de riel cuelgan estratégicamente sobre los enormes cuadros. De los amplificadores sale ardiente música latina a todo volumen, y la sala está abarrotada de asiduos a las galerías de arte con pieles sintéticas y el cabello verde aferrados a sus iPhone. Unos camareros jóvenes y guapos sirven vino tinto en vasos de plástico. Unas chicas jóvenes y monísimas vestidas de negro, con labios rojos, collares de arcilla y botas altas hablan en pequeños grupos y envían mensajes por sus móviles.

Después de los saludos y las felicitaciones a Manny, Ryan y yo vamos viendo dibujos y cuadros; todos con variaciones de puntos. Los lienzos son enormes, con cuadrículas de puntos de colores como chicles de fruta. Ryan se acerca a un cuadro. Tiene un cuerpo fuerte y esbelto. Lleva las manos metidas en los bolsillos y los hombros hacia atrás. Es guapo, desde un punto de vista un tanto callejero. Es enrollado y, al mismo tiempo, tiene algo oscuro, profundamente reservado.

Nos detenemos ante una estructura hexagonal titulada *Ciudad nocturna*. A nuestro lado una pareja comenta el cuadro.

—Puntos —dice el hombre, acercándose al lienzo. Lleva un peinado de cortinilla teñido de rojo, chaqueta de cuero demasiado ceñida y vaqueros holgados.

—Un montón de puntos. Dicen que veinticinco mil —afirma la mujer. Está ante el cuadro, contando los puntos con una uña larga pintada de rojo. Lleva camiseta, mallas y sudadera de Harvard, todo negro. Su carita es muy blanca y los labios muy rojos—. Tan lírico...

—No son más que puntos —dice él encogiéndose de hombros.

—Y tan posmoderno, tan...

—Tan posmierda.

—Bueno, Seurat pintaba con puntos —insiste la mujer.

—Eso era puntillismo —suelta el hombre.

—¿Qué te parece, Anny? —pregunta Ryan con su cantarín acento irlandés y una mirada inquisitiva. Se ha dejado un fino bigote que destaca sobre la boca de labios carnosos, sensuales. El pelo le llega por detrás hasta el cuello de la camiseta negra.

—Me parece una obra afectada. No me conmueve como Van Gogh, o como tus fotografías de niños de Etiopía. Estos cuadros son... pretenciosos —digo—. El arte documenta la vida. Hace preguntas, expresa la condición humana, y no debería estar destinado a los clientes ricos. Me parece que esos puntos tienen reminiscencias de muchos pintores, como Robert Ryan-Martin, Roy Lichtenstein...

—Exacto —dice Ryan, y sonríe con ojos chispeantes—. Futz utiliza los puntos para contar la historia de nuestra cultura. Juega con el cinismo, se burla del mundo del arte. Anny, el arte son muchas cosas, no solo una. Lo es todo.

—Pero es que detesto los puntos. Solo sirven para alimentar el esnobismo y la cursilería de los ignorantes que necesitan puntos en las paredes de su casa para sentirse cultos.

Ryan se echa a reír.

—Venga, vamos a cenar. Después iré a ver tus cajas.

Nos lanzamos a la lluvia cogidos del brazo.

Tras una cena estupenda y divertida a base de pasta vamos a mi casa. Preparo café y pido a Ryan que haga una crítica de mis cajas y cuadros.

—Me gusta el de la mujer de tacones altos y pelo plateado, sobre la caja. —Señala un lienzo de tamaño mediano—. Tiene fuerza. Es fantástico.

—¿De verdad te gusta? Es nuevo.

Me mira fijamente.

—No es frágil —añade con una expresión pensativa en su inteligente rostro irlandés. Está tan cerca de mí que distingo el reborde negro y fino de sus córneas, y el iris es de un azul como el aciano—. Tiene el control. Es hermosa, interesante y sexy.

—Bueno, eso espero.

—Como tú, Anny. Tú no tienes nada de frágil. —Su mirada penetrante me pone nerviosa—. ¿Quién es el tipo misterioso? —pregunta, señalando un hombre en una esquina del lienzo.

Me pongo colorada.

—El amor de mis fantasías. Una obsesión mía.

—Tus obsesiones son lo que hace tan interesantes tus cuadros. Sigue ahondando en ellas.

—Sí, supongo que las obsesiones son algo bueno.

—Yo tengo muchas —dice Ryan.

—Me encantaría que me las contaras algún día.

Mientras me habla de la cámara Nikon que acaba de comprarse, de las diferentes lentes que utiliza para explorar la luz, retrocedo mentalmente hasta una noche del invierno pasado en que sentí dolor en el pecho y pensé que iba a sufrir un ataque al corazón. Desperté a Ryan a las dos de la madrugada y me llevó en su coche a urgencias. Se quedó conmigo hasta que los médicos me aseguraron que solo era algo que había comido y después volvimos a casa, mientras él me calmaba contándome cosas de su juventud en Irlanda.

—Puedo enseñarte a utilizar la lente nueva, Anny. Podrías sacar mejores fotografías, quizá integrarlas en tus cuadros. —Quita una tela de una pintura de cajas apoyada contra la pared—. Son maravillosas y raras, sobre todos las mariposas de papel —musita—. Me gustan las agujas finas sujetas de los hilos dorados, y las cajitas colgantes con la muñequitas dentro.

—Yo creo que nuestras verdades existen en nuestro subconsciente. Las imágenes que yo uso están ahí y me las robo a mí misma.

—Con tal de que no te robes el alma... —dice, mirándome fijamente.

—¿Eso cómo es posible?

—Observando y no viviendo.

—Vamos a tomar el café —digo, molesta por que sepa tanto de mí.

Nos sentamos el uno junto al otro en el sofá; tomamos café y bollitos y hablamos tranquilamente. Ryan está preocupado por las nuevas fotografías de perros abandonados que está haciendo para la revista. Quiere captar su soledad.

Le hablo de la columna del señor X, que se publicará el jueves siguiente.

—La directora está encantada, y tengo puestas grandes esperanzas en que dé un giro completo a mi trabajo.

—¿Quién es el señor X?

Vacilo unos segundos.

—Está basado en un hombre que he conocido. —Le cuento atropelladamente la historia de la noche con Marv, lo fascinada que me dejó—. Quería que fuera a su casa, pero yo... bueno, tenía miedo. Ya conoces mi historia. En fin, yo me sentía muy atraída por él, y creía que él por mí, y como no ha llamado... A lo mejor debería haberme acostado con él...

—No te hace ninguna falta un gilipollas que no te llama —replica Ryan, irritado.

—Tiene muchas cosas que hacer. Negocia con diamantes de un millón de dólares. Pero ya han pasado tres semanas. Viaja mucho y...

—Es imbécil. Sal con alguien que sepa lo maravillosa que eres.

—Bueno, pensaba que podía contártelo. Lo que me planteo es si hice algo mal, si actué como una tonta cuando me dijo que fuera a su casa... Solo quería enseñarme su colección de arte. —Guardo silencio unos momentos—. Dice que le recuerdo a las tarjetas de San Valentín...

—Anny, hiciste lo que te convenía a ti. Nunca hagas menos. —Tras unos segundos añade—: Sabes que yo te habría llamado enseguida.

—Me halagas, Ryan...

—¿Qué piensas de mí?

—Me caes muy bien, pero no nos imagino así...

—Nunca digas de esta agua no beberé.

—Dios mío... Ni que fuera una película.

Me echo a reír para intentar sofocar el repentino silencio, pero Ryan parece perdido en sus pensamientos. Se levanta.

—Es tarde. Tengo que marcharme.

En la puerta nos damos un breve abrazo.

—Te compré un catálogo de Van Gogh en Ámsterdam. Mañana te lo traigo.

—Gracias. Estoy deseando verlo —digo, conmovida por el detalle.

Observo a Ryan mientras baja precipitadamente la escalera, sorprendida por su confesión.

8

Marv no llama. Pero no importa, me repito. El primer artículo sobre el señor X es todo un éxito, y empiezo a recibir correos de seguidoras, mujeres de más de sesenta años que cuentan sus experiencias con hombres emocionalmente inalcanzables como el señor X. Algunas dicen que esperan ser quienes lo cambien. Estoy encantada. Además, Monica está contentísima con las columnas del señor X y me cuenta que *Los diarios del Viagra* tienen cada vez más público. Me ofrece más espacio. Tengo esperanzas de que la columna triunfe, pero sin Marv no puedo seguir escribiendo sobre el señor X. Necesito material nuevo, nuevos sesentones ardientes, así que me pongo a buscar en JDate. Tiene que haber un montón de peces carismáticos y atractivos a los que echar las redes, me digo, con la esperanza de olvidar a Marv Rothstein.

Recluto a más sesentones y setentones que conozco en funerales y reuniones para recaudar fondos, todos deseando que les haga una entrevista: un guionista de setenta y cinco años que lleva a todas partes en su coche el Emmy que obtuvo hace treinta años, un paracaidista alemán de pelo rubio y rizado y una mandíbula enorme y cuadrada que no le tiene mucha fe al agua y al jabón. Nos vemos en Starbucks o para tomar una copa. La mayoría de esos setentones, incluso los más listos, van en busca de ese sueño de juventud, de ese algo que se han perdido en la vida. Van a Brasil a operarse la cara, se compran coches nuevos y quieren salir con jóvenes suecas de veinticinco años. El Viagra ha echado a perder a esos hombres. Muchos de ellos habían renunciado al sexo por diversas razones, hasta que el Viagra cayó sobre ellos y de repente lo único que quieren hacer es ir a las «cataratas del Viagra» y «desmelenarse». ¿A qué hombre de setenta años le queda melena para desmelenarse? Muchas personas se lo plantean, pero yo estoy convencida de que cualquier cosa es posible a cualquier edad, y en mi opinión el Viagra es uno de los mayores inventos desde la vacuna de la poliomielitis. Es posible que una relación con compromiso sea simplemente distinta a partir de los sesenta o, algo más probable, que sea distinta a partir del Viagra. Quizá sea más una cuestión de sexo que de intimidad. O puede que de las dos cosas.

Mi segundo artículo lleva por título «Andropausi-¡ag!», sobre un hipocondríaco de sesenta y nueve años con apnea del sueño. Con ella pongo el dedo en la llaga y recibo montones de correos de setentones acusándome de ser una bruja furiosa. «Hemos conseguido que haya polémica», dice Monica. Me da un aumento y pago varias facturas. Cuánto me ha gustado escribir ese artículo, y me encanta el reconocimiento que me está reportando... Los vecinos me paran por la calle, los desconocidos me reconocen por la foto y ponen mi columna por las nubes. Me siento viva. Estoy escribiendo sobre la discriminación por razón de edad y sobre lo que yo creo.

Escribo fragmentos sobre mis encuentros, les pongo título y más adelante los desarrollo para futuros artículos. «¿Sigue con la ex?», «¿Herpes o Hermès?», «El setentón va de malo» y muchas más. La mayoría de los hombres a los que entrevisto quieren hablar del Viagra y de su vida sexual, y son increíblemente ingenuos.

Conozco a Max, el Fanático de la Limpieza. Es abogado de prestigio y tiene setenta y cuatro años. Dios no permita que le dejes una mancha en su reluciente Smart negro, recién comprado. Se deshace en elogios al hablar del equipo de sonido que «ha instalado especialmente» en su coche. Colecciona coches y mujeres, y tiene un especto impecable, pero también miedo a los microbios. No toca la carta del restaurante ni comparte el guacamole, por si tienen gérmenes. Insiste en que antes de hacer el amor con una mujer examina a fondo su cuerpo para asegurarse de que no está «infestada».

Mel, el Rata, un periodista de sesenta y un años, es un hombre menudo, con una cara que probablemente fue agraciada pero que ahora parece de rana, como gomosa. Lleva sombrero a lo Sam Spade, el detective, y ropa como de baratillo que huele a polvo. No tiene coche y viene a buscarme en autobús para ir al almuerzo especial para madrugadores en un restaurante indio. Con la boca llena de arroz se queja de que su trabajo es «una puta mierda» y de que «la única manera de sacar dinero a mi edad es que te toque la lotería o romperte una cadera en el súper».

Walter Blumberg, el Capullo, es un cirujano de sesenta y dos años especializado en implantes de pene. Lleva un peinado muy corto por delante y largo por detrás, como si se hubiera colocado una rata en la diminuta cabeza, y gafas de cristales tan gruesos que sus ojos parecen puntos. Se ha divorciado tres veces y no encuentra a «la mujer adecuada». Aunque pasó un año en la cárcel por evasión fiscal, lleva ropa de médico y repite que en la universidad fue míster Condado de Orange, y que las mujeres andan detrás de él por su buena presencia.

—Soy un médico atractivo que gana dinero, así que tengo que quitarme a las mujeres de encima. Pero son vejestorios. Yo quiero una mujer de no más de treinta y dos años, lista y con unas buenas tetas, de las auténticas —discursea—. A mi edad no voy a casarme con una mujer con el pelo gris que se gaste mi dinero en implantes de pecho cuando dentro de diez años llevará pañales. Me gustaría saber quién va a cambiarme a mí el pañal. Lo único que quieren las mujeres es nuestro dinero.

—No todas —replico—. Y eso es porque se discrimina a la mayoría de las mujeres.

Walter me mira como si yo fuera una marciana.

Jim Wilson tiene setenta y cinco años, es guapo y está en forma. Tiene un Ford de hace una década y un montón de propiedades, y es viudo. Lleva pantalones caqui holgados y desastrados, y una camisa arrugada. Presume de ahorrador, y te observa con ojillos suspicaces como decidiendo si va a comprarte o no.

—¿Vives en un edificio de copropietarios o en una casa propia?

—En un piso de alquiler —contesto.

—Yo en México tengo una casa en multipropiedad y cuatrocientas hectáreas en Montana. Necesito una mujer con ingresos propios. Estoy harto de ser Papá Noel.

Dejo de escribir. Es casi mediodía y he quedado a las dos en Starbucks con el diseñador de veleros, un viudo de sesenta y seis años que se ha puesto en contacto conmigo hace un rato. Lo llamo para confirmar la hora. Contesta inmediatamente.

—¿Cómo voy a reconocerte? —pregunto—. No has puesto fotografía.

—Dicen que me parezco a Clint.

—¿A Klimt, el pintor?

—A Clint Eastwood —contesta, irritado—. Por eso no puedo poner mi foto. No quiero que me acosen las mujeres mayores.

—Claro. Bueno, yo iré de negro. Soy alta y tengo el pelo largo, castaño, con mechas grises.

Llego a Starbucks con una hora de antelación. Tengo la intención de trabajar un poco. Me pongo a la cola. Hombres y mujeres, algunos con ropa de deporte y gorra de béisbol, están pidiendo algo de beber. Este Starbucks está cerca de mi casa y vengo todos los días, después de escribir y de mi paseo de tres kilómetros por el muelle de los Pescadores, desde donde los observo mientras recogen cangrejos con grandes redes y miro los veleros. Me encanta observar a los niños que hay por allí. Angela, una cría rubia muy guapa que está todo el rato riendo, me saluda con la mano.

—Hola, Anny —dice Justin—. ¿Lo de siempre?

—Capuccino, en vaso largo, solo, con espuma desnatada encima.

—Ahora mismo —dice, y escribe mi nombre en un vaso.

Justin es un afroamericano de unos veinticinco años guapo y encantador. Grita «¡El café de Anny!», dirigiéndose a Jessica, quien mc saluda con una mano. Es muy chiquitina, y tiene el cabello negro y brillante cortado a la altura de la barbilla. Muchas veces me ha dado cafés gratis. Estudia bellas artes. Han enmarcado en la pared mi artículo «Los mayores en Starbucks».

Encuentro una mesa en la parte de atrás, junto a la ventana. Hoy hay montones de gente en bicicleta o sentados fuera, tomando café y charlando. Polk Street es estrecha, y la acera está llena de baches. Está rodeada de tiendas de alimentos naturales así como de establecimientos y cafés caros, pero entre estos hay librerías y pisos antiguos muy chulos, encima de otros cafés. Pasan lentamente los autobuses de turistas; casi no caben por la calle.

Saboreo la espuma del café poquito a poco, disfrutándola. Trabajo un rato con las notas de mi siguiente artículo, «Incluso los hombres feos son unos capullos», y escribo unos apuntes en mi cuaderno. Los ruidos de la máquina de moler café y las voces de los chicos detrás de la barra, gritando nombres de bebidas, se mezclan con el sonido de los móviles y el repiqueteo de los teclados.

Al levantar la mirada veo ante el mostrador a un hombre alto y delgado como Marv. Me da un vuelco el corazón. Pero cuando se vuelve me doy cuenta de que no es él. Sigo escribiendo, hasta que poco después de las dos entra un hombre bronceado, alto, con el cuerpo como el de Gumby y una buena mata de pelo castaño claro peinado hacia arriba. Pide un café, se dirige hacia mí sin vacilar y se sienta.

—¿Anny?

Asiento con la cabeza.

—Dick Knight —dice, mirándome sin disimulo con sus ojos de color castaño claro.

Al sonreír muestra unos dientes demasiado perfectos, con fundas. De cerca se nota que el bronceado es de frasco. Tiene la cara alargada y estrecha, y un pronunciado pico de viuda que le llega hasta la frente.

—Te he buscado en Google —dice, y sorbe ruidosamente el café—. Leo tu columna en internet. Pareces enfadada con los hombres.

—Solo con los capullos.

Se echa a reír, como si él no lo fuera.

Charlamos sobre lo que nos gusta hacer, la comida, los sitios adonde ir, los cines. Descubro que es republicano, de la derecha religiosa. Animado, me cuenta que su matrimonio fue «un asco», y que ha llegado la hora «del número uno»; lo repite golpeándose el estrecho pecho.

—Mi esposa era frígida, y durante cuarenta y dos años yo cumplí con mis obligaciones —dice, y se interrumpe—. Soy una persona profunda, muy sensible. Quiero una mujer que se parezca a Pamela Anderson pero con cabeza.

—¡Te pillé! —digo, pensando que voy a titular la columna «Pito de viuda».

—Nunca he estado con una mujer de tu edad.

—¡Yupi! Pues tenemos vagina y de todo —exclamo, y él arruga la frente y mira a su alrededor—. ¿Y cómo murió tu mujer?

Adopta una expresión compasiva.

—Estaba en el salón de belleza. Le estaban poniendo extensiones de cabello. Al levantarse tropezó con un cable y se rompió una cadera. Era muy torpona. Murió por las complicaciones.

—¿Cuándo murió?
—Hace tres días.
Miro mi reloj.
—Uy. Tengo que cumplir un plazo. Tengo que marcharme.
—Se nota que eres una neurótica. —Se ha puesto desagradable—. Con ese sombrero tan ridículo... y esos vaqueros pintados.
—Y también llevo faja elástica —digo, y me levanté.

Más tarde, ya en casa, escribo «Pito de viuda» y se lo envío a Monica. Recibo muchos correos electrónicos de admiradores. Hago listas con ideas y temas sobre el envejecimiento y la discriminación por razón de edad. Escribo: «Los sesenta son como los cuarenta de antes... ¿de verdad? ¿Qué tiene de malo que los sesenta sean los sesenta? ¿Qué tiene de malo celebrar nuestra edad y quienes realmente somos?».

Suena el móvil y mis reflexiones se interrumpen. No contesto, y sigue sonando. No reconozco el número que aparece en la pantalla, pero quien llama insiste tanto que acabo contestando.

—Hola, Anny. Soy Marv Rothstein. —Sujeto el teléfono con fuerza al oírlo; se me desboca el corazón y apenas puedo respirar—. Oye, Anny, ¿te pillo en mal momento?
—Estaba... escribiendo —digo, tratando de adoptar un tono despreocupado.
—Quería llamarte, pero al día siguiente de verte me surgió inesperadamente un asunto en Zimbabue, por un diamante amarillo perfecto. Después he estado en Bélgica, Londres y París. —Hace una pausa—. He pensado en ti, Anny.
Silencio. Estoy temblando.
—Pensé en enviarte flores, pero no sabía si querrías saber nada de mí. Como te marchaste tan deprisa... Yo quiero verte, desde luego. —Otra pausa—. ¿Puedes salir mañana por la noche?

—Pues... sí.

—Había pensado que podíamos ir a cenar. Te recogeré a las ocho. —Pausa de nuevo—. Estoy deseando verte, Valentina.

Me siento fatal después de colgar. Lo he utilizado como modelo del señor X, lo he puesto verde delante de Janet y Lisa y me avergüenzo por ello, pero al mismo tiempo me siento como en las nubes. El corazón me late tan deprisa que tengo la sensación de que se me va a salir disparado del pecho y... ¡Dios mío, el pelo! Decido ir a ver a Rose para que me lo arregle y, por supuesto, a hacerme la manicura... ¡Dios mío! ¿Qué me pongo? Sí, los pantalones negros nuevos y el jersey de cuello vuelto negro. Algo sencillo.

Llamo a Janet. Contesta a la primera.

—Voy a salir con él otra vez.

—¿Quién es él?

—Marv Rothstein.

—¡Cariño, es estupendo!

—Me da un poco de vergüenza. Había jurado no volver a verlo, pero ha sido oír su voz y ponerme a cien. Además, estoy escribiendo sobre él.

—No te cortes, cariño. Está bueno, es rico y a lo mejor incluso se le empina. Deja de obsesionarte.

—No, si sé que va a salirme con algo malo. Tiene otras mujeres. Estoy segura, y en realidad no lo conozco.

—Lo conoces suficiente para escribir sobre él. Venga, cariño, a por el anillo de diamantes. A lo demás, ni caso. Llámame después de la cita.

9

¿A que no se lo imaginan? Falta una hora para que Marv pase a recogerme y tengo uno de esos días en que parece que te has levantado con el pie izquierdo. Me estoy secando el pelo e intentando estirarlo, mientras me repito que no es más que una cita. Una cita de negocios. Al fin y al cabo, ¿no es él quien actuó como si yo fuera la única mujer sobre la faz de la tierra y luego no me llamó? Y sin embargo, hay que ver lo que ha pasado. Mi columna empieza a tener éxito y mi trabajo está cambiando. Y todo por él.

Apago el secador y me sacudo el cabello para que quede suelto. Después me prendo una plumita negra a un lado.

Suena el teléfono. Es Janet.

—A ver, ¿te has puesto la sombra de ojos gris?

—La sombra, la hidratante, el perfume... de todo. Estoy lista.

—Muy bien, cariño. Demuéstrale que te gusta. Ese tío tiene pasta. Tú no hagas caso a la petarda de Lisa. Disfruta, cariño. —Suspira—. Anoche salí con el conde persa de sesenta años, ese del que te hablé. Encantador. Fascinante. Huele a tienda de Neiman Marcus. Me invitó a cenar en el Scala y después me llevó a su suite del Ritz-Carlton. Estábamos lanzados cuando, ¡zas!, resulta que el pobre tiene una cosita de nada. Y encima, alergia; o sea, que a cada momento estaba con el nebulizador nasal y resoplando. Alégrate de que vas a salir con un tío bueno.

—Mañana te llamo —digo riendo.

Doy unas vueltas para impregnarme del aroma de Chanel otra vez y vuelvo a alisarme el cabello. A las ocho en punto Marv me llama al móvil. Está abajo. Ya solo su voz aterciopelada me vuelve loca... y de repente pienso en por qué se me habrá ocurrido ponerme la ropa interior de algodón con mariposas. Después del divorcio no me sentía precisamente atractiva y empecé a usar ropa interior de amish.

—Ahora mismo bajo —digo, controlando la voz.

Bajo a toda prisa la escalera, ya sin reservas, agarrándome con fuerza al pasamanos para no caerme, con el corazón a punto de estallarme. Dios mío, ahí está, mi señor X, junto a su Mercedes descapotable negro, mirándome mientras me dirijo hacia él. Está realmente impresionante, más guapo de lo que lo recordaba, todo de negro: jersey de cuello alto, vaqueros, abrigo largo, y el cabello plateado impecable. Estoy sin aliento.

—Hola, Anny —dice en voz baja, juzgándome con una sola mirada de sus penetrantes ojos.

Me abraza, mientras me dice que se alegra de verme y me ayuda a subir al coche cortésmente.

Se interna en el tráfico. Suena un CD de Tony Bennett, «I Left My Heart in San Francisco». Es una noche fría, y los asientos de piel del coche tienen calefacción. Solo estar a su lado me excita, y me siento sofocada.

—Dicen que va a llover...

—Hueles muy bien.

—Es té verde. Tú también hueles muy bien.

—Pues los dos olemos bien —dice riendo—. He pensado que podíamos cenar en Pasha. Tienen la mejor comida de Oriente Medio de toda la ciudad.

—Me parece bien.

La comida especiada me sienta fatal, pero ni en broma pienso decírselo.

—Esta noche retomaremos lo que dejamos —dice.
—Ya veremos —replico, pensando qué cara más dura tiene.
Después se pone a cantar el tema del CD, pronunciando cuidadosamente cada palabra con su voz profunda, reposada. Me toma la mano en cada señal de stop. Dios mío, este hombre me tiene atrapada, y tengo una sensación de bienestar que no experimentaba desde hacía años, una sensación como cuando te desborda el deseo y estás a punto para el sexo. Algo ha ocurrido entre nosotros. Lo noto.

Raja, el jefe de comedor, se deshace en atenciones con Marv y nos lleva al fondo, a la mesa del rincón. La música persa es fascinante, de lo más sensual, y hay velas encendidas por todas partes. Este hombre es increíble. Como si lleváramos tiempo juntos, pide una Stolichnaya con tres aceitunas verdes para mí y lo mismo para él. A continuación, kebabs en espetón con muchas especias, y bebemos una barbaridad.
—Creía que tomabas Cutty Sark —digo.
—Quiero beber lo que tú bebas. Me gustas mucho, Anny.
—¿Cómo puedes saberlo después de una sola vez?
—Porque lo sé. Ojalá nos hubiéramos conocido hace años.
—¿Por qué habría sido distinto? —pregunto.
—La juventud. Seríamos más jóvenes.
Marv parece triste.
—La edad no tiene nada que ver con la juventud —replico, decepcionada con su respuesta, sintiendo un creciente vacío en el estómago.
Marv sonríe.
—Eres encantadora, Anny. Eres como una rosa en flor. —Parpadea—. ¿Has pensado en mí?
—Quiero ser misteriosa, así que no te voy a contestar.
Sonríe de oreja a oreja.

—Es que eres misteriosa.

—Así que llevas siete años divorciado —digo, y tomé un bocado de berenjena especiada—. ¿Y no has encontrado a nadie que te guste en todo ese tiempo?

Marv se encoge de hombros.

—Salí con una mujer de Grass Valley, con muy buen tipo. Tenía una casa con piscina, y pasamos juntos allí varios fines de semana. Con ella el sexo era mejor que lo que yo había conocido, pero lo único que hacía era esperar los fines de semana para que yo fuera a verla. No funcionó.

El resto de la cena se desdibuja, y yo apenas como. Mis reservas van desapareciendo poco y poco. La sensual música sube de tono, y nos sentimos a gusto, riendo por cualquier cosa, coqueteando como adolescentes en celo, sin decir nada importante ni profundo. No creía que a estas alturas de mi vida pudiera actuar de una forma tan ñoña, ponerme en plan Bette Davis, sacudiendo el pelo, dejando caer una muñeca, riendo por una tontería que le había dicho a Marv su nieta y fingiendo que no me daba cuenta de que acababa de contarme lo mismo hacía diez minutos. Siento una excitación sexual desconocida, como si tuviera todos los nervios a flor de piel y en la habitación solo estuviéramos Marv y yo. Y mientras me habla de los diamantes perfectos que ha comprado y vendido, todo en él me va poniendo más y más caliente: sus uñas de manicura, la textura de su suave piel aceitunada, las motitas doradas alrededor de sus pupilas oscuras, su boca sensual que se curva hacia arriba, su cabello sedoso y brillante. Estoy colgada.

Al acabar la cena me invita a su casa.

—Quiero enseñarte mi colección de arte. Creo que te gustará.

—Bueno, es que se ha hecho un poco tarde...

—Venga, vamos. Un coñac, una copa y unos besos.

—No me asustes —digo, intentando hablar en broma. Al fin y al cabo, podría ser otro artículo, me digo.

En el coche vuelve a poner un CD de Tony Bennett y canta con voz ronca, como si estuviera en un club. Me repito que por unos besos no pasa nada, y doy gracias a Dios por haberme cambiado las bragas de las mariposas. Así que, ¿por qué no habría de ir a su casa?

Detiene el coche en Nob Hill. Vive en uno de esos preciosos rascacielos que se ven en las revistas con hombres ricos en tumbonas de Le Corbusier. En Nob Hill destacan los hoteles Fairmont y Mark Hopkins, residencias y edificios opulentos, elegantes restaurantes. Las estrechas calles están flanqueadas de árboles, y ante cada fachada monta guardia un portero con chaqueta roja y un silbato dorado colgado del cuello. Los raíles del tranvía zumban sin cesar.

Cogidos de la mano subimos en el ascensor hasta la planta veintiocho. El ascensor se para en el ático, y Marv abre la puerta. Inmediatamente le rodea los pies un perro blanco, minúsculo, del tamaño de un calcetín.

—Es Honey —dice Marv—. ¿No es preciosa?

Honey no debe de pesar ni dos kilos, una especie de bolita de algodón con ojos negros.

—Sí, preciosa —digo, y le doy unos golpecitos. Intenta morderme, y yo me aparto.

—Es que tiene que conocerte —explica Marv—. Le gusta lucirse. Es muy sensible.

—Tienes una vista espectacular. —Contemplo con admiración la vista panorámica de la ciudad y del puente de Golden Gate. Unos ventanales desde el suelo hasta el techo rodean el salón y el comedor, elegantemente decorados con muebles ultramodernos y antigüedades—. ¡Vaya!

—No está mal para un chico de Toledo.

Parece satisfecho de sí mismo. Aprieta un botón y unos focos empotrados en forma de estrella proyectan una tenue luz rosa, al tiempo que empieza a sonar Frank Sinatra.

Como un crío fascinado por las estrellas de cine, me habla animadamente de los famosos que viven en su edificio.

—Conoceré a Christie Hefner un día de estos. ¿Coñac?

—Estupendo —digo, contemplando las fotografías de Marv con Madonna, Bono, y Sting y su esposa. Las mujeres son preciosas, con una actitud altanera—. Estas fotos son increíbles. ¿Son clientes?

Marv asiente con la cabeza y sirve el coñac en dos copas grandes.

—Y son solo unas pocas. He vendido diamantes a las mujeres más bellas del mundo, todas ellas espléndidas. Son tan perfectas como los diamantes que les vendí.

—¿De qué es este premio?

Una enorme placa de oro lleva el nombre de Marv, por su «bondad».

—Doné dinero a la mina de diamantes de Nigeria.

—¡Vaya!

Me siento en el sofá de ante beis, frente a los ventanales, y recorro la habitación con la mirada. Aunque bonita y evidente reflejo de riqueza y éxito, la decoración lleva la impronta demasiado estudiada de un diseñador de interiores relamido, con los sillones anchos de ante beis y sin estanterías llenas de libros. Pero hay esculturas de mármol, cuadros abstractos multicolores y orquídeas en flor por todas partes. Todo es pulcro, bello, como si no se pudiera tolerar nada que no lo fuera. Muy distinto de mi apartamento, abarrotado de libros, revistas y cuadros. Aquí no hay ni un libro a la vista. Todo está ordenado y reluciente, como para ocultar la verdadera esencia de Marv.

—Me encanta el buen coñac —dice Marv.

Se sienta a mi lado. Coloca dos posavasos en forma de concha sobre la mesita de mármol blanco y me da una copa. Aspira el aroma del coñac, suspirando y cerrando los ojos. Guarda silencio, como si el coñac se mereciera unos momentos de reverencia. Se me saltan las lágrimas con el fuerte aroma y todavía estoy un poco mareada por la cena. Doy un par de sorbitos.

—Mi primera esposa y yo hacíamos viajes para catar vinos —explica, y da un sorbo a su copa—. En París comprábamos vinos y coñac. Maurice, nuestro hijo, nació allí.

—Qué romántico.

—Sí, lo fue —dice con expresión nostálgica—. París es para los amantes, para la pasión.

Hace girar el coñac en la copa, con la mirada perdida en la lejanía, y da un sorbo.

—Yo siempre he querido ir a París —digo, y doy otro sorbito—. Cuando era joven soñaba con vivir en París, pintando y escribiendo.

—¿No fuiste con tu marido? —Me mira fijamente, y noto que está pensando, calculando.

—No —contesto con un suspiro—. Él estaba demasiado ocupado ganando dinero, y yo iba... a una escuela de pintura. Pero en fin, no importa —concluyo rápidamente, incómoda.

Marv se pone tenso de repente.

—Debra, mi segunda esposa, solo consentía que tuviéramos relaciones sexuales los lunes por la noche. No le gustaba el sexo, y a mí me apetecía todo el tiempo. Así que se divorció de mí.

—¿Cuánto tiempo estuvisteis casados? —pregunto, dándome cuenta de que ha pasado del coqueteo a la tristeza.

—Doce años con Debra —responde inmediatamente—. Y quince con Giselle. —Suspira y se pone melancólico—. Las dos eran preciosas, pero frígidas.

—Pero me has dicho que Debra y tú seguís siendo amigos, ¿no? ¿O seguís... juntos?

Marv se encoge de hombros.

—No, no nos acostamos. Me ayuda a veces en los negocios, con las ventas de diamantes.

Con un profundo suspiro, como si llevara todo el peso del

mundo a sus espaldas, se quita los mocasines de Gucci y se estira en el sofá, y me rodea la cintura con un brazo. Contengo la respiración para que no me note el michelín.

—¿Quieres una pastilla de menta? —me pregunta, metiéndose una en la boca.

—No, gracias —contesto—. Qué brillante está la luna... Como una perla, ¿verdad?

Me retira delicadamente un mechón de pelo que me ha caído sobre un ojo.

—Eres un encanto —dice con dulzura—. Debajo de esa arrogancia y esa excentricidad hay una mujer sensible.

—Marv, hace tanto tiempo que no...

Me estrecha entre sus brazos con dulzura y me besa. Al principio me resisto, pero después me pongo a cien y le devuelvo el beso, apasionadamente; nuestras lenguas indagan, y espero que no note el hueco de dos muelas que se me cayeron al darme un golpe. Pero no puedo dejar de besarle.

—Qué sensual eres —susurra, mientras me acaricia la cara.

—¿Tú crees? —murmuro junto a su boca, apretando mi cuerpo contra el suyo.

—Lo sé. Eres distinta, una mujer maravillosa. La mujer más interesante que he conocido en mi vida. Quiero hacer el amor contigo.

—¿Y cómo lo sabes?

—Porque lo sé. Desde la primera vez que nos vimos he querido hacer el amor contigo. Esas cosas se saben, sin más.

—¿Quieres hacer el amor, o es sexo?

—Anny, eres la única mujer con la que quiero sexo.

De repente me siento confusa, asustada e insegura. Me disculpo, diciendo que tengo que ir al aseo.

—Ve a mi cuarto de baño —dice Marv, y me lleva hasta un pasillo—. Por aquí, y luego por el dormitorio.

El pasillo está iluminado con una luz tenue. Temblorosa por el beso, atravieso el gigantesco dormitorio principal. La alfombra es tan mullida que me hundo, y las paredes están tapizadas de seda de color albaricoque. La enorme cama está cubierta con una gruesa colcha, y encima hay un tapiz indio. El cuarto de baño parece sacado de un anuncio de perfume de Calvin Klein, todo de mármol blanco, precioso, con jacuzzi y ducha con cristal y asientos de mármol blanco. El aire huele a menta. De unos jarrones de vidrio turquesa hechos a mano cuelgan orquídeas blancas.

Abro un grifo del lavabo doble para que Marv no me oiga y cojo un frasco grande de colonia de hombre, de París. Le quito el tapón y aspiro el aroma sutil y elegante que él utiliza. Después abro el botiquín: frascos de pastillas para dormir, diuréticos, pastillas para la tensión... y de repente veo un frasco de Viagra. Leo la etiqueta. Receta del doctor Morton Cohn, treinta y dos pastillas de Viagra de veinticinco miligramos, con fecha de tres semanas antes. Cuento las pastillas. Solo quedan once. Lo que significa que desde el día que nos vimos ha estado con alguien.

Perpleja y desanimada, con el agua aún corriendo, vuelvo a poner el frasco en su sitio y me acuerdo de cuando encontré el frasco de Viagra en un bolsillo de Donald. Es mala señal. Marv ha estado tomando Viagra durante todas las semanas que no me ha llamado. «He pensado en ti, solo en ti», me había dicho. De ninguna manera quiero ser una más de sus mujeres, formar parte de su harén. Estoy harta de eso. Como una burbuja se deshace con el viento, así se deshacen mis fantasías.

Me lavo las manos con el jabón perfumado y cierro el grifo. Me aliso el pelo y vuelvo al salón.

Marv está tumbado en el sofá, sin zapatos.

—Ven aquí conmigo —dice, al tiempo que da un golpecito al cojín que está su lado.

Miro mi reloj.

—Lo siento, Marv. No me había dado cuenta de lo tarde que es. Tardísimo. Tengo que entregar un artículo mañana y...

—Quédate, Anny. Te llevaré a casa por la mañana, pero quédate.

—No, lo siento. Tengo que volver a casa.

Marv se pone lentamente los zapatos, apretando los labios, y dice que tiene que llevar a Honey a dar un paseo.

—Claro —digo, mientras me abotono la chaqueta.

En el coche, con Honey en las piernas de Marv, el cuerpecillo apretado contra el suyo, reina un silencio abrumador, realmente tirante. Me gustaría decirle que no se sienta herido, que no soy una jovencita dispuesta a meterme en su cama así como así, que hace mucho tiempo que no me acuesto con nadie, que necesito que signifique algo, y trato de convencerme de que estoy actuando como es debido. Entonces ¿por qué me siento tan mal?

Detiene el coche delante de mi edificio, sale y me acompaña hasta el portal con expresión tensa.

Hurgo con la llave en la cerradura hasta que consigo abrir la puerta.

—Bueno, gracias, Marv —digo, y le doy un beso en la mejilla—. He pasado un rato estupendo.

Se da la vuelta, entra a toda prisa en el coche y se marcha.

Al llegar a mi apartamento enciendo los focos de riel, que hacen un ruido como si estallaran. Estoy triste. Me siento rechazada, pero al recordar las pastillas de Viagra me convenzo de que he hecho bien. ¿O acaso se creía que podía colarme en el espacio que ocupaba los lunes otra mujer? Desde luego, es un capullo, pero bajo su capullez hay algo que sigue interesándome.

Me desnudo rápidamente, sin siquiera encender la luz, pensando si hay algo de él que ignoro o que no he llegado a comprender. Decido entrar en JDate, con la esperanza de que su perfil me dé alguna idea, y mientras el ordenador arranca caigo en la cuenta de que en JDate queda constancia de la frecuencia con que los clientes visitan el sitio web.

Entro y al llegar al perfil de Marv me quedo de piedra. Dice que Marv se ha conectado veintidós minutos después de medianoche. ¡Dios mío, quince minutos después de acompañarme a casa! ¿Eso quiere decir que estaba buscando a alguien nuevo? ¿O que estaba respondiendo a alguien que se había puesto en contacto con él antes? En cualquier caso, me siento decepcionada. Dolida. Rechazada.

Es un cerdo. Cuánta razón tiene Emily. Estoy furiosa. Me pongo a escribir, detallándolo todo, lo que hemos comido, qué aspecto tenía él, cómo me miraba, cómo olía, reproduzco todas y cada una de sus palabras.

> Es un vendedor de diamantes en plena decadencia que no sabe enfrentarse a la vejez. El señor X lleva su atractivo sexual como una armadura. Mientras sale con una mujer va a la caza y captura de otra, y de otra. Un tipo codicioso, con hambre de sexo, rechazado sexualmente por dos esposas, que quiere todo el sexo que pueda conseguir.
>
> Veo el frasco de Viagra. Hace tres semanas estaba lleno, según la receta. ¿Por qué solo quedan once pastillas?

Describo el tenso silencio al volver a casa, su mal humor porque yo no me había quedado. Describo el tono herido de su voz al confesar que su ex mujer solo le permitía acostarse con ella los lunes. Describo todos los detalles de la noche. Pongo a mi artículo el título de «El señor X ha vuelto. ¿Va de setentón malo?».

Cuando acabo de escribir envío el texto a Monica por correo electrónico y me voy a la cama. Me siento desbordante de alegría por el artículo y engañada por Marv.

Y de pronto me siento verdaderamente excitada. Siempre me excita encontrar una idea para escribir. Sé que he dado con algo importante; noto la energía.

En la cama, agotada pero desvelada, observo la luz del amanecer deslizándose por el techo y escucho los ruidos del tráfico. Me gustan los ruidos de los coches y las motos, de la gente que se dirige a su destino. Observando las formas que dibujan las luces sobre las paredes, mis pensamientos vuelven una vez más a Marv y recuerdo su expresión adusta, su vehemente silencio. Hay en él algo que no concuerda, algo encubierto: las uñas, demasiado arregladas; la decoración, demasiado perfecta; el brillo solitario de la cocina; la voz sosegada, modulada. Algo oculto, a la defensiva.

Mientras me va venciendo el sueño oigo un tango. El tango, que tanto me gusta, sobre el amor.

10

—¡Los hombres son troles con pene! —digo—. Quince minutos después de llevarme a casa ya estaba en JDate troleando para encontrar otras mujeres.

La doctora Indira sigue en silencio. Es el día siguiente por la tarde y estoy en la terapia, tumbada en el diván, con los pies colgando del borde. ¿Por qué no comprará un diván más grande? La doctora Indira está sentada detrás de mí. Nunca la veo durante las sesiones, pero conozco cada uno de sus silencios y suspiros, y las manchas del techo. Llevo veinte minutos relatando cada detalle de Marv y nuestra cita de la noche anterior. Le cuento lo de las pastillas de Viagra.

—De las treinta y dos pastillas que le habían recetado, quedaban once.

—¿Quería usted quedarse? —pregunta la doctora en voz baja.

—¿Quiere decir si quería acostarme con él? Pues sí, hasta que conté las pastillas de Viagra.

—Entonces ¿renunció por la tragedia imaginaria de lo que está haciendo Marv? Anny, él tiene una vida anterior a usted, igual que usted tiene una vida anterior a él. Toma Viagra y usted ha escrito sobre él. En lugar de preguntarle si está con alguien, usted se marchó. Así él no puede conocerla en ningún plano.

—Sí, vale. ¿Tengo que pasar por esa jerga psicológica una y otra vez? Ese hombre parece recién salido de un *casting*, el modelo perfecto para un cartel de Viagra. Piensa con la polla. Un personaje perfecto.

—Entonces, no quiere ver al verdadero Marv. ¿Solo quiere utilizarlo para su artículo?

—Yo lo quiero todo. Me quita el hipo... hay algo en él que me despierta una profunda pasión que nunca había sentido, ni siquiera con mi ex marido. Pero yo siempre he creído que el sexo significa amor y compromiso. —Me callo—. Me atraía mucho, pero al descubrir que estaba tomando Viagra, evidentemente con otra mujer, o con muchas, me eché atrás.

—Bien. Toma Viagra. Usted no sabe nada de su vida. Ha escrito sobre él, y él no sabe nada de su vida. Le han hecho daño dos veces. A usted también le han hecho daño. Y sin embargo, lo quiere todo de él.

—Quiero una relación de verdad, no solo sexo.

—¿Qué quiere decir con una relación de verdad? —pregunta la doctora Indira tras un largo silencio.

—Pues con compromiso. Que me quiera, que yo lo quiera. No como mi ex, que se dedicaba a follarse a Conchita en la lavandería.

—Es decir, que quiere una relación como en sus ficciones, ¿no? —Suspira—. Solo estoy indicando que usted desea una garantía, pero si lo tuviera todo, lo que me planteo es si realmente lo querría.

—Bueno, no es que espere que me dé más hijos. Ni siquiera un perro. Quiero sentirme segura en una relación, sea la que sea... Compartir una vida, Nochevieja, susurros en la oscuridad. De todos modos, la relación entre personas de más de sesenta años es algo completamente distinto, porque somos demasiado viejos para pensar en un largo y bonito futuro.

—El amor es cómo te amas a ti mismo, Anny. Se trata de amarte a ti mismo. Después puedes tomar decisiones más importantes. Usted le tiene miedo al rechazo.

Observo la luz flotando en el techo y después desintegrándose en puntos de colores.

—Bueno, ya conoce mi conducta con los hombres. Si son demasiado amables, me aparto. Si son demasiado esquivos, como mi padre, me acerco. Soy un desastre. Soy como una muñeca rota que arreglas con pegamento —digo tras un largo silencio—. Queda muy bien mientras la tengas apoyada en un puñetero cojín de satén. —La doctora Indira suspira. Oigo que cambia de postura, lo que significa que la sesión está a punto de acabar—. En fin, a los hombres de esta generación de la Viagra solo les interesa el sexo. Marv está tan metido en sí mismo que ni siquiera ha leído mi columna. Ni la ha mencionado.

—¿Quiere que lea la columna del señor X? —pregunta la doctora Indira.

Me encojo de hombros. Me ha hecho una maniobra de despiste, como de costumbre. ¿Quiero demostrar a Marv que yo tengo la sartén por el mango, que no es tan listo como cree? ¿Tan a la defensiva estoy?

—Tiene usted miedo, Anny. —Suspira—. Piense en lo que quiere, no en lo que no quiere, y se sentirá más conforme consigo misma. Para eso a veces hay que correr riesgos y bajar las defensas.

Silencio. Oigo el chasquido de la luz, lo que significa que ha llegado el siguiente paciente. Se cierra una puerta. Aspiro el dulce aroma de las gardenias que la doctora Indira siempre tiene flotando en un gran cuenco naranja. Tiene razón. En eso consiste mi búsqueda, eso es por lo que me estoy esforzando, pienso, mientras estiro la mano hacia una caja de pañuelos de papel. La doctora Indira ha hecho que me dé cuenta de que aún no lo he logrado.

—En mis sueños, no puedo volar. Soy una mariposa de papel con las alas arrugadas, aplastada contra una hoja muerta. Quiero salir del sueño, pero no puedo moverme.

—Desgraciadamente, tenemos que acabar.

Me levanto, parpadeando para borrar los puntos que tengo delante de los ojos y alisándome el pelo, que se me ha encrespado. La doctora Indira también se levanta, y la miro a la cara. Más o menos de mi edad, su largo cabello plateado, que lleva en una trenza, destaca llamativamente sobre la piel tersa y morena. Tiene un punto rojo pintado entre los ojos oscuros, turbadores. Es baja, de no más de metro cincuenta. Lleva un sari amarillo y un gran anillo de ámbar.

—Nos vemos a la misma hora el jueves —dice.

Tengo que pelearme con la llave de la puerta, girándola primero hacia la derecha y después a la izquierda, con miedo de hacerlo mal mientras ella me observa, y pensando por qué demonios nos deja encerradas, como si yo fuera una chiflada.

En la calle parpadeo varias veces para ahuyentar la luz. Mientras camino por Van Ness Avenue, los autobuses, las bicicletas, el denso tráfico, las sirenas me devuelven irritantemente a la realidad. Paso ante restaurantes y talleres de reparación de automóviles, ante una mujer sin techo junto a una puerta, con su manta y sus demás bienes materiales pulcramente ordenados en un carrito. Le pongo en la mano un poco de dinero, y cuando me sonríe veo que no tiene dientes. Me entristece. Me doy cuenta de la suerte que tengo y me digo que más me vale dejar de lamentarme por tonterías.

Sigo por Van Ness, contemplando con admiración el cielo de color zafiro y pensando en la sesión. Sí, la doctora Indira tiene razón. Quería acostarme con Marv, pero me daba miedo arriesgarme por mi temor al rechazo. Por eso no lo hice, y Dios sabe lo mucho que lo deseaba.

Echo a andar más deprisa, y al pasar ante el ayuntamiento la luz moribunda destella sobre la cúpula, que parece de láminas de metal dorado.

Cruzo la calle, hasta Broadway; quiero llegar a casa antes de que se haga de noche. Al llegar a la iglesia de Saint Brigis me detengo ante los ramos de flores que hay en los escalones y aspiro el olor a incienso que sale por las puertas abiertas. Pronto será de noche, cuando aúllan los perros, se reúnen los amantes y la luna causa estragos.

Al llegar a casa me pongo a trabajar en un cuadro de una mujer con sombrero negro y zapatos de aguja con tiras en los tobillos, sentada desnuda dentro de una caja alta. Mientras trabajo recuerdo que de casada siempre estaba en mi estudio, pintando. Reflexiono sobre lo que me ha dicho la doctora Indira de amarse a uno mismo y vuelvo a pensar en mi matrimonio. Había poca comunicación, sobre todo después de que Emily naciera. Donald se puso furioso porque no quería tener hijos. Yo lo había engañado dejando de tomar la píldora anticonceptiva.

Después de un rato, cuando ya no sé muy bien adónde quiero ir a parar con el cuadro, guardo los utensilios y las pinturas y decido acostarme. Riego las plantas y dejo preparado el café para el día siguiente. Cuando suena el teléfono, pienso que será Janet o quizá Lisa, porque siempre llaman después de las once. Contesto sin fijarme en el número.

—Hola, Valentina. Soy Marv. ¿Te he despertado?

—No, no, qué va. Estoy pintando —digo, agarrando el teléfono con fuerza.

—¿Cómo estás?

—Muy liada con el trabajo. ¿Y tú?

Me cuenta que está entusiasmado con un diamante amarillo canario de veinte quilates que ha ido a ver a Milán.

—Es perfecto. Hay muchos compradores pujando por él.

—¡Vaya!

—¿Qué tal si nos vemos mañana por la noche? He pensado que podríamos ir a cenar y después a bailar. Me dijiste que te encanta bailar.

—Mañana me viene mal. El viernes es el único día que tengo.

—Pues entonces, el viernes. Te recojo a las siete.

—Estupendo.

—Felices sueños.

Cuelgo. ¿Ha ocurrido de verdad, o estoy soñando? Me siento como una jovencita, con mariposas revoloteándome en el estómago, y me río sola. Me paso la hora siguiente en el vestidor, probándome zapatos y chales, decidiendo qué va bien con qué, decidiendo qué me pondré. Detesto ir de compras, pero me encanta sacar ropa vieja y combinarla.

Suena el teléfono. Son Janet y Lisa.

—Ha llamado —anuncio, feliz.

—¿Quién? ¿Dios? —pregunta Lisa.

—Marv —contesto.

—Ya lo sabía yo —dice Janet.

—El viernes por la noche vamos a cenar y a bailar.

—Ten cuidado, cielo —dice Lisa en tono cauteloso—. No quiero que te deje hecha polvo.

—¡Relájate, Lisa! —chilla Janet—. No te pongas los zapatos de tacón más altos que tengas, cariño. Lo único que te falta sería caerte de bruces...

—Vamos a comer juntas mañana —digo—. Necesito que me aconsejéis. Porque, ¿sabéis?, voy a acostarme con él.

11

Al día siguiente como con Janet y Lisa en el restaurante Water, en el Embarcadero. Desde los ventanales de doce metros de altura se domina el mar, con los barcos y el puente. Unos peces tropicales feísimos nadan en las altas columnas de cristal que rodean las mesas. Hay mucha gente guapa, los hombres vestidos de negro y las mujeres con trajes de trabajo minúsculos y zapatos de diseño con tacón de aguja y suela roja. Los apuestos camareros se deslizan por la sala como si estuvieran patinando sobre hielo. Nos atiende Jeremy, que nos trae martinis con limón.

Janet tiene el día libre y va de punta en blanco, con un jersey rojo con escote de barco muy abierto y el cabello recogido en un moño alto. Lisa va de elegante negro, con un vestido corto, joyas de plata y zapatos de tacón de Manolo Blahnik.

—Así que voy a acostarme con alguien por primera vez en casi catorce años, y es que estoy como un flan. ¿Y si no sé qué hacer?

—Tú cierra los ojos e imagínate que estás montando en bici —me aconseja Lisa.

—Cariño, lo único que necesitas es una vagina —dice Janet—. Esos setentones relamidos son capaces de follarse un perro. Tú no te preocupes. Ya verás como enseguida le coges el tranquillo.

—Pero depende de la mujer. La mujer madura conoce su

cuerpo, sabe lo que tiene que pedir —dice Lisa, tomando delicadamente un sorbito de su copa.

—Y una mierda —le espeta Janet, toda colorada—. Ni que fueras uno de esos terapeutas tipo Nueva Era que dan consejos sobre el punto G... Nada de pedir. ¡A seducir!

—Estoy de acuerdo contigo —digo riendo—. Pero la verdad es que las mujeres estamos más desarrolladas emocionalmente que los hombres.

—Sí, claro. Que se lo digan a Marsha Blumenthal, que se pone bótox en la vagina —dice Janet.

—Pues a mí me huele a chamusquina —tercia Lisa, prefiriendo no hacer caso del comentario de Janet—. Si Anny se va a la cama con él demasiado pronto, adiós muy buenas. Primero tienen que conocerse.

—¿Y qué tienen que conocer? —pregunta Janet, más colorada todavía—. ¿Es que no te has enterado de que ya no hay demanda para la vagina sesentona? Dentro de nada igual estamos muertas. Es que vivís en el pasado.

—Bueno, yo voy a intentarlo —digo.

—Asegúrate de que no tienes el tú ya me entiendes seco —me aconseja Janet—. Yo me meto una cápsula de vitamina E en la vagina, que suelta estrógenos y la mantiene húmeda. Lo que pasa es que la última vez se me quedó pegada y tuve que ir al ginecólogo a que me la sacara.

—El sexo no lo es todo —dice Lisa—. Como John no puede tomar Viagra, no puede hacer nada. Y toma Coumadin, pero por la noche nos abrazamos. A mí me hace feliz.

—Sí, feliz como una perdiz. Ni hablar. A mí, que me lo den todo.

—Estoy nerviosa —digo—. Y para colmo, cuando levanto las piernas me chascan las rodillas.

—No te pongas encima —me recomienda Janet—. Te colgarán el cuello y las peras. Quédate debajo, con la cabeza bien hacia atrás. Así no se nota tanto lo del cuello y las peras.

—Bueno, ten cuidado. Da la impresión de que ese tío está con alguien —me advierte Lisa.

—De todos modos, necesito más historias del señor X, ¿a que sí?

—Además, los hombres de más de sesenta no están para muchos trotes —dice Janet—. El último con el que estuve yo tomó tanta Viagra que se le desconectó la pulsera de asistencia y tuvieron que venir de urgencias. Me lanzaron unas miraditas tremendas y se lo llevaron en camilla. Y él seguía teniéndola dura, más tiesa que una vela.

Nos reímos.

—Yo sigo soñando con Rhett Butler, el de *Lo que el viento se llevó* —digo.

—Probablemente Rhett está enganchado a la Viagra —dice Lisa, riendo.

—Pero es demasiado viejo para subir la escalera —replico.

—Bueno, chicas —dice Lisa, y hace señas al camarero para que nos traiga la cuenta—. Vamos a llevar a Anny a Victoria's Secret.

—Estoy bien como estoy —protesto—. No tengo por qué comprar lencería.

—No estás bien, cariño —replica Janet—. No puedes llevar tus bragas especiales de algodón para follar.

—Exacto —dice Lisa—. Venga, vamos.

Llegamos a Victoria's Secret una hora después. Me siento como si hubiera entrado en otro mundo. Sujetadores, bragas de los más variados colores, como caramelos, y camisones expuestos como joyas. Lisa y Janet se quedan boquiabiertas ante un tanga negro tan fino que si le soplo encima flota.

—No, no, estoy demasiado gorda para eso. Me está saliendo una morcilla alrededor de la cintura.

—Olvídate de la morcilla, cariño. Cuando se ponen cachondos no se dan cuenta de nada.

Lisa sostiene un body de encaje negro acabado en tanga y varios sujetadores de aro.

—No necesito sujetadores. No quiero parecer una conejita de *Play Boy.*

—Es que ni en sueños —dice Janet, mirándome el pecho—. Pero si te cuelgan las tetas como si fueras una madre lactante.

Lisa le da la razón. Llaman a la dependienta, Mindy, que no tiene más de diecisiete años y es esbelta, de pecho plano y cuerpo de bailarina de ballet.

Mindy me mira de arriba abajo.

—Voy a traerte unos sujetadores.

Antes de que me dé cuenta estoy probándome sujetadores transparentes, de encaje, con aro. Me decido por uno negro de encaje, sencillo. Las chicas entran en el probador y tuercen el gesto.

—Eso hay que subirlo. Los tirantes más apretados. Fíjate en mis tetas —dice Janet, sacando pecho—. ¿Ves cómo sobresalen?

Me siento de lo más vulgar, pero al final me compro unas bragas de encaje que se ajustan a las caderas, un sujetador, también de encaje, y un camisón corto, transparente, todo negro.

—¿Y si no me invita a quedarme? ¿O si yo decido no quedarme?

—Cariño, las normas las pones tú. Eso tienes que hacerlo desde el principio.

—Pon límites.

—Prefiero dormir con mi camisón de ranitas —digo.

—Déjate de ranas con ese tío —replica Lisa.

—Y no te olvides del lubricante.

—¿Qué lubricante?

—Crema para el chichi —aclara Janet.

Lisa hace una mueca.

—Hazte la depilación brasileña. Ya se lo digo yo a mi chica, Svetlana.

—Quita, quita —dice Janet—. Seguramente no le queda suficiente vello para la brasileña. Tú, al natural. Él ni se dará cuenta.

—Por Dios, que es solo una cita —digo.

—No es solo una cita —replica Janet con mirada cómplice—. Es hora de que te renueves de arriba abajo.

12

Es casi la hora; una más y llegará Marv. Estoy a remojo en un baño de burbujas de gardenia, afeitándome las piernas y observando el vello oscuro que flota en el agua, como hilos, espantada ante las manchas de la edad y las delgadas venas azules que salpican mis pálidas piernas. Cierro los ojos y recuerdo la última vez que tuve relaciones sexuales, hace más de catorce años, con mi ex. Estaba borracho, y como de costumbre todo acabó en cuestión de minutos.

Después del baño me examino desnuda ante el espejo y observo con desánimo el pliegue alrededor de la cintura. Ni siquiera andar tres kilómetros al día ha servido de nada. Rocío Chanel en el aire y doy unas vueltas para que el perfume me impregne la piel húmeda. Después me pongo las bragas y el sujetador negros de encaje. La nueva lencería es seductora. Cuando entorno los ojos me veo a los treinta y cinco años, delgada, con las mismas piernas largas, el mismo pelo largo y un rubor de excitación en la piel pálida, la expectativa del sexo.

A continuación me pongo los pantis negros, finísimos, y los aliso para que no me quede ninguna arruga. Después, el vestido corto de noche, también negro. Es de seda, manga larga y escote de barco muy abierto. Me calzo las sandalias negras de tacón. Por último me coloco los anillos y los pendientes de plata que me llegan hasta los hombros.

Suena el móvil. Es Emily.

—Que te diviertas esta noche, mamá. Recuérdalo: no estás libre.

—Pero sí estoy libre —replico.

—Harry dice que no deberías estar libre.

—Harry no lo sabe todo. A sus cincuenta años, está soltero.

—Pues entonces, a nosotros no nos preguntes —dice Emily—. Tenemos muchas cosas que hacer.

—Pienso lo mismo que Emily —dice Harry por el otro teléfono. —Suspiran—. Llámanos por la mañana.

Compruebo que en el bolso de mano llevo las llaves, el estuche de las lentillas, pastillas de menta, condones y dinero para un taxi. Por si acaso.

Pasan cinco minutos. El corazón me late tan deprisa que me da la impresión de que se me saldrá por la boca. Suena el móvil. Es Marv.

—He aparcado enfrente —dice con su voz sosegada.

—Ahora mismo bajo —digo, con la mayor calma posible.

—No tengas prisa.

Bajo la escalera a toda velocidad, pensando que ojalá las lentillas se queden en su sitio y no se muevan como me pasa a veces.

Y allí está él, junto a su Mercedes descapotable negro, con la puerta del copiloto abierta. Lleva abrigo largo y un pañuelo al cuello, los dos negros, y su cabello plateado resplandece en la oscuridad.

—Hola, Anny —dice en voz baja. Me da un beso en cada mejilla—. ¿Preparada para empezar el resto de tu vida?

Vaya. ¿Está ocurriendo de verdad? Subo al coche, y Marv se adentra en la noche.

La cena es fabulosa. Tomamos pasta y gambas y nos miramos con ojitos tiernos. Coqueteo sin ninguna vergüenza; bajo la voz, me aparto la onda de la melena con la mano. Estoy como loca. ¿De qué hablamos? Ni lo sé ni me importa. Me siento como en una alfombra mágica.

Después de cenar vamos al hotel Sir Francis Drake y subimos en el ascensor de cristal cogidos de la mano. Cierro los ojos, aferrada a su mano. Estoy elevándome a los cielos. Lo único que importa es la noche, nada más. Me siento electrizada.

La sala, en la última planta, es increíble, toda de cristal, y da a Union Square. Una orquesta está tocando una canción de amor muy sensual. Las parejas, vestidas de noche de viernes, bailan lentamente, mientras las luces estroboscópicas las siguen como burbujas.

Nos sentamos y después Marv me lleva a la pista de baile. Bailamos «Hojas de otoño». Le rodeo el cuello con los brazos y aprieto mi cuerpo tanto al suyo que casi formamos uno solo. Me besa, nuestros labios se entrelazan, y yo me entrego al romanticismo. Además, Marv baila maravillosamente, con soltura, con caprichosos pasos entrecruzados; con la mano firmemente en mi espalda, me hace bajar y después subir. Caray. No nos perdemos un baile, sin parar de besarnos, hasta que la orquesta hace una pausa.

Al sentarnos, Marv pide Frangelico, un agradable licor de avellana italiano. Entre besos y sorbos a nuestras copas, me cuenta que va a comprar un apartamento en Asís.

—Iremos allí, Anny —dice, y me besa en los labios.

—Estuve en Italia una vez, cuando tenía dieciocho años —digo, contenta—. Recuerdo la torre inclinada de Pisa.

—Quizá en primavera. Anny, quiero pasar más tiempo contigo.

Entonces empieza a hablar en plural, que si vamos a ir a India, a subir al Kilimanjaro, a nadar en la bahía, y sus palabras me cautivan. Le beso, acariciándole los muslos, sin importarme que la gente mire. No puedo quitarle las manos de encima.

—Ha sido divertido bailar —digo, con la cara pegada a la suya.

—Me encanta bailar contigo —dice él, y vuelve a besarme.
—A mí también. Quiero decir, contigo.
Me echo a reír.
—Me encanta todo en ti, Anny. Quiero estar contigo.
—¿Cómo lo sabes?
—Porque lo sé. Tú ¿quieres estar conmigo?
—Tengo miedo.
—¿De qué?
—De mí misma.
—Vamos a mi casa.
—Pensaba que no ibas a decirlo nunca.

Treinta minutos más tarde estamos en el dormitorio de Marv. La oscuridad es total, salvo por la luz de la luna. Marv enciende una vela en su mesilla de noche e inmediatamente se extiende el penetrante olor del incienso, como a madera quemada. Aprieta un botón y, ¡zas!, empieza a sonar música india. Se despoja de la ropa y le da una patada para quitarla de en medio. Madre mía, cómo está. Nada de tripa, piernas ligeramente arqueadas, ni un gramo de grasa.

—No mires, por favor —digo con voz débil—. Yo... me da vergüenza.

Me quito el vestido, lanzando miradas furtivas a su cuerpo desnudo, firme. Metiendo el estómago, dejo que Marv vea mi preciosa ropa interior nueva, y después dejo caer al suelo los pantis y el sujetador. Él está junto a la vela, mirándome.

—Tienes unos pechos preciosos —dice respetuosamente.

—Estoy nerviosa. Hace mucho tiempo que no...

Tapándome los pechos con los brazos, me meto rápidamente en la cama, tratando de aparentar calma y desenvoltura. Las sábanas son sedosas, no como las mías, todas llenas de pelotillas. Me tumbo sin saber qué hacer; si me muevo, me crujen las rodillas. De repente, Honey salta a la almohada de Marv y me mira furiosa, como si yo fuera una embaucadora.

—Qué bonita música —digo al cabo de un rato—. Siempre he querido ir a India.

—Iremos —dice Marv, mientras me acaricia un muslo.

—Hace mucho tiempo que... Me da un poco de vergüenza. Hace tanto tiempo que no...

—No te preocupes. Tu piel parece de satén... como ya sabía yo...

—Ay... espera... no me aprietes tanto la pierna. Ay, Dios, mi dedo. Tengo un dedo en martillo. ¡Dios mío! —Tiene que ser precisamente entonces cuando ese absurdo dedo se pone tieso y me haga ver las estrellas—. Lo siento... me ha dado un calambre...

—Tranquila —dice Marv para reconfortarme—. No tiene por qué darte vergüenza. A mí también me pasa a veces.

Vuelvo a acostarme; me besa con dulzura y se coloca lentamente encima de mí, abrazándome con fuerza.

—Ten cuidado...

—¿Mejor así? —pregunta, apartando una pierna.

—Sí, mejor —contesto, y le beso.

—Me encanta que me beses el cuello así —dice suspirando.

—La que te está besando el cuello es Honey.

Nos reímos. Vuelve a besarme, al principio delicadamente, despacio, y yo me pongo a cien. No recuerdo haberme sentido así jamás. La música india suena más alta, y nuestros besos son como magia, con vida propia, sin edad, sin tiempo.

Entrelazo las piernas alrededor de sus anchas espaldas, y le digo en un susurro que no puedo esperar más. «Hazlo», y pienso si se me habrá cerrado por falta de uso. Espero que no. Pero entra en mí con rapidez y delicadeza, como un experto, y es perfecto, divino. Me susurra al oído que quería hacerlo desde el día que nos conocimos y le susurro que yo también. Todas mis reservas han desaparecido, y el miedo a hacer ruidos corporales y a tener otro calambre. «Abrázame más fuerte», musito, como si no pudiera sentirlo suficientemente cerca.

—Es el mejor sexo que he tenido con una mujer.

—Yo también —digo, pensando en con quién me estará comparando.

—Me vuelves loco.

Me aferro a él con más fuerza. Es algo mágico.

—Podría pasarme toda la noche haciendo el amor contigo —me susurra junto a la boca.

—Pues hazlo.

—No he pensado en nada más, no he parado de imaginármelo —dice, y me besa apasionadamente—. Eres maravillosa, Anny, tu cuerpo, tu cara, todo.

Me pierdo entre sus brazos mientras susurramos nuestras fantasías, sin querer separarnos. Al principio me retraigo un poco, y me asusta dejarme ir, como si me aferrase al borde de un acantilado, sin querer mirar abajo, y temiera soltarme, esperando que él no se dé cuenta de que estoy cayendo, resbalando; nuestros cuerpos se mueven como si bailáramos, y él me abraza con fuerza, gimiendo, y mi cuerpo tiembla, ardiendo como si me clavaran alfileres al rojo en las piernas... Y de repente acaba. Se termina.

Nos quedamos quietos, sin separarnos, con las bocas juntas. Tengo el pelo húmedo y las piernas aún alrededor de su cintura. Siento debilidad en el cuerpo. El silencio es absoluto, salvo por el ruido que hace Honey lamiéndole la cara a Marv. Nos besamos una vez más y se baja lentamente de mí.

—¿Quieres agua? —pregunta al cabo de un rato.

—No, gracias. —Me acurruco a su lado—. Nunca había tenido un orgasmo tan rápidamente. Ha sido increíble.

—Ha sido fantástico. Eres una bomba. —Sacude las almohadas, bostezando y suspirando—. ¿Prefieres la almohada blanda o la dura para dormir?

—Marv... si no te importa, me gustaría ir a casa. Tengo que levantarme muy temprano.

Me quedo esperando a que proteste.

—Como quieras, Valentina. —Sopla la vela y una columna de humo asciende por el aire, ya frío—. Voy a vestirme.

Entra en el vestidor a toda prisa.

Y allí estoy yo, gateando, buscando mi ropa interior, decepcionada porque no me ha pedido que me quede y preguntándome por qué no me quedo, pero me convenzo de que todavía no estoy preparada. Encuentro los pantis y el sujetador y me pongo en pie rápidamente, con un chasquido de las rodillas. Tengo que hacer pis, pero voy a esperar hasta llegar a casa. Me da vergüenza ir al cuarto de baño de Marv. Me horroriza pensar que pueda oírme haciendo pis.

Me visto a toda prisa, tiritando, guardo el sujetador en el bolso y me abrocho la chaqueta. Intento arreglarme el cabello, pero es un lío de rizos enredados, así que me lo aliso con la mano.

—¿Estás lista, Valentina? —pregunta Marv.

Ha entrado en la habitación, con chándal negro y gorra de los Giants, todo mono y espabilado, mientras que yo tengo los pelos de punta y la cara roja y llena de manchas. Resisto la tentación de echarme en sus brazos, de confesarle que él es el señor X pero que lo único que quiero es estar con él; sin embargo, me digo que no es el momento.

—¿Lo tienes todo? —pregunta.

—Sí.

Bajamos en el ascensor hasta el garaje, Marv con Honey en brazos. Nos internamos en la noche. Todo ha cambiado. Jamás me había sentido tan viva, tan llena de deseo. Y las estrellas siguen parpadeando. Es fantástico.

Cierro la puerta de mi casa, y entro corriendo y a oscuras. Me quito la ropa, dejándola caer al suelo, y al entrar en el baño enciendo la luz.

Me miro desnuda ante el espejo; en esta ocasión mi cuerpo me parece distinto. Los pechos parecen más abultados, los pezones siguen duros. En el busto, los muslos y el cuello, donde me ha acariciado Marv, se me han dibujado unos minúsculos moratones, como ronchas. Me acerco más al espejo y me miro a los ojos, tratando de ver qué parte de mí se ha asomado al exterior esta noche. Tengo los ojos más brillantes, chispeantes, y estoy sonriendo, como si acabara de ganar un premio. Es un milagro. El buen sexo no tiene nada que ver con la edad. Claro que no. A mis sesenta y cinco años tenía miedo de traspasar la encrucijada y esta noche me he lanzado sobre él como una gata trepando por un árbol. Ha sido como si Marv me hubiera puesto del revés y toda mi sexualidad hubiera salido a la superficie.

Apago la luz y me acuesto. Riendo como una tonta, como una quinceañera, me acurruco entre las mantas, imaginando la boca de Marv en la mía, y me dejo vencer por el sueño.

13

Por la mañana me pongo enferma. Cuando intento hacer pis veo las estrellas. Concierto una cita a mediodía con mi ginecólogo, el doctor Clay. Hasta entonces no puedo moverme del váter, doblada, intentando mear, así que llamo a Emily para pasar el rato. Me entusiasmo contándole lo bien que me lo pasé la noche anterior.

—Fue de lo más romántico. Estuvimos bailando en la última planta del Sir Francis Drake. Y él estuvo tan... atento...

—Que siga así, mamá. No te acuestes con él. Harry y yo no queremos que te hagan daño.

—Claro que no.

—Eso quiere decir que ya lo has hecho —me espeta—. ¿Por qué si no ibas a tener una infección de vejiga tan de repente? Tienes cistitis, como una adolescente.

Silencio. Las dos esperamos a que la otra diga algo. Pero no me puedo aguantar más tiempo y me echo a reír.

—¿Como una adolescente? No, por Dios, espero que no.

A Emily no le hace ninguna gracia y suspira.

—¿Así que don Fantástico te invitó a salir el día de San Valentín? ¿Te ha llamado hoy? —pregunta, y oigo a Fred ladrando.

—¡Todavía no! —grito—. Tengo que marcharme.

—Pues claro, porque sabes que tengo razón.

Me tumbo en el sofá y pongo la radio en la emisora de música clásica. La magnífica voz de Pavarotti inunda la habitación, inunda mis sentidos. Estoy pendiente de que Marv llame, y a medida que transcurre la mañana empiezo a sentirme más decepcionada. Pensaba que después de habernos acostado seríamos inseparables, que quedaríamos por teléfono para vernos. Da la impresión de que la edad no me ha servido para ser menos ingenua.

Entro en la sala de espera de la consulta del doctor Clay después de las doce. Una enfermera me acompaña al baño para tomar una muestra de orina.

—Deje el frasco en recepción.

—De acuerdo.

—Después vuelva a la sala de espera. Iré a por usted dentro de poco.

Me siento y finjo ojear un *New Yorker* antiguo, mientras observo a las mujeres embarazadas sentadas enfrente de mí. Qué contentas parecen, pienso, recordando cuando yo estaba encinta de Emily. Su padre y yo vivíamos en Happy Valley, en una casa impresionante de cuatrocientos cincuenta metros cuadrados en una finca de varias hectáreas. Detestaba la vida de barrio residencial, todo el día haciendo el vago en chancletas junto a la piscina, fumando y cotorreando sobre moldes para gelatina y muestras de moqueta.

Se abre la puerta. «Anny Applebaum», anuncia la enfermera. Lleva una chaqueta de punto azul claro con botoncitos en forma de perla, y una gráfica en la mano. Paso delante de las embarazadas y sigo a la enfermera por el estrecho pasillo, hasta el baño. Después me lleva a la sala de reconocimiento.

—Todo fuera —dice—. Ya sabe lo que hay que hacer.

Cierra la puerta. Me desnudo rápidamente y meto apretujados en el bolso las bragas y el sujetador. Me pongo la espantosa bata de papel azul y me la ato por delante. Me siento en el borde de la camilla, con las piernas colgando, tiritando.

Entra el doctor Clay. Es muy buen médico y me conoce

desde que nació Emily. Se parece un poco a Sidney Poitier.

—Hola —digo, un poco avergonzada, como siempre me siento delante del médico.

Frunce el entrecejo.

—Tienes cistitis, una infección tremenda en la vejiga. Se te curará con amoxicilina. —Guarda silencio y me mira fijamente—. No tengas relaciones sexuales durante al menos una semana. Voy a hacerte otra receta, y antes de las relaciones, tómate dos.

—Ajá —digo, avergonzada de que sepa que he tenido relaciones sexuales.

Reprime una sonrisa.

—Me anuncio en el *San Francisco Times* y últimamente estoy leyendo *Los diarios del Viagra.*

—Vaya. Qué bien.

Suelta una risita.

—Me gusta el señor X.

—Me alegro —acierto a decir.

—¿Es alguien que conoces?

Asiento con la cabeza. Me pongo colorada.

—Bueno, en realidad, no.

Me mira como se mira a un niño que está contando una mentira, y dice:

—Y la próxima vez, trata el sexo como un buen vino. No te lo bebas todo de golpe. —Me sonrojo. Me da una palmadita en un hombro—. Anny, el sexo te mantendrá joven. Disfrútalo.

Ya casi de noche, después de haber tomado los antibióticos, empiezo a sentirme mejor, pero inquieta y molesta porque Marv no me ha llamado. Me había imaginado que después de una noche tan fantástica me enviaría flores, y que estaría entusiasmado y deseando volver a verme.

Me siento junto a la ventana a contemplar la raquítica luna menguante, obsesionada con por qué no ha llamado Marv.

A lo mejor le ha surgido una venta de diamantes imprevista o una reunión. Da la impresión de que siempre tiene reuniones o viajes de negocios urgentes. ¿O me estaré obsesionando porque me siento insegura? Aquí estoy, a mis sesenta y cinco años, con una infección de orina, rememorando cada palabra, cada gesto de Marv, sabiendo que es muy escurridizo. Pero también me doy cuenta de que cuanto más escurridizo es, más lo deseo, y siento por él la misma pasión que a los diecisiete años por Seymour Alterman, mi primer amor, cuando en el asiento trasero de su coche me quitaba el corsé y hacíamos de todo excepto... eso.

Pongo la televisión. Hay un programa especial de Barbara Walters sobre el envejecimiento y las personas que llegan a los ciento cincuenta años. Toda esa gente de más de cien años, de aspecto saludable, que ni siquiera lleva gafas, rememorando en una residencia de ancianos. Es maravilloso. La edad no importa; algunas personas de setenta años parecen tener treinta y algunas de treinta parecen tener setenta. Pero no puedo concentrarme. Me siento sexualmente cargada. Me siento inspirada, desbordante de energía.

Con el corazón acelerado, preparo rápidamente los pinceles, la paleta, apoyo contra la pared el lienzo de dos metros y medio que me ayudó a poner en el bastidor Ryan hace años y pongo una cinta de Billie Holiday. Empiezo a trabajar enardecida, como si una musa se hubiera apoderado de mí.

Dibujo rápidamente con un carboncillo fino una mujer desnuda tumbada en la parte inferior del lienzo, con las piernas bien torneadas provocativamente levantadas. La cara está apenas vuelta hacia el espectador, y el pelo flotando por detrás. Después, aún más deprisa, aplico a la piel un tono de color carne pálido, difuminando la pintura hasta que produce una sensación borrosa, como en un sueño. Satisfecha con la figura, le pinto zapatos de tacón, alargados, un sombrero negro, insinuante, ligeramente inclinado, y por último la boca, un seductor toque de rojo.

Cuando para la música sigo trabajando, sin detenerme a retocar, permitiendo que la mujer irradie sensualidad, dejándolo todo libre, vivo. Detrás de ella pinto el mar con amplias pinceladas, una bruma malva, la arena blanca como la tiza. Por último aplico una aguada de pintura blanca sobre el lienzo, de modo que la mujer se difumina entre la bruma, incitante y seductora con su cuerpo resplandeciente y pálido.

Me quito impulsivamente la camisa y aprieto los pechos desnudos contra la pintura húmeda hasta dejar mi impronta. He quedado dentro del lienzo, integrada en él para siempre.

Es hora de parar. Me retiro un poco y noto que me tiemblan las manos. No puedo dejar de mirar la obra, como si hubiera pasado a formar parte de la mujer del lienzo. A diferencia de las mujeres de las cajas, delineadas y detalladas como un todo, aquí las pinceladas son sueltas, desenfrenadas, y la figura está libre. Me siento como si acabara de renacer, o algo parecido. Le pongo el nombre de Natasha. Siempre me había imaginado a mi musa con ese nombre, Natasha.

Después de limpiar los pinceles y guardar las pinturas pongo aceite de gardenia en la anticuada bañera, con agua caliente. Enciendo unas velas rosas perfumadas alrededor. Me sumerjo en el agua caliente y contemplo las sombras trémulas que proyecta la luz de las velas sobre las paredes de color marfil; el vapor me envuelve la cara.

Mientras me quito la pintura del cuerpo, me pregunto si Marv estará durmiendo, si estará pensando en mí. ¿Me llamará pronto? Claro que sí, me digo. Al fin y al cabo, si yo me siento así, él también. Estoy segura de que a partir de la próxima vez seremos inseparables.

Un poco más tarde, antes de acostarme, llamo a Janet y a Lisa, y quedamos para comer el lunes siguiente en la cafetería de Macy's. «Tengo un montón de cosas que contaros», les digo.

Después me quedo dormida.

El lunes a mediodía acudo a mi cita con Janet y Lisa en la cafetería de Macy's. Janet tiene la hora libre para la comida y lleva el uniforme azul oscuro de Chanel, una especie de blusa y pantalones. Se ha recogido el cabello, recientemente teñido de naranja llameante, en un moño alto, y se ha maquillado hábilmente los ojos oscuros y emotivos con sombra gris. Lisa picotea su ensalada variada, elegante con un vestido de Versace azul real de manga larga y una abertura a un lado; lleva un broche de plata rectangular un tanto pretencioso. Entre sus rasgos regulares y el bótox tiene la piel tan suave y tersa que parece casi transparente.

—A ver, cuenta, que estás como unas pascuas —dice Janet, y la curiosidad se refleja en su inteligente cara.

—Estás radiante —dice Lisa con expresión nostálgica.

Les cuento lo de la noche con Marv, lo fantástico que fue el sexo, lo mucho que me gustó estar con él y que me hizo sentir una mujer deseable, como nunca me había sucedido.

—Hicimos el amor durante seis horas —añado, casi sin poder respirar—. Así que no solo me duelen las piernas de tenerlas alrededor de su cuello toda la noche, sino que me he pillado una infección de orina y he tenido que ir al doctor Clay. Estoy tomando antibióticos. Pero el sexo fue fantástico. Un gol detrás de otro.

—Pues lo tienes cogido por los huevos —dice Janet. Toma un bocado de su sándwich tostado de atún—. La próxima vez que te llame, dile que tienes mucho que hacer. Resérvate para fines de semana largos.

—Después de pasárselo bien en la cama estos hombres te dejan tirada como un kleenex y pasan a la siguiente.

—¿Encima o debajo? —pregunta Janet.

—En todas las posturas —contesto, y me ruborizo—. Lo malo es que mi dedo en martillo no me dejó en paz, por no hablar de lo preocupada que estaba por si... bueno, por si me olía mal ahí abajo.

—Les importa tres cojones que huelas. Les encanta el tú

ya me entiendes. Ya te lo dije, que te pusieras un poco de Chanel número Cinco ahí abajo.

—Marv es maravilloso —suelto entusiasmada—. Lo que ocurre es que después de pasarlo tan bien, cuando íbamos hacia mi casa estaba como... distante, como si dijera: «Anny... ¿qué Anny?». No «Te llamaré. ¿Qué tal mañana?». Simplemente me deseó suerte con el artículo. Creo que se siente... avergonzado, abrumado por nuestra pasión o algo...

—Y una mierda avergonzado —replica Janet, metiéndose una patata frita en la boquita de piñón—. Es pérdida de memoria. Estos setentones no se acuerdan de nada entre una vagina y la siguiente. Y tú tienes suerte. Muchos de ellos... nada, un gruñido y se acabó.

—A mí me lo vas a decir —interviene Lisa—. No les interesa esa palabra que empieza por A. Yo no quiero sexo sin amor. No funciona.

—Estoy de acuerdo —digo.

—Cariño, mejor tómatelo como lo que es, un buen polvo. A nuestra edad podemos tener sexo sin amor. No hagas caso a Lisa. Por mucha importancia que tenga el papel de la mujer, después de los sesenta se la considera desechable.

—Pues yo no me lo creo —digo—. Estoy deseando estar otra vez con Marv. Cuando estoy con él, haciendo el amor, vuelvo a ser joven. La edad no existe.

—No te fíes —me advierte Lisa—. Después de los sesenta, se acabó lo que se daba. A menos que estés dispuesta a ponerte la ropa de su esposa muerta, a llevar su coche y dormir en su cama.

Oigo el zumbido de mi móvil y me pongo a hurgar frenéticamente en el enorme bolso de cuero rojo.

—Dios mío —digo, mirando la pantalla—. Es Marv. Me ha enviado un correo. Ay, Dios mío. Dice: «Hola, Valentina. Ya te echo de menos. Besos. Marv».

—¿Valentina? ¿Qué coño es eso?

Janet pone gesto burlón.

—Es que dice que le recuerdo al día de San Valentín, a martinis y películas antiguas.

—Definitivamente, me huele a chamusquina —dice Lisa, torciendo el gesto.

—Nada de sexotextos —me advierte Janet.

—Perdonad, vuelvo enseguida —anuncio—. Hora de la vejiga.

Entro en el lavabo de señoras. Dentro de una cabina, escribo a Marv: «Yo también te echo de menos y te envío besos. Estoy a cien. Tu Valentina».

Me quito la chaqueta, me bajo los hombros del escotado jersey negro y me hago una foto con el móvil. Dios mío. Aquí estoy, en un servicio público, posando como una chica de portada de revista, sonriendo como un putón. Qué colgada estoy. Se la envío a Marv.

Al volver a la mesa intento evitar la mirada de Janet.

—Bueno, es hora de marcharse —digo, poniéndome pintalabios rojo.

—Pues buena suerte con Marv —dice Lisa—. Y ten cuidado.

—Anny tiene suerte —le suelta Janet—. Deja que disfrute. La mayoría de esos hombres no pueden hacer nada.

Nos despedimos, con la promesa de llamarnos más tarde. Cada cual se va por su lado, y yo me dirijo a toda prisa a la parada de taxis. Voy con la chaqueta abierta, moviendo levemente las caderas, no toda encogida como de costumbre. Me gustan la luz y el calor del sol en la cara; un hombre me sonríe y le devuelvo la sonrisa. Todo es distinto.

14

Han pasado dos semanas, y Marv no me ha llamado. Estoy que me subo por las paredes. Por mucho que me repito que no importa, estoy destrozada. Pero mi trabajo va estupendamente. Mi última columna, «Él no llama después del sexo», tiene enorme éxito. A mis seguidores les encanta el señor X. Y a mí no me importa estar escribiendo sobre Marv. «Él me utiliza a mí y yo lo utilizo a él», le digo a la doctora Indira. Sigo entrevistando a hombres de más de sesenta para la columna, pero mis seguidores reclaman al señor X. Me inundan de correos electrónicos, pidiéndome que vuelva a escribir sobre él. No se cansan del señor X. Me piden que hable sobre las relaciones entre personas de más de sesenta años ante un amplio grupo de esa edad, los Septuagenarios Actualizados. Acepto y preparo fichas con notas para la charla al día siguiente, con el título de «Todo es posible después de los sesenta».

Al día siguiente llego a media tarde al hotel Hilton. Llevo pantalones negros, una especie de capa de cachemira violeta y mis nuevos botines de cuero con cordones violeta.

Me recibe una señora encantadora de cabello plateado.

—Soy Marci Finklestein, coordinadora de eventos. —Es baja y corpulenta, y lleva un vestido de seda gris claro y un collar de varias vueltas de perlas. Tiene los ojos azules—. Se han apuntado más de cien personas. Nos encanta la columna.

—Me alegro mucho.

—El señor X es un soñador, pero tan... escurridizo. Un setentón que va de malo. ¿Lo conoces en la vida real?

—Tendrás que seguir leyendo —digo, eludiendo la pegunta.

Seguimos charlando de esto y aquello, y Marci me habla de su señor X.

—Está chiflado. Llevo cuatro años con él. Tiene sesenta y ocho años y se cree que tiene veintiocho. El pobre apenas puede andar, con dos prótesis de rodilla. —Baja la voz—. Es una fiera.

—Ajá.

—Con prótesis de cadera y de rodilla y todavía se creen irresistibles. Es el maldito Viagra.

—¿Es el Viagra? ¿O que somos nuevas mujeres de una nueva generación, con valores nuevos, en los que no importa la edad? También las mujeres luchan contra la edad. Se ponen tetas falsas y bótox, y los hombres toman Viagra. Todo el mundo intenta rejuvenecer.

La mujer parece reflexionar.

—En eso tienes razón. Bueno, exponlo en la charla.

Me lleva a la sala de conferencias. La gente está sentada; algunos tienen los andadores al lado. Llevan etiquetas de velcro con sus nombres. Muchas de las mujeres parecen militantes, de las listillas con botas de montaña y chal, y otras van con su pareja. La sala es enorme y huele como a nailon y a escay. La moqueta es azul claro con flores rojas.

En una mesa de madera sobre el estrado hay una jarra de plástico con agua y un vaso cubierto de polvo. Las luces se atenúan y Marci Finklestein me presenta, con mi artículo «Ruptura» en la mano. Dice que mi columna pone el dedo en la llaga.

—Anny Applebaum cree que todo es posible después de los sesenta. ¿De verdad necesita al señor X? Demos la palabra a Anny Applebaum.

Enorme ovación mientras ajusto el micro.

—Hola. ¡Tengo sesenta y cinco años y quiero ser una estrella de cine!

Más aplausos. Pataleo.

Me siento revigorizada. No miro las notas que he escrito en unas tarjetitas. Improviso, y les cuento mi vida y mi lucha contra la discriminación por razón de edad.

—A los treinta años, cuando estaba casada, era madre y vivía en una zona residencial. Soñaba con ser novelista. Pero mi marido y mi familia decían que me olvidara de escribir, que me dedicara a la casa y a organizar cenas. A los cuarenta me decían que era demasiado mayor para volver a estudiar. A los cincuenta me dijeron que me comprara un sitio donde enterrarme, y a los sesenta, ya divorciada, que me hiciera con una casa y un marido. ¡Y yo lo quiero todo, fama, fortuna y amor eterno! —grito al micrófono, y mi voz resuena—. Quiero cambiar el mundo. No quiero bótox. ¡Me quiero a mí!

El público enloquece; algunos hombres silban.

—¡Así que sabed que todo es posible! Escribid libros, cuidad esos jardines. No hagáis caso a esas falacias retrógradas de que después de los sesenta solo podemos jugar al bingo y conocer a un hombre. Eso no es lo único.

Aplausos desaforados. Me encanta. Me siento inspirada. Me siento renovada.

Y cuando acabo, Marci anuncia que servirán queso y vino, y que contestaré a cualquier pregunta con mucho gusto. Me lleva a la parte de atrás, donde se ha formado una cola enorme de gente. Me siento a una mesa y mordisqueo un trozo de queso azul y una uva. Un montón de hombres y mujeres me preguntan por el señor X; los hombres se meten conmigo por lo del Viagra.

—No tengo nada en contra del Viagra —le digo a un hombrecillo de cabeza alargada. Tendrá unos setenta años y está pálido y nervioso—. Creo que es lo mejor desde la vacuna contra la polio. No se trata del Viagra. Se trata de la actitud. La mayoría de los hombres de más de sesenta quieren salir con mujeres de no más de treinta.

—¿Y por qué no? —pregunta un hombre corpulento, en forma, con pantalones y camiseta negros de footing. Lleva una serpiente tatuada en un musculoso brazo. Tiene el pelo gris y escaso, cabeza en forma de alfiler y unos ojillos desagradables—. Yo estoy en forma. Participo en el maratón. Tengo setenta y un años, y corro con chicas rusas de treinta y uno. Me han hecho una densitometría y el médico dice que tengo unos huesos estupendos.

—Sí, los huesos son muy importantes —replico, dando un sorbo de café.

—Sin ánimo de ofender, señora, pero la última mujer de su edad con la que hice el amor tenía los huesos hechos polvo. La mayoría de las mujeres de su edad han encogido, tienen chepa, prótesis de rodilla, cáncer... de todo.

Se chasca los nudillos.

El día se agota. Intercambio tarjetas con muchos hombres y mujeres. Todos quieren seguir en contacto, formar parte de un grupo. Me emociono. Me encanta hablar con las mujeres de más de sesenta, intentar animarlas a que hagan sus sueños realidad.

A la entrada está Emily. Va a ver más tarde a Harry en el centro y habíamos quedado en que me recogería para llevarme a casa.

Ya más entrada la noche estoy ante el ordenador, puliendo «El setentón que va de malo» cuando suena el teléfono. Veo inmediatamente el número de Marv en la pantalla y se me dispara el corazón. Contesto a la tercera, jadeante, como si acabara de encontrar el teléfono o algo.

—Sí...

—Hola, Valentina —dice Marv con su voz sosegada.

—Hola.

El corazón me late tan deprisa que tengo miedo de que él lo oiga.

—¿Qué tal? Cuánto tiempo.

—Eso digo yo —replico, tratando de que no se me note el enfado—. Sí, han pasado unos cuantos días. Bueno, ¿qué tal tú?

—Estupendamente. Te habría llamado antes, pero he pasado unas semanas con mi hijo, su mujer y mi nieta en Bolinas, en mi casa de los fines de semana.

—Qué bien —digo, pensando que ha vuelto pronto a casa para verme.

—Lo hemos pasado estupendamente. Mi nieta es maravillosa.

—Qué bien.

—Te echo de menos, Valentina.

—Ya.

—¿Quieres hacer algo el sábado por la noche?

Vacilo, pensando si debería hacerme la dura, pero caigo en la cuenta de que propone un sábado por la noche, que necesito material y que quizá debería darle, darnos, una oportunidad. Y encima, me muero por verlo.

—Pues sí, el sábado me viene bien —digo en voz baja, sin querer parecer demasiado ansiosa.

—¿Quedamos para cenar?

—Una idea estupenda.

—Tráete una bolsa con tus cosas. Quiero que pases la noche conmigo.

15

Es la noche del sábado y estoy hablando por teléfono con Janet.

—¿Me pongo el camisón de Victoria's Secret o una camiseta de algodón?

—Da igual, cariño. Ellos van a por la vagina. Ni ven ni oyen. Solo quieren una cosa.

—Bueno, el caso es que me ha invitado a pasar la noche. Por algo se empieza.

—¡Me alegro por ti! Pero ni se te ocurra estar hecha un asco y atontada por la mañana. Lo que les encanta a esos tíos por la mañana es observar el cabello flotando sobre la almohada y la princesita sonriente y mona. Quieren lo que no tuvieron cuando eran más jóvenes, con su esposa divorciada o muerta.

—Llámame el lunes. Hasta luego.

Preparo una bolsa con tres bragas, ropa para dos días, pensando que pasaremos el domingo juntos, y mi mejor perfume. Acabo de acicalarme con el jersey nuevo de H&M rojo que deja un hombro al descubierto y los pantalones negros, también nuevos. Por último me pongo los zapatos rojos con diez centímetros de plataforma, y ya estoy lista.

Cuando me llama Marv bajo a toda prisa, con el corazón desbocado, y nos dirigimos al restaurante.

—Estás preciosa, Anny —dice.

En el restaurante tomamos martini con vodka y tres aceitunas verdes. Me siento como una novia en la luna de miel. Marv es muy atento y pide un montón de entrantes exquisitos: salmón ahumado, hojaldres de caviar y patata... Lleva un jersey de cachemira de cuello alto, del mismo color plateado que su pelo, y chaqueta de tweed de hechura perfecta que debe de darle mucho calor.

Charlamos sobre nuestras respectivas vidas, sobre los restaurantes a los que hemos ido. No hablamos de la última vez que estuvimos juntos y yo no pregunto por qué se distanció tanto después. En el peor de los casos, empiezo a tener los pies en la tierra, me digo.

Después de la segunda copa Marv pone por las nubes un raro diamante rosa que vale un millón de dólares el quilate.

—Es perfecto —dice con un melancólico suspiro—. Como tú, Anny.

—Yo no soy perfecta.

Choca su copa con la mía.

—Estoy deseando hacer el amor contigo. No he pensado en nada más que en ti. Estoy harto de citas.

—¿Por qué? —pregunto, con la esperanza de que diga que por mí.

—Las mujeres más jóvenes no quieren salir con un hombre de setenta años y no tienen la inteligencia que tú tienes. Tú eres distinta. —Acaba su copa—. Contigo el sexo ha sido mejor que con ninguna otra mujer —dice como si hubiera dado con la respuesta correcta en un concurso.

—Pero yo quiero una relación —le suelto, y observo su cara para ver cómo reacciona—. No quiero sexo de una noche. Quiero... amor.

Me mira directamente, y sus ojos calculadores no reflejan nada.

—No me acuesto con nadie más. —Tras un embarazoso silencio, abre la carta—. ¿Te apetece un postre?

—Me encantan las fresas.

—He comprado para el desayuno de mañana.

—Es la primera noche que voy a pasar con alguien desde... mi marido.

—Pues has elegido el sitio adecuado —dice, y me lanza un beso al aire.

Una hora más tarde estamos en el dormitorio de Marv, desnudándonos sin pronunciar palabra. Nos metemos rápidamente en la cama y nos abrazamos con fuerza. Me agarro a él como una lapa, muriéndome de ganas. Antes de que me dé cuenta se ha colocado encima de mí y nos ponemos a ello, y en esta ocasión me dejo de tonterías y de timideces. Es pura pasión; aprieto mi cuerpo contra el suyo, aspirando su aroma y disfrutando su piel satinada.

—Me encanta. Estaba deseando estar contigo —le susurro.

—Solo con mirarte ya quiero follarte —dice Marv también en un susurro, empujando ya dentro de mí—. Puedes verlo en mis ojos.

—Ni te atrevas a moverte. Quédate así siempre.

Y hacemos el amor durante horas, hasta que nuestros cuerpos están empapados, hasta que nuestros labios se quedan resecos. Es un sexo mágico, orgásmico. Dejo a un lado todas mis reservas sobre él: estoy enamorada.

Cuando acabamos lo aprieto contra mí. Seguimos el uno dentro del otro hasta el amanecer; me entero por el torrente de luz grisácea que raya la oscuridad. He alcanzado un grado de intimidad sexual que no conocía, ni siquiera con mi marido. Estoy temblando, porque sé que Marv me ha llevado a donde nunca olvidaré y me estoy aferrando a él. Mi cuerpo entero está lleno de él.

—Vamos a dormir un poco —dice, retirándome con dulzura de la frente un mechón de pelo húmedo—. Voy a correr las cortinas, y he comprado un ventilador. Me dijiste que no podías dormir sin ventilador o sin Excedrin PM. He comprado las dos cosas.

—O sea, que sabías que estaría aquí.

—Tenías que estar, como yo tenía que estar contigo. —Como un chico ansioso por agradar, se levanta y enciende el ventilador. Me trae un vaso de agua y dos Excedrin PM—. Tómatelas —dice, con una expresión relajada, cariñosa—. Tienes que descansar. Trabajas demasiado.

Me tomo las pastillas y me pongo cómoda sobre el montón de almohadas. Nos quedamos quietos un rato, preparándonos para la intimidad de dormir juntos.

—¿Va bien el ventilador? —pregunta Marv.

—Perfectamente.

—Pero si parece un huracán —dice él, bostezando.

Me echo a reír y me arrimo más a él.

—Yo sueño que vuelo. ¿Tú sueñas?

—Sí, que floto arrastrado por la corriente. Floto eternamente y no envejezco. —Vuelve a bostezar—. Buenas noches, cariño —dice, y me da un leve beso en los labios.

Se da la vuelta, y poco después solo se oyen sus ronquidos y los de Honey. Yo intento dormir, pero temo que si me rindo al sueño la noche se desvanecerá, y quiero recordarlo todo. Y así me quedo, inmóvil en la oscuridad, con miedo hasta de respirar. Observo a Marv; el leve movimiento de sus párpados, la luz reflejada en el montoncito de vello gris de su pecho, la frente despejada, la cabeza como la de una hermosa escultura, la piel lustrosa.

Al final también yo me quedo dormida. Sueño que Marv y yo estamos en un jardín de rosas en flor, haciendo el amor.

Observo cómo la mañana inunda el cielo, alejando la oscuridad. Miro mi reloj. Son poco más de las siete. Tengo que hacer pis, pero no quiero ser la primera en levantarme. No me apetece que Marv vea la piel enrojecida y llena de manchitas que se me queda después de dormir, así que no me muevo, pensando que ojalá estuviera en casa, siguiendo mis rituales matutinos y recordando todos y cada uno de los detalles de la noche anterior.

—¿Estás despierta? —pregunta Marv, bostezando. Honey está a su lado, lamiéndole la cara.

—¿Qué tal estás esta mañana? —pregunto a mi vez, tapándome la boca con la mano para que no me huela el aliento.

Suena el teléfono y la gélida expresión de Marv no cambia hasta que deja de sonar. Tras un tenso silencio, mira su reloj.

—Es mi hijo. Hoy tendría que ir a ver a mi nieta. Siempre los veo los domingos por la mañana.

—Ah, claro —digo, preguntándome por qué no me lo habrá dicho antes, y si en realidad quien ha llamado es Debra.

—¿Quieres ducharte conmigo? —me pregunta cortésmente—. He puesto una alcachofa nueva, con tres mil agujeritos. Yo te enjabono.

—No, ya me ducharé en casa —digo, esperando que me diga que no voy a marcharme a casa, que voy a pasar el día con él, pero no dice nada.

Mira a su alrededor.

—Recoge tus pendientes. No te olvides nada, Anny.

Mira debajo de la cama, entre las sábanas, actuando como si, por Dios, dejarme algo fuera lo peor del mundo. Me dan ganas de gritarle: «¡Oye! ¡Que estoy aquí! Sí, Anny Applebaum, ¿recuerdas? La mujer a la que te has follado durante toda la noche, a la que le has prometido un viaje a India. ¿Por qué te preocupa tanto que me deje algo?».

—Mira, tu reloj —dice, tendiéndome uno de oro, muy fino y con la esfera rodeada de diamantes—. No lo olvides.

—Llevo mi reloj puesto.

Frunce el entrecejo, como si tratara de resolver un enigma, y guarda el reloj en un cajón de la mesilla de noche. Coge a Honey en brazos y entra en el cuarto de baño.

Presto oídos hasta que se oye el ruido de la ducha y a él cantando «Lady Is a Tramp». Voy de puntillas hasta la mesilla y abro el cajón muy lentamente. Cojo el reloj con sumo cuidado y contemplo, admirada, el destello de los diamantes; le doy la vuelta. ¿Será el reloj de Debra? Pero si fuera suyo, Marv lo habría reconocido y no me lo habría enseñado. ¿De quién será? ¿O trataba de decirme que está con otra persona?

Voy rápidamente al cuarto de baño de los invitados con mi ropa, decepcionada. Para que no me oiga mear abro el grifo, con la esperanza de no hacer demasiado ruido, pensando en lo raro que es que Marv no supiera nada del reloj. ¿O sí lo sabía? ¿Serán imaginaciones mías que después de la llamada de teléfono ha adoptado una actitud fría? ¿Qué ha pasado con las emociones de la noche anterior? Estoy enfadada porque me despacha un domingo, y encima me he dado cuenta de que se ha llevado el móvil al baño. Probablemente estará hablando con su ex mujer, ¿o también serán imaginaciones mías? Quizá yo esté buscando obstáculos para evitar la intimidad. ¿O me habré enfadado porque en el fondo sé que Marv existe en ciertos momentos y después desaparece?

Me visto a toda prisa, con los vaqueros y el jersey negro de cuello alto que me había comprado para el fin de semana. Ten cuidado. No te precipites, me digo. Hasta que no tenga pruebas de que sigue viendo a su ex mujer no voy a dejarlo. Voy a esperar, a ver qué pasa.

Me lavo la cara con agua fría, me cepillo los dientes, me recojo el pelo en un moño bajo y meto descuidadamente las cosas en la bolsa. Echo la cremallera, me convenzo de que todo va a ir bien y abro la puerta.

—El desayuno ya está casi preparado —dice Marv.

Está en la cocina, y yo me quedo unos momentos en la puerta, observándolo ante su cafetera roja superlujosa, preparando café exprés y poniendo finas tiras de cáscara de limón en unas diminutas tazas de cristal. Las tostadas saltan de la tostadora ultrarrápida, también de superlujo. Marv está en su propio mundo, muy lejos del mundo en el que estuvimos los dos la pasada noche, y vuelvo a sentirme como una invitada de la que quiere deshacerse lo antes posible. Siento deseos de abrazarlo, de establecer un contacto más íntimo, pero me limito a hablar sobre cómo me gusta el café y sobre las diferentes clases de cafeteras, y Marv ni siquiera contesta. Se pone a doblar las servilletas de hilo.

Reparo en una escultura que no había visto hasta entonces. Es una preciosa cara cubista, de una mujer con brillantes labios rojos.

—Me gusta esa escultura. ¿Es nueva?

—La compramos mi decoradora y yo en una subasta —contesta sin levantar la mirada—. La escultura se llama *Alice*. ¿No es maravillosa? Parece arte auténtico.

—¿Y cómo tiene que parecer el arte auténtico?

—Con calidad digna de museo. Caro.

—Ya.

—Anny, vamos a desayunar. ¿Te gusta la tortilla de clara de huevo con tostadas de pan fermentado?

—Estupendo.

Me siento a su lado, pensando que va muy bien vestido para pasar la mañana con su nieta. Lleva un jersey de cachemira azul claro, chaqueta de tweed y vaqueros ajustados.

En la mesa hay orquídeas, y manteles individuales y servilletas de lino beis. Unta mermelada en una tostada, con cuidado de no llegar hasta los bordes, y después se pone a comer su tortilla de queso, meticulosamente, sin que se le escape una miga ni una pizca de huevo, como si la tortilla fuera lo más importante del día.

—Me sale una tortilla fantástica —repite entre suspiros.

—Qué bonitas las orquídeas. Me encantan —digo para tratar de entablar conversación, pensando si él se sentirá tan avergonzado y tan tenso como yo.

—Mi ex esposa, Debra, y yo cultivábamos orquídeas. Ahora forman parte del acuerdo de divorcio. Las compartimos.

—Ah, comprendo.

Me pregunto qué más seguirán compartiendo. Mordisqueo la tostada, procurando no hacer mucho ruido al masticar, y me repito que no debo preocuparme, que a lo mejor Marv no es una de esas personas mañaneras, que quizá su frialdad son imaginaciones mías.

—Me marcho a Palm Springs el jueves —anuncia de repente, sin levantar la mirada—. Estaré fuera unas tres semanas. Hay una exposición de diamantes.

—Ah, comprendo.

Intento que no me falle la voz, pero me pregunto con quién irá.

—Tengo una casita allí —añade apresuradamente, apartando los ojos—. La compré hace años para que Debra pudiera participar en torneos. Es tenista profesional, y después del divorcio uso la casa para...

—Ya me lo has contado —le interrumpo—. Bueno, yo tengo que cumplir un plazo mañana. He de terminar de escribir un artículo sobre la fobia al compromiso de los de más de sesenta años.

—¿Qué significa eso? —pregunta, con el tenedor en el aire.

—Se refiere a los hombres que solo quieren sexo, no una relación. Retrasados emocionales que siempre persiguen una mujer más perfecta, más joven, más guapa, rica. No son capaces de mantener sus emociones.

—Parece muy interesante, Anny —dice con cara de póquer.

—En fin, supongo que no lees mi columna.

Por una parte, quiero que sepa que es el material de mis artículos y que no me trago todo lo que me cuenta.

—Sí que las leo. Son muy buenas —dice, evitando mirarme a los ojos.

—Qué raro que no sepas de quién es ese reloj.

Entonces me mira directamente.

—Creo que es de mi decoradora. Estuvo aquí la semana pasada cambiando muebles de sitio con su ayudante, y seguramente se lo dejó.

—Ya. Comprendo.

Me siento aliviada, y pienso que siempre me pongo en lo peor.

Marv mira su reloj como si yo no estuviera allí, se levanta y retira las cosas de la mesa; recoge las miguitas en un cubo de metal y murmura que su «mujer de la limpieza» vendrá pronto pero que él no soporta el desorden. Vuelve a limpiar la encimera de mármol mientras se queja, como si no hubiera nadie, de que la chica de la limpieza no hace bien las cosas últimamente.

—Me gusta el orden —insiste, y como si de repente se acordara de que yo estoy allí, me mira—. ¿Estás lista?

—Sí, sí.

Son poco más de las ocho de la mañana. Marv conduce deprisa, con expresión distraída, y lleva sobre las piernas a la pesada de Honey, que va toda ufana. Una neblina baja, rosada, flota bajo el cielo medio oscurecido. Las calles están vacías y frías, y pronto se llenarán de parejas que disfrutan del domingo. Mientras que yo aquí estoy, plantada por mi amante. Despachada una vez más. Ya no me cabe duda: su ex mujer y él son más bien marido y mujer. ¿O también son imaginaciones mías? La doctora Indira dice que tengo tendencia a ponerme en lo peor. Pero claro, no todo el mundo es como yo. Que el padre de Emily y yo no nos hablemos desde el divorcio no significa que los divorciados no puedan ser amigos.

Cuando llegamos a mi casa, Marv deja el motor en marcha y no se desabrocha el cinturón de seguridad, como si quisiera marcharse enseguida, y se produce un silencio terrible, como si supiera que estoy esperando a que diga que vamos a volver a vernos, a que diga algo, lo que sea.

—Bueno, ha sido... estupendo —digo lentamente.

Me da un beso seco, con los labios fruncidos.

—Buena suerte con tu artículo —dice cortésmente.

Venzo el impulso de decirle: «¡Oye, tío! ¿Te estás haciendo el loco? ¿Qué es eso de buena suerte? ¿Cuándo voy a volver a verte?». Pero no digo nada. Salgo del coche y entro deprisa en el edificio.

El resto del día es una pesadilla, entre el éxtasis y la depresión. De repente odio a Marv y al momento siguiente trato de convencerme de que estoy exagerando por la historia del reloj y buscando motivos para acabar nuestra relación.

Después de bañarme y deshacer la bolsa intento ponerme a escribir, pero no soy capaz. Tengo que asimilar qué ha ido mal. Me siento rechazada una vez más, y me pregunto si Marv es de verdad tan indiferente o si habrá leído mis artículos y está tratando de mantener las distancias. ¿O a lo mejor no le importa que escriba sobre él? En cualquier caso, es impenetrable, y me vuelve loca. Todavía atontada por no haber dormido la noche anterior, me pongo a preparar café, y llama Emily.

—¿Por qué estás en casa? —pregunta.

—¿Por qué llamas?

—¿En casa un domingo? Creía que ibas a pasar el fin de semana con él.

—Tengo trabajo —miento.

—¿Por qué no pasa el domingo contigo? Los hombres de su edad no dejan a sus amantes en casa un domingo por la mañana.

—Por favor, Emily, deja de controlarme.

—Harry está de acuerdo en que no es buena señal.

—¿Señal de qué? Casi no nos conocemos.

—Os conocéis lo suficiente para follar como conejos.

—Emily, haz el favor de no hablar así. Estoy un poco nerviosa, y esto no me sirve precisamente de ayuda.

—Pareces enfadada. Me preocupo por ti.

—No estoy enfadada —insisto.

—¿Ha estado bien?

—Emily, no pienso hablar contigo de mi vida sexual.

—Por supuesto —replica, evidentemente molesta—. Porque es lo único que haces con él.

—No lo conoces. En muchos sentidos es fantástico.

—Es un tío de aquí te pillo, aquí te mato, pero ¿qué pasa con una relación de verdad?

—Con el tiempo.

—Sí, y una mierda.

—Tiene miedo. Le han hecho daño.

—No te da nada —sigue sermoneando Emily—. ¿Te ha regalado una flor, una caja de caramelos... algo? Y no vuelvas a contarme lo de las gardenias. Es insultante.

—Se siente herido, como un león enorme lamiéndose las heridas.

—Tan herido no se sentirá cuando se ha pasado toda la noche contigo en la cama. Harry dice que es un adicto a JDate.

—¡Es algo más que eso! —grito—. Es algo más que eso, puedes creerme. Si no, yo no estaría con él.

—Claro que estarías. Harías cualquier cosa por escribir un artículo. Lo estás utilizando para escribir y fingiendo que escribes sobre otra persona. Tu señor X tiene un perrito blanco, un Mercedes negro y un negocio de diamantes. Estás enamorada de él y estás jugando a un juego peligroso.

—Ya está bien. Tú no lo conoces. ¡Es algo más que eso! —chillo—. Él es algo más que eso. Puedes creerme. Si no, no estaría con él.

Después de colgar pienso en lo que ha dicho Emily, que Harry y ella miran en JDate. Tiene razón. A estas alturas, ¿cómo puede dejarme tirada un domingo por la mañana? Ahora sí que estoy enfadada. Pongo la radio en la emisora de música clásica, y la magnífica voz de Pavarotti inunda la habitación, inunda mis sentidos. Por mucho que me repita que Marv y yo estamos empezando a conocernos, sé que no es verdad, sé que no es capaz de mantener las emociones, que después del sexo somos como dos desconocidos. Pero Marv me dijo que estaba harto de JDate. A lo mejor me estoy imaginando que soy algo más que un entretenimiento sexual.

Enciendo el ordenador y me conecto al sitio web. Cómo no; Marv se ha metido en JDate una hora después de dejarme en casa. Me quedo pasmada, una vez más. Me siento explotada. Yo estaba en lo cierto todo el tiempo, en que andaba a la busca y captura de la siguiente mujer. Poco se imagina que el señor X se está ganando el reconocimiento de mi columna, pero a pesar de que me siento culpable por explotarlo, me convenzo de que es mi carrera y de que sacaré partido al señor X para ganarla, además de pasármelo bien en la cama. Un intercambio equitativo. El juego ha comenzado.

Furiosa, decido titular «No te dejes el reloj» a mi próximo artículo del señor X, sobre nuestro encuentro sexual, sus expectativas, y cómo él después pierde todo interés. Describo la cena, con todo detalle, cada palabra, el baile.

> Nos sumergimos en el deseo, como en el paraíso. Él relumbra en la oscuridad, sus ojos como los de un búho, sus caricias tiernas y apasionadas, pero cuando se apaga el fuego, a la luz del día, se vuelve frío, distante.
>
> El sexo ¿significa amor? El señor X hace el amor como un chico hambriento, cariñoso, atrevido, ansioso, tierno, todas esas cosas, pero después se va a otro sitio, un lugar al que yo no puedo llegar, como si yo ya no existiera.
>
> ¿Qué decir de los hombres que no llaman después del sexo? ¿Tienen algún problema grave o es que hay otra persona? ¿O es distinto después de los sesenta? ¿Son mis expectativas tan poco realistas? Quiero intimidad, algo más que simple sexo.

Durante las dos horas siguientes tomo notas detalladas sobre la noche que pasamos juntos.

Me fijo en la vela —más consumida desde la última vez que yo estuve allí—, en la caja de pastillas de menta de metal con rosas pintadas en la tapa sobre su mesilla de noche. No había cojines de seda roja sobre el canapé del dormitorio la última vez. ¿Su decoradora? Y las orquídeas; siempre hay orquídeas frescas. Su ex esposa las cultiva.

No dejo de escribir hasta agotarme. Cierro el ordenador. Después de escribir siempre me pasa lo mismo: me siento como si me estuviera despertando de un sueño, como si estuviera en otro lugar. Arreglo un poco la casa, riego las plantas, amontono los *New Yorker*, y coloco las cestas de hojas secas y de conchas en la mesa de madera apoyada contra la pared. Aparece un ratón por detrás de la librería y corre a esconderse en una grieta de un rincón. Pobre ratón. Me gustaría cogerlo y dejar que saliera. Está atrapado.

Después de cenar, muy inquieta, trabajo en unos bocetos de mujeres con sombrero. Recuerdo a Marv conduciendo el coche hacia el restaurante la noche anterior y cuando se detuvo ante las mansiones de Broadway con expresión nostálgica. «Eso es lo que yo llamo un hogar», dijo.

¿Y sus otras mujeres? ¿Es su ex esposa? Su verdadera personalidad es lo que no dice o hace, el señor X. Sus palabras no significan nada. Sus silencios, su forma de mirarme como si me estuviera tasando cuando cree que no me doy cuenta, su repentino cariño cuando quiere sexo. Pero tengo que recordar que yo también soy capaz de no aceptar la realidad, de vivir en mis fantasías y creerme que son reales. Entonces ¿me estoy engañando a mí misma? ¿Le pasa lo mismo a Marv, que también tiene miedo de enamorarse?

Inquieta y angustiada, llamo a Janet para relatarle la noche con Marv.

—¿Estuvo bien? —pregunta, masticando algo. No para de comer.

—Sí, pero después se volvió frío otra vez. Y para colmo,

había un reloj en su mesilla de noche y él creía que era mío.

—Lapso de interés limitado, cariño. Esos hombres sufren retraso emocional. Suerte tienes si un vejete de esos se acuerda de tu nombre. Bastante tiene con que se le empine. Disfruta, cariño. Hablamos mañana. Quiero ver una reposición de *Mad Men.*

Pasan nueve días. Marv sigue sin llamar, pero el artículo sobre el reloj es todo un exitazo. La sección va estupendamente, y me piden que vaya a un programa de radio para mayores de sesenta años la noche siguiente. Es un popular programa de coloquio que se centra en temas relacionados con la gente nacida en las décadas de los cuarenta y los cincuenta. Acepto. Estoy deseando hablar de la generación del Viagra y del señor X.

Al día siguiente, cerca de medianoche, voy a la emisora de radio, que está en la cuarta planta de un edificio alto de Montgomery Street, en el corazón mismo de la zona financiera. Me siento en la sala de espera, una habitación pequeña y llena de polvo con una mampara de cristal tras la que se ve a la presentadora, una mujer grandona con auriculares y aspecto de cansada.

Conmigo espera un hombre de sesenta y muchos años que parece de muy mal humor. Se presenta y me cuenta que ha escrito un libro importante sobre cómo hacerse rico.

—Treinta años hace que me licencié en Harvard y que tenga yo que venir a este programa asqueroso...

—Una lástima —murmuro.

—Soy un escritor importante. —Se cubre la calva con una gorra de los Giants. Tiene los labios finos—. Mi editorial vende mi libro en hoteles de mala muerte, como si fuera una porquería. Voy a dejarlos, y se arrepentirán.

Se abre la puerta. Es su turno, para tres minutos.

Hojeo una revista *People* antigua mientras oigo lo que dicen por los altavoces de la pared. El hombre malhumorado habla de sí mismo, y no llama nadie. Sale dando un portazo.

—Rachel Applebaum —anuncia la presentadora.

—Anny —corrijo.

Entro en la pequeña cabina acristalada y me pongo los auriculares.

Hay una copia de mi último artículo, «Por favor, deja encendida la luz», en la mesa de la presentadora.

Debe de tener unos cuarenta y cinco años; es guapa de cara. Tiene una enorme melena cardada y extensiones, y lleva las uñas pintadas de azul. Enciende un cigarrillo y expulsa lentamente el humo.

—Este programa es un asco. Los tíos viejos no paran de tirarme los tejos. Los jóvenes no pueden competir con erecciones de cuatro horas.

—Bueno, algo más habrá.

Come chili entre caladas al cigarrillo, quejándose de la «mierda de industria».

—No me pagan lo suficiente por tirarme aquí toda la noche entrevistando a una panda de monguis.

—Bueno, seguro que conseguirá algo más interesante.

Aplasta el cigarrillo, me ordena que no diga una palabra hasta que ella levante el brazo y empieza la cuenta atrás. Me presenta como «Rachel Applebaum, la de *Diarios del Viagra*».

—Anny —vuelvo a corregir.

—Rachel Applebaum los ayudará a ser jóvenes. —Suelta una parrafada de al menos tres minutos sobre el envejecimiento, lo odioso que es en esta sociedad, y dice que Rachel Applebaum tiene un enfoque distinto sobre el tema—. A punto de cumplir los ochenta, tiene la clave de la fuente de la juventud. Incluso cree en la sexualidad de la mujer mayor.

Empiezan a llamar los oyentes.

—No me gusta el término «mayor» —digo—. El sexo es sexo a cualquier edad. Está basado en el deseo, en el espíritu, no en la edad.

Hay un montón de llamadas. La mayoría de los hombres y las mujeres parecen borrachos. Gritan que soy una bruja y que no tengo ni idea de lo que digo.

—A ver, señora, ¿sabe usted lo que es llevar pañales y estar solo?

Algunos parecen vulnerables, solos en la noche, solos en sí mismos.

—¡Viva el Viagra! —grita un hombre, que cuelga inmediatamente.

—¡Oiga, señora! Nos vemos después del programa. Le voy a enseñar yo lo que es el Viagra.

—¡El señor X es un puto adicto al sexo! —chilla una mujer con acento de Nueva Orleans.

Llaman mujeres muy enfadadas, gritando que al señor X solo le interesan «las jóvenes» y que yo debería plantarlo. Otras dicen que están ahorrando para hacerse un estiramiento, que han perdido su trabajo por una arruga.

—Es una cuestión de actitud —digo—. No es que les haya dejado la juventud. Sigue dentro de uno mismo. Solo hay que encontrarla.

—¡El señor X es una puta mierda! —grita otra mujer y me suelta un sermón, diciendo que necesito a un hombre de verdad.

—Y hasta aquí Rachel Applebaum, señoras y señores. Gracias y buenas noches.

La presentadora vuelve con su chili, como si yo no estuviera allí. Me marcho a toda prisa.

Market Street está increíblemente tranquila después de la medianoche. En las tiendas no hay luz y han puesto barrotes de hierro en los escaparates. Camino por las calles oscuras y casi vacías y de repente me siento muy sola. Veo un taxi.

—¡Eh, oiga! —grito—. ¡Ni se le ocurra marcharse!

Dando traspiés por los tacones subo rápidamente al taxi.

Varios días después, un lunes por la noche, me llama Marv para contarme que en Palm Springs hacía mucho calor, que ha trabajado mucho y que le ha vendido un diamante a una estrella del rock de Inglaterra. Al oír su voz tengo la sensación de que voy a volar.

—¿Quieres que vayamos a cenar mañana? ¿O esta noche? —me pregunta, bajando la voz.

Dudo.

—Yo... Es que tengo que entregar la...

—Quiero verte, Anny. Te echo de menos.

—Bueno, entonces mañana, pero tiene que ser temprano.

—Te paso a recoger, y ya pediré algo de comer por teléfono. Podemos ver el capítulo de *Mad Men.*

Paso el resto del día pensando en él, con mariposas en el estómago. Una vez más se me plantea el conflicto de escribir sobre él, incluso de quererlo, y decido mantenerlo al margen de mi trabajo. Después, en lugar de dar mi paseo de costumbre, voy a que me laven y sequen el cabello. También me hacen la manicura de los pies y las manos, y me pintan las uñas de rojo oscuro.

Estoy dispuesta a olvidar mi temor al rechazo y a embarcarme en un nuevo viaje. Estoy dispuesta a correr un riesgo.

16

—¿De quién es este perro? —pregunto en casa de Marv la noche siguiente.

—Es Coco, la amiga de Honey. Es de Debra —me explica Marv—. Según nuestro acuerdo de divorcio, ella se quedó con Coco y yo con Honey. Cuando uno de los dos está fuera, a veces nos encargamos de la perra del otro.

—Qué bonito.

Me siento celosa.

—Vamos, vamos. Debra y yo solo somos amigos.

Mientras Marv prepara unos cócteles, muy atractivo con un jersey de color chocolate y vaqueros ajustados, me excuso y voy a su cuarto de baño. Vuelvo a abrir el botiquín y miro el frasco de Viagra. Contiene más pastillas de lo normal y resulta difícil saber cuántas ha tomado.

Una hora más tarde estamos en su cama. Hacemos el amor como si no hubiera pasado el tiempo desde la última vez. Marv susurra apasionadamente que solo ha pensado en mí, que nunca había estado tan bien con ninguna mujer, que soy la única. Olvido todas mis dudas, y hacer el amor con él me transporta a otro lugar. Es maravilloso.

Después se pone en pie, trae dos vasos de agua en una bandeja, que deja en la mesilla, se pone cómodo en la cama y coge el mando a distancia. Aprieta un botón y el colchón se levanta.

—¿No es fantástico este colchón Tempur-Pedic? Es de espuma, muy bueno para la columna. A mí me mantiene joven.

—Sí, estupendo.

Estamos comiendo chow mein con gambas y judías verdes y viendo *Mad Men*, que me chifla. Me encanta la estilizada ropa y el blanco y negro de los años cincuenta, y recuerdo que así vestía yo. Gracias a Dios, el papel de las mujeres ha cambiado y tenemos más opciones. Después del programa me pongo a hablar de lo bien que van mis artículos, tentando a Marv a que me pregunte algo sobre el tema, pero él se limita a asentir con la cabeza y dice: «Me alegro por ti».

Marv cambia al programa de David Letterman y mulle las almohadas.

—¿Seguro que no quieres nada? —vuelve a preguntarme.

—Solo a ti.

No replica. Yo esperaba que se mantuviera la intimidad después del sexo, pero Marv se queda absorto en la entrevista de Letterman a Kim Kardashian, que se queja de lo dura que es la fama, y resulta difícil identificarse con ella. Me gustaría decir: «Hola, soy yo. ¿Dónde estás? Soy Anny, ¿te acuerdas? La mujer a la que acabas de follarte».

Cuando acaba el programa, Marv desconecta el televisor y la electricidad estática zumba unos segundos.

—No puedo quedarme esta noche. Tengo que volver a casa —digo al cabo de un rato.

—Anny, cariño, por favor... Mañana haré el desayuno.

—Es que tengo que escribir un artículo...

—Anny, cariño, quédate, por favor. —Parece dolido—. Sé que piensas que estoy con otra persona, pero no es verdad. Solo contigo, Anny. Tienes que creerme.

—Bueno, vale, pero tengo que marcharme por la mañana temprano —accedo al fin, encantada de que haya insistido en que me quede.

Me acurruco junto a él. Marv aprieta el mando a distancia, y la habitación queda a oscuras. Nos besamos, y él se pone de costado, con Honey y Coco sobre la almohada. Yo intento dormir.

A la mañana siguiente me despierto, abro lentamente los ojos y me sorprendo al no ver a Marv en la cama. Oigo el ruido del agua en el cuarto de baño. Me aliso el pelo, y desorientada y un poco atontada, con el pijama de seda negro de Marv, entro en el baño. Está desnudo ante el lavabo doble, lavándose la cara.

—Buenos días —digo.

Le doy un beso.

—Buenos días, cariño.

—Se me han pegado las sábanas. Me has dejado agotada —añado riendo.

—Mira, Anny. Tengo un cepillo de dientes para ti. Pero no aprietes el tubo de la pasta desde abajo. ¿Ves? Desde arriba, y luego lo doblas por abajo.

—Vale.

Me da un beso en la boca.

—Ha sido una noche fantástica —susurra—. Pon eso en el artículo. No se lo van a creer. La mayoría de los hombres de mi edad llevan traje de tipo safari y ven películas porno.

—Tú eres un tigre —le digo en broma.

Me encanta esa nueva intimidad de lavarnos los dientes juntos, tan distinta de cuando estaba casada con Donald. Él hacía gárgaras, soltaba una especie de mugidos y escupía en el lavabo. Después se iba corriendo a trabajar sin tan siquiera mirarme. Es algo que nunca he tenido, intimidad, algo que no he aprendido, y me siento reconfortada, radiante.

Me cepillo los dientes al lado de Marv, con la luz que nos da de pleno en el rostro, y pongo cuidado en no salpicar el lavabo ni hacer ruidos con la garganta. Él lo hace todo con elegancia, con precisión, incluso lavarse los dientes. Utiliza su prodigioso cepillo eléctrico, se enjuaga la boca con colutorio de menta y lo suelta lenta, delicadamente. Abre un estuche de plástico con los días de la semana escritos en cada pequeño compartimiento, coge unas píldoras, toma un sorbo de agua de un vaso reluciente, traga y se lava las manos. Se pone los calzoncillos.

Lo observo con sus calzoncillos negros de Calvin Klein, delgado, bronceado, mientras se peina el cabello liso y brillante que empieza a clarear, el rosa del cuero cabelludo una vez peinado, veo la piel un poco colgante de las pantorrillas, el ligero temblor de sus manos, y siento una oleada de amor irresistible. Le rodeo la cintura con los brazos y lo abrazo con fuerza, aspirando el olor a jabón de su piel tersa, casi a punto de desmayarme.

Me besa en los labios, con una boca fría y con sabor a menta.

—Estoy loco por ti —dice, abrazándome con fuerza—. Me encanta estar así contigo.

—Marv, ¿no sería maravilloso que estuviéramos así todo el tiempo? —digo, contemplando su agraciada cara a la luz de la mañana.

Me da un beso en la coronilla.

—Eres muy sentimental, Anny. Crees que te gustaría esto todo el tiempo, pero no es así, créeme. Disfruta del momento. Ya somos mayores. No sé cuánto tiempo seguiré aquí. Es algo inevitable. Uno de nosotros se pondrá enfermo, y tendremos que cuidarnos el uno al otro. O sea, que disfruta del momento.

—Yo quiero algo más que momentos —le suelto, y observo la reacción de su estoica cara.

Asiente con la cabeza, con expresión tensa.

—Yo ya lo he hecho, pero al revés. Me he divorciado dos veces.

Sigue vistiéndose.

Termino de ponerme la ropa, los vaqueros con flores pintadas y el jersey negro de cachemira, largo y con cuello de barco, tratando de no demostrar lo dolida que me siento.

Mientras vamos a mi casa en el coche, Marv guarda silencio, distraído, como si sus pensamientos estuvieran en otra parte, como si no hubiéramos pasado la noche y la mañana juntos. Suena muy alto el CD de Frank Sinatra, y Marv no cambia su expresión tensa, como si estuviera conteniéndose para no decir algo. O como si estuviera enfadado. Pero se pone a tararear «My Funny Valentine». Se para delante de mi casa y deja el motor en marcha. Me besa ligeramente en los labios y me da las gracias por la «maravillosa noche».

—Por favor, no digas que el sexo conmigo es mejor que con nadie.

—¿Por qué? Es verdad.

—Cuídate.

Salgo del coche y antes de haber llegado al portal, él se marcha. Atravieso a toda prisa la densa niebla, y paso junto a Ryan, que está regando las rosas antes de irse a trabajar. Se queda mirando el coche de Marv. Entro en mi piso rápidamente.

Marv desaparece durante una semana, y yo sigo escribiendo mis artículos sobre el señor X. El último, titulado «El sexo contigo es mejor que con nadie», tiene un éxito enorme. Me escriben mujeres que afirman que ellas preferirían amor, y que se preguntan por qué tienen que ir separados. ¿Por qué no puede decirte que te quiere?, me escriben. Mientras Marv está fuera juro no volver a verlo; trato de convencerme de que no es más que material para mi columna y de que no lo necesito. Pero en el fondo sé que no es verdad.

Cuando regresa volvemos a vernos. Llama los lunes, me invita a salir el martes o el jueves, raramente el fin de semana, y me explica que tiene que ir a exposiciones de joyas o a algún asunto de negocios. Yo me muerdo la lengua, porque me siento culpable por escribir sobre él, y me convenzo de que me quiere pero no es capaz de expresarlo como a mí me gustaría.

Cada vez que nos vemos seguimos con nuestra conducta de siempre, vamos al restaurante North Beach, manteniendo la mutua atracción sexual, y después vamos a su casa, donde hacemos un esfuerzo por ver una película pero nunca la acabamos. Como siempre, él después se vuelve frío, y yo juro no volver a verlo. Entro todos los días en JDate, con la esperanza de que Marv haya cambiado, pero siempre está conectado. Furiosa, traslado mis quejas inexpresadas al siguiente artículo del señor X, y disfruto de la fama y del reconocimiento. Irónicamente, es el catalizador de mi éxito, por no hablar del sexo, fabuloso.

Pero en cuanto me decido a decirle que todo ha acabado, resulta que estoy trabajando y me acuerdo de la noche en que hicimos el amor en la ducha, con el agua caliente salpicándonos el cuerpo y las risas llenando nuestras bocas, como el agua. Marv vive en mi piel.

A veces no sé si a quien quiero es al señor X o a Marv, pero no puedo dejarlo. Mi cuerpo lo anhela, y fantaseo con que vivimos en París, que yo escribo, pinto y acabo mi novela. Obsesionada con Marv, tomo notas constantemente y me invento escenas casi sin proponérmelo. Llevo los zapatos con tiras en los tobillos, los de «ven a follarme», al estilo de Joan Crawford, y una gabardina corta sin nada debajo, y voy a casa de Marv en mitad de la noche y el sexo es fabuloso. Siempre eufórico, jamás predecible.

Convencida de que la columna sobre el señor X es la clave del éxito de mi trabajo, empiezo a tomar notas, pero ahora en más profundidad, de lo que come y deja de comer Marv, de su casa excesivamente teatral y su ropa de diseño demasiado elegante, sus uñas perfectas, sus enormes donaciones a la Federación Judía, sus obsesiones. De lo mucho que le preocupa un arañazo en el coche. Pero también tiene su lado creativo, esa debilidad por la belleza, ese amor al sol, la naturaleza, las cosas hermosas.

Como con los cuadros de Joan Mitchell, Picasso y De

Kooning, que me encantan y que contemplo durante horas enteras preguntándome qué hay bajo su superficie, quiero sacar a la luz el alma de Marv, ver qué hay en ella. A veces lo sorprendo mirándome, con ojos calculadores y críticos, con la misma mirada que le he visto cuando contempla un diamante, dándole vueltas en la mano y poniéndolo a la luz, buscando defectos.

17

Llega una ola de calor a San Francisco, pero por la noche flota sobre la ciudad un velo de niebla, como gasa rosa. Estoy sentada a mi mesa, escribiendo «La mañana después», mi próximo artículo sobre el señor X. Pero últimamente, cuanto más veo a Marv, más confusa me siento por escribir sobre él. A veces me siento culpable por estar utilizándolo como material, pero la columna va ganando más y más reconocimiento, y no soy capaz de dejarlo.

> Por la mañana el señor X se transforma en otra persona. Distante y tenso, desayuna a toda prisa y me lleva a casa. Yo me quedo en el portal y lo miro mientras se aleja en su Jaguar rojo. Cuando se pierde entre el tráfico, me pregunto si volveré a verlo. Algo se estropeó, y mucho, sobre todo cuando su móvil no paró de sonar en toda la noche y al final él se refugió en otra habitación... ¿O soy yo quien se refugia tras mi muro imaginario cuando me siento vulnerable?

Escribo hasta que las sombras se extienden por las paredes y empieza a desvanecerse la luz del día. Apago el ordenador y enciendo la lamparita blanca en la mesa de cemento. Leo el borrador de la columna y reflexiono sobre la lista de entrevistas nuevas, clasifico los correos electrónicos e intento decidir de qué tratará el próximo artículo. Tengo la radio puesta, en la emisora de música clásica. Alisa Weilerstein toca el violonchelo en el *Concierto para violonchelo y orques-*

ta en sí menor de Dvorak. Me encanta el chelo. Suena como el alma.

Recuerdo que siempre que oía a mi abuela acompañar con el chelo a mi madre, al piano, temblaba de emoción.

Llaman a la puerta.

Abro, y veo con sorpresa que es Ryan, con un ramo de rosas de color lavanda en la mano. Lleva una camisa negra un tanto polvorienta y arrugada, y unas botas negras, y el indómito pelo revuelto. Del cuello le cuelga una correa con una cámara Leica.

—Hola —digo.

—Hola, Anny. Me tenías preocupado —dice. Y sí, parece preocupado—. ¿Qué pasa?

—Pues no gran cosa.

—He pensado que a lo mejor te gustaban estas rosas —dice con timidez. Se mira la punta de las botas, nervioso—. Son de mi jardín de Sebastopol. Son rosas Sterling.

—Me encantan —digo, aspirando el aroma—. Vamos, pasa.

No se decide.

—Bueno, un momento.

Lleva un libro sobre Kissinger bajo el brazo. Siempre está leyendo sobre asuntos del extranjero. Asiste con frecuencia a conferencias del Comité de Asuntos Internacionales. Se sitúa ante el cuadro que está apoyado en la pared, mientras yo lleno de agua un jarrón alto de cristal y coloco las preciosas rosas. Pongo el jarrón en la mesa de cristal, delante de la ventana, y contemplo la luz que se refleja sobre los pétalos, volviéndolos plateados.

Observo a Ryan, que mira atentamente mi cuadro *Natasha,* con la cara cerca del lienzo. No se mueve, pero yo noto su inquieta energía. Cuando contempla una obra de arte, cobra vida. Se acerca más a la obra y vuelve a retroceder. No dice nada, pero muchas veces interpreto sus silencios y comprendo lo que no dice. Qué distinto de Marv, que utiliza el silencio para ocultar sus sentimientos. Son tan distintos como el día y la noche, y sin embargo, cuando pienso en Marv noto la misma sensación mareante que cuando era muy joven y deseaba ardientemente algo inalcanzable.

—Me gusta que tus mujeres estén saliendo de las cajas, Anny. Está ocurriendo algo interesante. Esta mujer es sensual.

Sonrío.

—¿Tú crees?

Entorna los ojos y se acerca más al cuadro.

—Tiene la misma mirada juguetona y traviesa que tú.

—¿Así me ves?

Ryan mira su reloj.

—Tengo que marcharme. He...

—¿Has quedado con alguien?

—Mi amiga Nina y yo vamos a fotografiar clubes de jazz esta noche.

—Acabo de hacer café. Quédate un ratito.

Nos sentamos a tomar café en el sofá. Ryan me habla de su último trabajo para *National Geographic,* sobre las víctimas de guerra en Vietnam. Con expresión triste me cuenta que cuando tenía diecisiete años, su padre, antiguo marine, lo echó de casa porque no quería enrolarse en la Marina.

Yo guardo silencio. Reparo en el repentino cambio en su tono de voz, en el dolor que reflejan sus ojos.

—Y en fin, la semana que viene me voy a Alaska con mis dos fotógrafos. Estaré fuera varias semanas, Anny.

—Parece un buen plan.

—Voy a fotografiar el hielo.

—El hielo. Qué interesante.

Ryan sonríe. Estamos sentados muy juntos. Mi mano roza la suya.

—¿Sigues viendo a Marv?

—No todo el tiempo, pero sí, lo veo.

Se encoge de hombros.

—Bueno, Anny, tengo que marcharme.

Lleva su taza al fregadero y la lava. En la puerta me pasa la mano por la mejilla, y veo claramente sus ojos azules.

—Anny, algún día me gustaría llevarte a ver las mariposas monarca. Voy a fotografiarlas para una serie sobre la naturaleza para *National Geographic.* Son preciosas.

—Me encantaría. Me gusta mucho verlas volar, con la luz derramándose sobre sus alas.

—Cuando llueve no vuelan. —Ryan me habla de un sitio cerca de Sebastopol donde sueltan miles de mariposas monarca. Solo viven entre dos y seis meses—. Puedes tenerlas en la palma de la mano, empaparte de ellas. ¿Quieres venir?

—Me encantan las mariposas. Y pensar que un ser tan fabuloso sale de una oruga... No me extraña que no puedan vivir mucho. Son demasiado bonitas.

—Sí, como el amor, Anny. A veces las cosas son excesivas para durar mucho. —Me da un beso en la mejilla—. Te llamaré cuando vuelva.

Es casi medianoche cuando el día ya ha pasado y la noche queda en silencio. Un momento para la reflexión. Me siento un rato en mi sillón favorito a escuchar canciones de amor latinas. La música sensual inunda mis sentidos. Antes me he conectado a JDate, y Marv aún no había entrado. ¿Significará eso que está con alguien y no tiene tiempo? Las preguntas como esta me están volviendo loca, y me siento desconcertada e inquieta.

Abro una caja que tengo en el armario donde guardo las cartas, los cuentos y los diarios de mi juventud. Leo un rato estos últimos, como si quisiera descubrir ciertas claves para saber por qué soy como soy. Cuando estoy a punto de cerrar la caja, veo en el fondo un diario con fecha de junio. Cuando conocí a Donald.

Estuvimos toda la noche bailando «Moon River». Quiero pasar el resto de mi vida con él. Es un hombre maravilloso. Es seguro.

Cierro la caja.

Me desnudo para acostarme y me deslizo bajo las mantas. El viento sacude las ventanas y las estrellas brillan titubeantes en el cielo, como los latidos de mi corazón.

18

Llama Monica para decirme que quiere verme. La columna va viento en popa, pero insiste en que tenemos que hablar. Monica raramente quiere verme. Suelo enviarle los artículos por correo electrónico o fax, y ya está. Dada la popularidad de mi columna, espero que me aumente el sueldo. Dios sabe que me vendría muy bien. Estoy harta de comprar paquetes de espaguetis y papel higiénico barato en el economato chino.

Me pongo el único traje pantalón de corte tradicional que tengo y me limpio las botas negras con tapas de metal. Me encanta el sonido de las tapas cuando ando y me imagino que estoy bailando con Fred Astaire.

Me pongo las gafas oscuras, cojo el impermeable de hule y el maletín de Coach regalo de Emily, y llamo un taxi para ir al despacho de Monica en Market Street.

Llego al edificio Starlight y subo en el viejo montacargas a la segunda planta, donde está el *San Francisco Times.* Cruzo a toda prisa el estrecho pasillo, pasando junto a los cubículos donde los periodistas hablan por los móviles o escriben en sus portátiles Apple, enfrascados en su trabajo. Desde que Monica asumió la dirección, el *Times* ha crecido. Al final del pasillo con olor a máquinas Xerox y moqueta sintética está su despacho. Entro.

Monica está hablando por teléfono, repantigada en su silla giratoria de cuero, retorciéndose un mechón rubio claro y rizado con un dedo largo y fino. Es baja y delgada como un palillo. Lleva un chal de un rojo vivo sobre los hombros, y se le ha pegado a la lana ceniza de cigarrillo. Habla bajo, con un leve ceceo, y al final de cada frase adopta un tono interrogativo. Su mesa está abarrotada de papeles, borradores, clips, vasos de plástico con dibujitos llenos de clips y chinchetas, tazas vacías, libros... Los artículos del señor X están clavados en un corcho en la pared detrás de la mesa. Está hablando con un periodista, insistiéndole en un trabajo de investigación. «A mí no me vaciles. Puedes hacer algo mejor», dice. Todo parece indicar que es muy lista, pero lo que realmente destaca en ella son sus ojos, penetrantes, de gruesos párpados y de color turquesa.

Cuelga el teléfono, se frota las sienes y murmura que está harta de «periodistas incompetentes que se creen que lo saben todo». Carraspeo, y levanta la cabeza de golpe.

—¡Anny! Me alegro de verte. ¡Tus artículos son fantásticos! Tienes amargados a los del *San Francisco Star.* —Enciende un cigarrillo fino, marrón, y exhala una larga bocanada de humo—. Espero que no te importe que fume. —Sin esperar respuesta, planta sobre la mesa mi artículo más reciente, «Córrete y echa a correr»—. Tus fans se han vuelto locos. Lo han puesto por las nubes.

—Vaya, tiene gracia.

—Menos el dueño del periódico. Bunny quiere artículos con un tema de fondo.

—¿Un tema de fondo? ¿Y salir con alguien y la sexualidad no son temas de fondo? Los mayores también tienen su sexualidad.

—Ya lo sé, pero Bunny Silverman solo conoce un conejo, el Conejo de la Suerte, Bugs Bunny. Oye, que yo soy una mandada. Pero tú no te preocupes. Sigue escribiendo la columna del señor X. —Lee la lista de los artículos y da un golpecito con el dedo sobre el papel—. Voy a sacar «Eres la primera mujer de sesenta y cinco por la que me siento atraído», «Capullo o descapullo» y «¿Son los diamantes el mejor amigo de una chica?».

—Estupendo.

—Las ventas suben, y he propuesto que te aumenten el sueldo. Te lo mereces.

—Gracias, Monica. Me vendría muy bien.

—Pues claro. ¿O te crees que te lo va a regalar el vendedor de diamantes? Ya me conozco yo el percal —exclama, y me echo a reír—. El artículo del reloj puso el dedo en la llaga. Y en el programa de radio de los sesentones estuviste genial. Tendrías que leer el blog... mujeres de todo el país quejándose de su señor X. —Da una calada al cigarrillo—. Sé muy bien lo que estás haciendo, Anny. Mi... vamos a llamarlo novio, el jefe de la sección de contabilidad, me dice que no cree en el amor, que cree en el Viagra. Y solo tiene cuarenta y cinco años. Y además, me dice que la culpa es mía, que tengo los muslos demasiado gordos. Y se marcha dando un portazo. Tienes razón. Incluso los hombres feos son unos capullos.

Esa tarde, animada por el aumento, y a pesar de que Marv lleva algún tiempo sin entrar en JDate, me decido a escribir otra columna: «¿Te presenta él a sus hijos?».

> El señor X no para de hablar de su hijo y de su nieta, pero hasta la fecha no me ha presentado ni a su familia ni a sus amigos. ¿Será porque solo encajo en un espacio de su vida, el espacio del sexo? ¿O desempeño el papel de su ex esposa? ¿O se ha creído que porque, ya que se le empina cuando se toma esas pastillas azules, lo único que importa es su placer? ¿Me ha encasillado?

Cuando la luz del crepúsculo inunda la habitación dejo de escribir. Esta noche voy a leer. Antes corro las cortinas, dejo una ventana abierta para que entre el aire, aliso la esponjosa colcha blanca, mullo las enormes almohadas y cambio el agua del jarrón de tulipanes morados.

El rumor del tráfico en medio de la lluvia es apacible. Los relámpagos azules zigzaguean por el cielo oscuro.

Pongo una cinta de Janis Joplin. Me encanta su voz, su pasión auténtica, su fuego, su rabia. Me tumbo en el sofá a leer *Cartas de cumpleaños* de Ted Hughes. Son poemas sobre su matrimonio con Sylvia Plath, son tan conmovedores, están tan desbordantes de pasión, pesar y tristeza que me echo a llorar. Revelan el gran amor del poeta por Plath, y cuando terminan me pongo triste y me siento fatal en esta tierra gris y vacía. Me pregunto por qué tiene que acabarse un gran amor. Suena el teléfono fijo, y me sorprende oír la voz de Marv.

—¿Quieres compañía? —pregunta con voz seductora.

—Pues... estoy leyendo.

—Quiero verte —insiste—. Te echo de menos.

—Vale, ven —digo, encantada de su tono ardiente.

Es buena señal. No conoce mi casa, y, sin quererlo, presiento que vamos a empezar a compartir más cosas.

—Llegaré a las nueve —dice.

A las nueve menos diez me pongo a mullir almohadones y a retirar papeles de la mesita para guardarlos en la caja que tengo debajo del escritorio. Quiero que todo esté ordenado. Enciendo unas velas, bajo la luz de los focos y me cambio de ropa, mallas negras y camiseta de manga larga también negra, con cuentas formando la palabra «libertad». Arreglo los cojines de color esmeralda en el descolorido sofá blanco y coloco el montón de revistas de *Art Forum* sobre la mesa de cristal.

Cuando suena el timbre corro a abrir la puerta, con el corazón latiéndome muy deprisa. Me quedo en el pasillo mientras él sube la escalera con Honey en brazos. Lleva la larga gabardina empapada de lluvia.

—Espero que no te importe —dice, y me da un beso—. Honey ha estado todo el día sola en casa.

—Claro que no —digo con sonrisa forzada. Honey me lanza una mirada asesina.

Marv entra arrastrando los pies y mira los lienzos a medio acabar y los dibujos a carboncillo pegados con papel celo en las paredes, el tarro de mantequilla de cacahuete medio lleno con una cuchara clavada y los libros abiertos sobre un sillón.

—Qué bonito. Muy artístico, bohemio.

—Está abarrotado. Tengo demasiados libros.

—A mí no me molesta.

Mira las cajas colgantes y un cuadro de dos metros a medio acabar apoyado contra una pared. Es de una mujer desnuda sentada sobre una caja. Lleva un sombrero negro y un velo, también negro, que le cubre el rostro, y tiene las piernas cruzadas y la mirada como clavada detrás del espectador. Después se pone a mirar *Natasha* y me dirige una mirada inquisitiva, como si quisiera adivinar mis pensamientos.

—Es bonito —dice.

—Es Natasha, mi alter ego.

—¿Por qué están las cajas... colgando? —pregunta con inseguridad.

—Porque se supone que las cajas no tienen que estar colgando. Me gusta explorar el lado opuesto de la norma.

Marv se encoge de hombros y se sienta en el borde mismo del sofá, como si no estuviera muy seguro de si va a quedarse o no.

—Me gusta Joplin —dice tras un largo rato.

—Yo me perdí sus conciertos en los sesenta. Entonces vivía en una zona residencial y me dedicaba a doblar pañales. Me perdí muchas cosas. Sobre todo el movimiento feminista.

La música sube de tono. Como dos adolescentes tras su primer beso, nos sentimos avergonzados, tímidos, tensos. Al fin y al cabo, solo hemos estado juntos bajo los términos de Marv, en su terreno y en su cama.

—La mujer desnuda del sombrero es... interesante. Pero el sombrero, ¿por qué? Todas las mujeres de tus cuadros lo llevan.

—Les gustan los sombreros.

—Como a ti.

—Yo no llevo sombrero cuando estoy desnuda.

—Pero podrías.

—La próxima vez.

Marv sonríe.

—Tienes una casa muy curiosa. Eres realmente única, Anny. ¿Y todas esas cajas con pie?

—Como ya te he dicho, hago cajas. Espero poder organizar una exposición individual de cuadros y cajas algún día. Inga, mi marchante, quiere al menos veinte cuadros y más cajas. Tengo muchas cosas que hacer. Y además, tengo que cumplir los plazos de la entrega de los artículos.

—Bueno, así estás entretenida.

Detesto su tono paternalista.

—No lo hago por entretenerme. Es mi trabajo.

—Me gustaría que llegaras a lo más alto. Podrías comprarte una buena casa y dejar este apartamento. Te comerías el mundo.

Alisa una arruguita de una manga con su enorme mano hasta que desaparece.

—Yo no quiero comerme el mundo. Quiero ayudar al mundo. Además, me gusta este apartamento. Lo siento, pero no tengo ni fondo de inversiones, ni portero ni me he hecho un estiramiento. No me importa el dinero de la misma forma que a ti.

Marv se encoge de hombros.

—No te pongas a la defensiva. Ya sabes lo que quiero decir. Quiero lo mejor para ti.

—Por desgracia, sé muy bien qué quieres decir. Quieres que sea famosa para poder presumir de mí y presentarme a tus amigos. Si fuera rica, famosa y más delgada, me querrías. Pero resulta que soy Anny, tengo sesenta y cinco años, un apartamento que es un asco y ropa rara.

—Vamos, Anny. Son imaginaciones tuyas. Yo nunca he dicho nada sobre la delgadez. Me encanta tu cuerpo.

Intento contener las lágrimas.

—Quedamos para cenar y, de vez en cuando, para ver una película. Después tú desapareces durante semanas enteras. ¿Harías lo mismo si yo fuera una supermodelo como todas tus ex?

—¿Tienes vodka? —pregunta tras un tenso silencio.

—No, lo siento —contesto con brusquedad—. Y no te molestes en ir al cuarto de baño a tomarte tu Viagra, porque no pienso follar contigo esta noche. Así que si has venido por eso, olvídate. Estoy harta de sentirme como si me hubieras dado cita para verte.

Marv tiene los ojos entornados, los brazos pegados a los costados. Suspira.

—No quiero volver a casarme.

—¡Vaya por Dios! ¿Y quién ha hablado de matrimonio? ¿Y una relación? ¿Es demasiado pedir?

—Anny, no quiero hacerte daño.

—Pues acabas de hacérmelo. Lárgate.

Tras unos momentos de espantoso silencio, Marv se pone en pie de un salto. Levanta a Honey, la aprieta contra el pecho, se calza los mocasines y mira su reloj. En la puerta me da un leve beso en los labios.

—Estaré fuera diez días. Buena suerte con tu artículo —dice, y parece más aliviado que otra cosa.

Baja la escalera con los hombros caídos y con Honey en brazos. Yo me quedo en la puerta, oliendo su aroma, como envuelta en una neblina de humo, y resisto el impulso de echar a correr detrás de él y abrazarlo.

Lo observo desde la ventana. Va arrastrando un poco los pies. Se sube al coche y arranca. Mientras contemplo las estrellas, que van difuminándose lentamente en la oscuridad, me pregunto quién es el hombre sobre el que escribo. ¿Un obseso? ¿Un tipo que queda con cualquiera, al que evidentemente no le importo lo suficiente? ¿Alguien no se ha molestado en leer mis artículos? Ese hombre con el que fantaseo, que vive tan dentro de mis sueños que interpreto sus silencios, siento sus labios en los míos, oigo sus pisadas, sus suspiros, su voz aterciopelada. Ese hombre es tan juvenil como un chico de catorce años, con mucha labia, superficial, encantador. Es el hombre del que estoy enamorada.

19

La doctora Indira corre las cortinas.

Yo me tumbo en el sofá y ella se queda esperando.

—Cuando vino a mi casa actuó como si hubiera ido de visita a un poblado chabolista. Ah, sí, es muy educado, pero no me hace ni caso, y cuando menciono mi columna se encoge de hombros y cambia de conversación. Lo único que quiere de mí es sexo y solo se lleva una parte de mí, la que él quiere. Su indiferencia me resulta insultante. Es igual que mi ex marido. Por Dios, tengo sesenta y cinco años y todavía no he aprendido nada. —Hago una bolita con un kleenex—. De momento tengo lo que quiero —añado tras un largo silencio.

—¿Porque está escribiendo sobre él?

—Es un buen personaje. De todos modos, en cuanto escribo algo sobre él, se convierte en otra persona —contesto, poniéndome a la defensiva.

—Si eso es lo que cree, está pagando un precio muy alto por un artículo.

Veo una mosca revoloteando alrededor de la lámpara y pienso que sus alas parecen de cristal. La luz las traspasa.

—A veces me siento culpable por trasladar todo lo que sé de Marv al señor X, pero cuando lo veo en JDate una hora después de haber estado conmigo, no me siento tan mal. No es que tenga ninguna ventaja sobre mí, pero creo que Marv podría ser un canalla. ¡Anda! «Canallas y capullos.» Ese va a ser mi próximo artículo. —La doctora Indira no dice nada, esperando—. Además, aunque él lo niega, sé que está con Debra. Va dejando indicios. El reloj, botellas de vino vacías en la cocina... y ella bebe vino. Cuando Marv tiene la cabeza puesta en Debra, también bebe vino. Y la vela, que está consumida. Y además, el tubo de vaselina, que antes estaba en su mesilla y luego en el cuarto de baño...

—¿Por qué no pregunta sencillamente a Marv si está con otra persona? Que sepa que usted no quiere que esté con nadie más. Explíquele lo que siente.

—Se marchará.

—O se quedará —replica la doctora en voz baja—. O quizá usted lo quiere tal y como es, como... ¿material para su trabajo? ¿Por el juego? Si escribe sobre él, puede dejarlo exactamente como usted quiera, y para eso no tiene que esforzarse mucho. Escribir sobre él es una defensa.

—¿Contra qué?

—La realidad.

—¿Qué quiere decir con «realidad»?

—Averiguar cómo son realmente las cosas y no como usted quiere que sean.

—Lo que yo quiero es amor a largo plazo. Ser amada. Estar con alguien que quiere amor todo el tiempo, no solo de vez en cuando. Quiero amor y sexo, no solo sexo. —Cojo otro pañuelo de papel—. Él sabe muy bien qué siento.

—No, no lo sabe. Usted se toma muchas molestias para actuar como si no le importara. Porque tiene miedo al rechazo.

—Pues claro. ¿Por qué no iba a tenerlo?

—¿Le parece bien escribir sobre él? —pregunta en tono desafiante.

—¿Tenía que pedir permiso Picasso para pintar a sus mujeres? Además, en cuanto interpretas a la persona que pintas o sobre la que escribes, deja de ser la misma.

Suena su teléfono. Espero que no se atreva a contestar. El

aire de la habitación está cargado, y las bolitas de kleenex se me han pegado a los pantalones de pana negros.

—Yo quiero un compromiso completo. Tengo relaciones sexuales con Marv, pero ¿cómo se puede tener sexo sin amor? Deseo estar con alguien que me quiera, que se preocupe por mí, que busque amor todo el tiempo, no solo a ratos.

—¿Es eso lo que de verdad quiere?

—Intelectualmente, sí.

—¿Como con Ryan?

Observo cómo se deslizan las sombras por la pared y a continuación se deshacen, lo que significa que ha acabado la sesión. Me incorporo, mareada después de estar tanto tiempo acostada. Miro de soslayo a la doctora Indira, e intentando no perder el equilibrio voy dando traspiés hasta la puerta. Giro la llave dos veces hacia la izquierda, y se abre.

Esa noche, ya en casa, reflexiono sobre la sesión de psicoterapia. Qué desastre. Me siento confusa con esta historia del sexo y el amor. Desde luego, lo del artículo me anima mucho, pero me planteo si, en el caso de que realmente quisiera a Marv y él me quisiera a mí, escribiría sobre él, si lo traicionaría como lo hago. Pero Marv lleva algún tiempo sin entrar en JDate. Es buena señal.

Llamo a Janet. Me tiene preocupada. Trabaja mucho y no está bien de salud. Hace poco han tenido que operarla de urgencia de la vesícula biliar.

—¿Qué tal, cariño?

—Lo de siempre. Está otra vez fuera. Un día metió las narices en mi casa. Y además, no ha pronunciado la palabra que empieza por A.

—Y no cuentes con ello. Solo existe la L de lujuria. Después de los sesenta, se acabó lo que se daba con el amor.

—Pero yo quiero algo más que sexo. ¿Cómo puede haber sexo sin amor, sin una conexión... emocional?

—Pues muy fácil —contesta Janet—. Yo me lo pasé estupendamente en la cama con un hombre durante cuatro años. Hasta que se olvidó de mi cumpleaños.

—¿Lo ves? A eso me refiero. Lo que me molesta es la indiferencia. Marv no me reconoce nada, salvo lo bien que lo pasamos en la cama. Al menos no ha estado en JDate.

—Cariño, a no ser que quieras estar con un viudo, y ponerte la ropa, llevar el coche y dormir en la cama de su esposa muerta, eso es lo que hay. Alégrate de que haya pasión. Fíjate en la pobre Lisa. Está con un menda que ni hecho a medida, pero tiene una cosita que cabría en el ojo de una cerradura. Yo podría satisfacerla con un dedo meñique mejor que él.

—No quiero estar con un hombre que solo espera acostarse conmigo y sigue pingoneando por ahí. Sigo teniendo ese sueño, ya me entiendes, el decir «te quiero» y que él te diga, «yo también».

Janet suspira.

—La última vez que le dije eso a un tío se puso a gritar que las mujeres judías mayores no nos conformamos con una polla sin frenillo y un orgasmo. Y eso es lo que hay, cariño. Al menos Marv y tú lo pasáis bien en la cama, y se preocupa por ti. Tú, a disfrutar. Cariño, tengo que dormir mis ocho horas. Si no, mañana estaré hecha polvo. Te quiero.

—Yo también.

Al día siguiente, poco después del amanecer, me despierto con un dolor de cuello espantoso. Me duele de verdad, y también la cabeza. Al principio pienso que es por haberme pasado todo el día sentada y encorvada ante el ordenador, o por haber dormido en una mala postura. Pero el dolor va a más, hasta que no puedo ni moverme. Me asusto mucho. No estoy acostumbrada a tener problemas de salud. Creo que seguiré llena de energías y haciendo lo que hago eternamente. Hago visualizaciones positivas, con mi mariposa de cristal, que tiene poderes. Me convenzo de que cuando me despierte a la mañana siguiente mi cuello estará normal.

Pero ya no puedo ni torcer la cabeza, ni siquiera para vestirme. Estar sentada en el váter sin poder hacer nada es un suplicio. Aterrorizada, llamo a Ryan, pero me acuerdo de que está en Sebastopol. Como me muero de dolor pero no quiero molestar a Emily y a Harry, me pongo la gabardina encima del camisón, cojo el bolso y voy en taxi al hospital Mount Zion. En la sala de urgencias es de pesadilla. Hay pacientes en camilla, algunos quejándose y pidiendo a gritos un médico. Por fin aparece una enfermera con aspecto de cansada que me planta en una camilla en el pasillo y me asegura que pronto me verá un médico.

Así que seis horas más tarde un interno joven, con la cara llena de granos, me lleva en la camilla de ruedas a rayos X. Durante todo el trayecto me habla como a los niños, me dice que no tenga miedo, que estoy en buenas manos. Me mete en una habitación sórdida y apestosa. Me pone de pie contra la fría pared de azulejos y me zarandea la cabeza para colocarla en la posición adecuada. Va hasta la máquina de rayos X, gritándome que contenga la respiración. No puedo más de dolor.

—¡No se mueva! —me ordena—. ¡No respire!

Contengo la respiración, pero me duele tanto el cuello que creo que me desmayaré. La bata de papel se abre por detrás y me falta el aire.

El interno vuelve a llevarme por el pasillo. Están todas las habitaciones ocupadas, así que me deja en la camilla, aconsejándome que «descanse». Hablo por el móvil con Emily y Harry, que están camino de San Francisco. Emily me recomienda que me asegure de que mi testamento está intacto y de que estoy al día en el pago de mi seguro de vida. Cuando llega el médico, cuelgo.

El médico tiene la cara pequeña y el cuerpo en forma de pera. Examina una enorme radiografía de mi cuello.

—Es artritis degenerativa —dice con un suspiro. Señala una sombra blanca y me explica que son mis cervicales deterioradas—. Dentro de poco se colapsará la columna vertebral y empezará a perder el equilibrio. —Me da unos analgésicos y me prescribe fisioterapia—. Si no hace fisioterapia, se quedará inválida.

Mientras espero a Emily y a Harry, atontada y deprimida, observo a un hombre mayor que está con su mujer enferma; le sostiene la mano y le habla con dulzura. Cómo me gustaría tener un compañero, no solo por el sexo y las cenas a la luz de las velas, sino para que esté conmigo en momentos como este, para envejecer juntos. Recuerdo cuando, hace unas semanas, a Marv le pusieron una epidural y le envié a su casa una pizza de anchoas, la que más le gusta, pero cuando le conté por teléfono que yo había estado con colitis no me llamó durante varios días.

—Bueno, mamá, aquí estamos —dice Emily en tono zalamero.

Lleva chaqueta y boina rojas. El cabello sedoso, negro azabache, le llega hasta la cintura. Harry me coge una mano y me dice que no me preocupe, que muchas personas de mi edad tienen artritis y pierden el equilibrio.

—Te darán un andador —dice Emily como si estuviera hablando con un niño. Harry piensa lo mismo que ella.

—Oye, quiero irme a casa —digo—. No tengo la menor intención de perder el equilibrio, ni de usar andador ni de jugar al bingo.

—Bueno, tú no te desanimes —me recomienda Emily mirando a Harry, que aparta la mirada. Sé que han estado hablando de mí.

Me sueltan un sermón sobre las dificultades del envejecimiento, me aconsejan que reconozca mi edad y que tenga más «cuidado», y por fin me llevan a casa.

Estoy adormilada. Me han puesto un grueso collarín, muy molesto. Emily no para de incordiar, comprobando que el collarín está en su sitio, alisando las mantas. Me siento deprimida e indefensa, pienso en que algún día dependeré de Emily, y me imagino en el pasillo de un hospital con una bata de flores y un globo atado a la muñeca.

Emily, tan organizada ella, al ver mis cuadros y dibujos, los periódicos y las revistas de arte, los montones de papeles en el suelo, chasquea la lengua y mueve la cabeza. Sentado en una silla, Harry comenta que su despacho también es un desastre y él «un guarro». Emily abre el antiquísimo frigorífico y tira comida en una enorme bolsa de basura.

—No me extraña que estés siempre enferma —dice—. ¡Con toda esta comida llena de moho y el queso podrido!

—No está podrido —grito débilmente—. Lo derrito para sándwiches.

—Es asqueroso —murmura, y me sermonea sobre las virtudes de la limpieza—. Ningún hombre soporta a una guarra —dice.

—¿Y dónde está don Fantástico? —pregunta Harry.

—En Nueva York, en viaje de negocios.

Emily arruga la nariz.

—Ese hombre desaparecerá a la primera señal de problemas. Lo único que le importa es su perra.

—Es un padre y un abuelo cariñoso.

—¿Y a ti qué más te da eso? ¿Es cariñoso contigo?

Sigue sermoneándome, diciendo que tengo que «levantar el ánimo» y conocer a hombres mejores, que mi trabajo no lo es todo y que tengo que «sentar la cabeza».

—Marv es un malqueda, un crío imbécil que no sirve para nada.

—Y tanto —dice Harry.

—No quiere una relación, mamá. Solo quiere sexo unas cuantas veces a la semana. Y sigue queriendo a su ex mujer frígida. Pero ¡tú sigues abriéndote de piernas!

Harry asiente con la cabeza.

Me muerdo la lengua para no decir lo que pienso, que Emily lleva seis años viviendo con Harry y hasta la fecha no ha habido petición de matrimonio. Mientras sigue sermoneándome, en esta ocasión sobre la necesidad de «tomar las riendas de mi vida», recuerdo a Emily cuando tenía doce años, subida encima de una caja en la cocina fregando platos, preparando pan de plátano en latas de café, limpiando y planchando. Siempre la más responsable. Dejó la universidad y se puso a trabajar haciendo bollos y vendiéndolos por la tarde en los cafés de la zona, poniendo los cimientos de su negocio. Años más tarde volvió a estudiar, escritura creativa, como yo, y se licenció con matrícula de honor por la Universidad Estatal de San Francisco. Escribe relatos sobre su madre e intenta venderlos.

—Mamá, mañana voy a traerte una bolsa con bollos de los que yo hago y una mermelada muy rica. Ahora duérmete y no te levantes. Ya no eres ninguna criatura, y lo único que te falta sería caerte. Voy a dejar la luz encendida.

Se queda mirándome unos momentos, como para asegurarse de que estoy bien. Después me da un beso tremendo. Aspiro el fresco aroma de su piel de marfil.

—Te quiero —murmuro, con la lengua tan pastosa que apenas puedo articular las palabras.

—Nosotros también te queremos, Anny —dice Harry—. Traeremos a Fred para que te vea.

Se cierra la puerta.

Me sumo en un sueño profundo, silencioso, producto de la medicación. Sueño que intento volar, pero mis alas se vuelven de papel y caigo meciéndome.

20

El señor X no me espera junto al coche, dispuesto a abrirme la puerta como de costumbre, así que sé que esta noche estará distante. Cuando tiene deseos de verme se porta con toda corrección y se pone junto a la puerta del copiloto para ayudarme a entrar en el automóvil. Cuando está preocupado, con la cabeza puesta en otra persona, no bebe vodka. En el cine no me coge de la mano, y después me lleva directamente a casa. No me besa; me despacha con un «buena suerte con todo».

El señor X desaparece durante los fines de semana. Me fijo en un montón de billetes de avión que hay encima de la mesita del salón de su casa, itinerarios para varios viajes...

Envío un blog titulado «¿Quién es el verdadero señor X?», y recibo miles de respuestas.

Querida Anny:

Yo estoy con un señor X. Es un presumido, y dice que me quiere, pero después no me llama. ¿Puedes ayudarme?

Querida Anny:

Soy una mujer renacida. Escalo montañas y tengo titulación en derecho, y mi aventura más reciente consiste en volar en ala delta. Quiero amor, pero los hombres mayores que conozco no pueden ni subir las escaleras, por no hablar de una montaña, y sin embargo quieren chicas de treinta años. ¿Crees que la generación del Viagra considera la edad una enfermedad?

Querida Anny:

Me gusta tu columna del señor X. Soy una mujer de setenta años muy activa, veterinaria, a la que le encanta el sexo. Me gustaría saber qué opinas acerca de hablar con mis amantes, mayores que yo, sobre por qué no consiguen que alcance el orgasmo.

Siete días más tarde he superado el problema del cuello, pero sigo con el collarín. Llevo semanas sin saber nada de Marv, desde antes de que se marchara a México en viaje de negocios, cuando un buen día llama. Le cuento lo del cuello, y parece preocupado. Me pregunta si puede pasarse por mi casa.

—Bueno, un rato sí —contesto, sorprendida después de lo que ocurrió la última vez—. Pero sigo con el collarín y las visitas no pueden durar mucho.

—A las nueve —dice, y a continuación me explica que antes tiene una cena de negocios.

Intento maquillarme, ponerme un poco de sombra de ojos, pero no puedo inclinarme. Llevo los pantalones de chándal y la sudadera enorme, ambas prendas negras.

A las nueve en punto llega Marv con un paquete grande, dejando una estela de colonia. Va tan elegante como siempre, con un abrigo de pelo de camello y un jersey blanco de cuello alto de cachemira. Me alegro de verlo, pero él parece incómodo y preocupado, y se queja de que no encontraba sitio para aparcar. Suspira.

—Siento mucho que estés pasando por esto. —Me besa en los labios—. ¿Y dices que es artritis?

Asiento con la cabeza.

—Pero se pasará dentro de poco.

Frunce el entrecejo y dice:

—Te he traído un regalo.

—Qué bien.

Rasgo el papel rojo, entusiasmada y emocionada por el detalle. Es un jarrón de cristal azul.

—Me encanta.

—Lo he encontrado en una tienda de antigüedades. No era barato, pero he pensado que te gustaría.

—Sí que me gusta. Gracias, Marv.

Me encanta cómo se le entornan los ojos cuando sonríe.

—Va a quedar estupendo en la mesa de cristal —digo—. Quiero arreglar un poco la casa.

—Qué rosas tan bonitas —dice sonriendo mientras mira las flores de color lavanda que hay junto a la cama.

—Bueno, ¿qué tal la exposición de piedras preciosas? —pregunto tras un largo silencio.

Marv parece confuso.

—El viaje de negocios a México —aclaro.

—Ah, ya —dice, encogiéndose de hombros—. Muy cansado. Perdí en la subasta de un diamante de rombos de color frambuesa. Era perfecto. —Suspira con nostalgia.

—Lo lamento —murmuro.

Se sienta muy erguido, como un soldado antes del combate, con los ojos cerrados, ajeno a mi presencia. Le cuento lo sola y asustada que me he sentido.

—La sala de urgencias fue algo espantoso. De repente sentí terror de envejecer y encima estar enferma.

—La edad no tiene nada de bonito —replica Marv con cierta irritación.

—Pues yo creo que es un regalo.

—Anny, ¿por qué no vamos a Bolinas el próximo fin de semana? Así verás mi casa y te tomarás unas vacaciones. Será divertido.

—Me encantaría.

Se esfuman todas mis promesas de actuar con frialdad, de hacerle entender que estoy enfadada.

En la puerta Marv y yo nos besamos. Nos besamos apasionadamente.

Al principio no veo a Ryan en lo alto de la escalera. Cuando levanto la vista, parece avergonzado.

—Perdón —dice—. Quería darte un libro.

Antes de que pueda presentarlos, Ryan sube a toda prisa la escalera.

—Paso a recogerte el viernes a mediodía. Tráete un bañador.

21

¿A que no se lo imaginan? El viernes hace tanto calor que no se mueve ni una hoja. Detesto el calor. Marv llega con la capota del coche bajada, muy elegante y compuesto, con unos pantalones caqui y un polo blanco impecables, mientras que mi falda de lino está toda arrugada y el calor me está encrespando el pelo.

Parece un tanto avergonzado.

—Espero que no te importe que haya traído a Honey... Se ha pasado toda la semana en una residencia canina.

—No, ningún problema —digo, y subo al coche.

Vamos hacia la autopista. Solo con ir sentada a su lado ya tengo esa sensación de que me falta la respiración. El paseo es agradable, pero el sol me da de lleno en la cabeza, que empieza dolerme. Me noto la lengua como un trapo y se me están poniendo los pálidos brazos rojos y llenos de granitos y manchas, todo lo contrario que Marv, con su piel tersa y aceitunada. Honey va sentada entre nosotros, acaparando la mayor parte del espacio, con una tarjetita roja en la que pone BOLINAS colgada del delgado cuello y su botellita de agua en el asiento. Yo voy un poco aplastada contra un lado y me pregunto por qué habrá estado Honey en la residencia para perros y no se habrá ocupado Debra de ella. Marv lleva una mano apoyada en mi rodilla mientras conduce, y cuando no habla dirigiéndose a Honey se deshace en elogios sobre el paisaje, comparándolo con el campo francés.

—Pero París es una maravilla —dice, mirando los prados—. Es una ciudad de amor. Debra y yo fuimos allí en nuestra luna de miel. Es un sitio al que vas con alguien del que estás enamorado, una ciudad que sabe apreciar la belleza.

—Sí. Yo quiero ir contigo —digo, sin hacer caso de que ha vuelto a hablar de Debra.

—¡Iremos! —vocifera, elevando la voz para hacerse oír entre el ruido de los coches.

—Me encantaría pintar en París.

—Mira qué verdor, Anny. ¿No es precioso?

—Me gustan las vacas. ¡Muuú! —grito a las vacas que están pastando.

—Estás loca.

—Me niego a comer carne de vaca. Sacrifican esos pobres animales para que coman los republicanos ricos y gordos. ¡Pobrecillas!

Marv pone un CD de Frank Sinatra y canta «My Way». El paisaje es verde, fantástico, y en las cercas hay rosas y otras flores. El aire huele a fresco, y yo me siento contenta, feliz y optimista, porque vamos a pasar el fin de semana juntos.

Vamos por una carretera empinada, estrecha y traicionera, y yo cierro los ojos, incapaz de mirar hacia abajo, sobre todo cuando Marv se pone a hablar con Honey, que va despatarrada sobre sus piernas. Después ascendemos por una cuesta hasta una zona arbolada, y Marv detiene el coche ante una casa de secuoya y cristal, alta y contemporánea, entre montañas y altos robles.

—Hemos llegado —dice sin dirigirse a nadie en concreto.

—¡Vaya! —exclamo, admirando la belleza del entorno.

Marv apaga el motor. Reina un silencio absoluto, salvo el ruido de la grava y los susurros de los animales entre los arbustos. Marv se adelanta, con Honey en brazos. Me detengo en la entrada, boquiabierta ante tanta belleza. Los techos, de unos diez metros de altura, son espectaculares, y varias claraboyas dejan ver los árboles, el cielo y el sol. Es precioso, realmente increíble. Mullidos sillones y sofás beis, y, cómo no, orquídeas por todas partes.

—Dios mío, es mágico —digo, dejando mi bolsa sobre un sillón.

—No está mal para un chico de Toledo, ¿eh? —dice Marv, satisfecho—. Ven, Anny. Voy a enseñarte la casa.

Me lleva muy animado de la mano por cada habitación, y se detiene en la de su nieta, que amuebló él mismo, con literas y juguetes ordenados en estanterías. Por último entramos en el dormitorio principal con vestidor, blanco y espacioso, y el cuarto de baño, también blanco, con paredes de cristal, anchas claraboyas, dos bañeras de mármol blanco por debajo del nivel del suelo y váteres a juego.

—Un refugio precioso —murmuro.

Marv mira impaciente su reloj.

—He hecho reserva para darnos un masaje dentro de una hora.

—Nunca me han dado un masaje, y no estoy yo muy segura de que me apetezca.

—Te va a encantar, Anny. Y llévate el bañador. Después iremos a nadar.

Después de deshacer la bolsa y colocar mis cosas ordenadamente en la estantería del cuarto de baño de mármol, me lavo la cara con agua fría, meto el bañador en el bolso y salgo a ver a Marv.

Echamos a andar por una cuesta empinada y estrecha rodeada de bruscos declives y flores silvestres hacia el spa, que está en la cima de la colina. Hace tanto calor que me cuesta respirar y voy resollando y jadeando, un poco mareada. Por supuesto, Marv, ensimismado y fresco como una lechuga, va muy delante de mí, con Honey en brazos. Pero me convenzo de que después lo pasaremos estupendamente y hablaremos. Mientras tanto intento actuar con naturalidad, como si no hiciera calor, no me hicieran daño las sandalias nuevas y la ampolla que me ha salido en un dedo no estuviera poniéndose peor.

Por fin llegamos arriba, al spa de la Paz. En el centro de un patio muy húmedo hay varias personas con expresión como de trance tumbadas alrededor de unas cascadas minúsculas que gotean sobre unos estanques polvorientos con unos cuantos peces naranja de aspecto enfermizo. Huele a incienso y a crema para la cara.

—Hola, soy Waters —dice una especie de ninfa de unos dieciocho años, pelo rubio claro y sedoso que le cuelga como hilos hasta más abajo de la cintura. Lleva una túnica de gasa blanca y transparente que resalta la delgadez y firmeza de su cuerpo. Nos da un albornoz blanco de felpa a cada uno y las llaves de las duchas, donde tenemos que quitarnos la ropa y ponernos los albornoces.

—Lo siento, pero no se admiten perros —dice.

Marv le dirige una sonrisa encantadora.

—Honey no es como un perro.

—Pero señor, yo... —protesta la chica.

—Mira, te doy cincuenta dólares si te encargas de Honey mientras vamos a darnos el masaje y a nadar un poco.

La chica coge a Honey de mala gana y nos indica que después de cambiarnos vayamos a la sala de la Serenidad, donde estarán nuestros masajistas.

En la dichosa sala de la Serenidad hace tanto calor que no puedo respirar y el vapor me pone el pelo como un sombrero de ricitos. Me quito la ropa rápidamente, la guardo en la taquilla, me arrebujo con el feo albornoz blanco que me llega hasta los tobillos y me planto unas chancletas rosas que me quedan grandes.

Un cántico tibetano resuena solemne por los altavoces, realmente deprimente, y hay un montón de hombres y de mujeres de aspecto cadavérico con sus albornoces blancos esperando a que les den un masaje.

Marv hace su aparición y, cómo no, está estupendo con su albornoz blanco, las piernas bronceadas y el brillante pelo plateado. Aunque le ha cambiado el humor; es amable, pero está en otra parte. No me ve, como si yo fuera transparente. Estoy agazapada en la silla, tapándome las piernas demasiado blancas y salpicadas de manchas de la edad, diciendo tonterías sobre «el delicioso aroma de los naranjos en flor», mientras Marv está con los ojos cerrados, como si me excluyera de su mundo.

—Soy Helmut, el masajista de la señora Applebaum —dice con marcado acento alemán un hombre gigantesco, de cara ancha, ojos minúsculos y cuello de toro. Lleva un vaporoso pijama blanco y zapatillas de papel azul.

—Soy Tai, el masajista del señor Rothstein —dice un chico chino de aspecto desvalido con cresta y trenzas de color turquesa.

Marv me da un beso apenas rozándome los labios, como un marido aburrido, por obligación. Quedamos en vernos en la piscina después del masaje. Lo veo salir todo ufano, con los hombros echados hacia atrás y la cabeza muy alta, y dirigirse con Tai a la sala que le corresponde.

Lo del masaje es una auténtica pesadilla. Me pongo boca abajo, desnuda, en una estrecha mesa, con una fina sábana encima del cuerpo. Tengo la cara incrustada en un agujero, y se me sube la sangre a la cabeza. Helmut me aporrea la espalda y el cuello, y tengo la sensación de que se me está hinchando la cabeza.

—Tengo artritis en la cabeza —digo—. No me toque el cuello, por favor.

—En la cabeza no hay artritis.

—Estoy mareada —digo con voz ahogada.

—Está mareada porque tiene mala circulación —replica, y sigue dándome golpes en el cuello.

Intento olvidarme de la tortura a que me están sometiendo. No dejo de pensar en por qué está Marv tan... distraído. No es que sea grosero ni nada parecido; es un maestro del silencio cortés, encantador sin decir nada. El problema es que ninguno de los dos está actuando con sinceridad, hablando con el otro.

Cierro los ojos y recuerdo cuando fuimos a cenar y al cine, hace un mes. Marv estaba como un témpano y ni me tocó, ni siquiera me cogió de la mano. Yo no dije nada, pensando que no le habría salido bien el último negocio de diamantes. Después del cine, en lugar de ir a su casa como solemos hacer, me dejó en la mía y me explicó que tenía una cita con el médico muy temprano. «Gracias por una noche maravillosa», dijo, como si yo fuera una desconocida. Y como de costumbre, en lugar de decirle: «¡Oye, tío! ¿Cuál es el problema?», me puse a escribir «Gracias por una noche maravillosa», un artículo sobre la incapacidad del señor X para la intimidad, y conté que posiblemente me estaba engañando pero que también seguía deseándome. Y entonces recordé que me había confesado que le había subido el nivel de antígeno prostático específico, y me pregunté si estaría enfermo. Pero es imposible saberlo, porque va al médico continuamente, e incluso un pequeño resfriado lo pone de mal humor.

—Hemos terminado —dice Helmut.

Cuando sale de la habitación me pongo el albornoz y las chancletas, sintiéndome mareada y dolorida. Dando traspiés por el estrecho sendero llego hasta las duchas y me pongo el bañador negro de Calvin Klein. Me examino en el espejo de tres cuerpos y me quedo espantada ante la celulitis de los muslos, por no hablar de la zona de la cabeza cada vez más extensa donde empieza a clarearme el cabello, y en un lado —quizá por la luz— observo una pequeñísima calva, como la que tenía mi abuela.

Aunque Marv conoce cada centímetro de mi cuerpo, no dejo de pensar que estar a plena luz del sol en bañador es distinto a estar desnuda a la luz de las velas y la luna. Bueno, ¿y qué? Tengo que animarme. Ya va siendo hora de que Marv me vea tal y como soy.

Me tiro a la piscina rápidamente, y el agua fría me calma la quemazón de los brazos. Flotando de espaldas, observo un dirigible suspendido en el cielo y las nubes que cambian de forma lentamente. Dos mujeres enormes y atléticas con traje de baño Speedo y gorros de goma están sentadas junto a la piscina, hablando en ruso.

—Hola, Anny —dice Marv al llegar al borde de la piscina.

Se quita lentamente el albornoz, lo deja caer sobre una tumbona y queda al descubierto su fantástico cuerpo de guerrero. Lleva un elegante bañador naranja con estampados fruncido con un cordón a la esbelta cintura. Su piel es tersa como el satén y dorada, y no tiene ni un gramo de grasa. Un vello plateado asoma en su musculoso pecho.

En el trampolín, al darse cuenta de que las rusas no paran de mirarlo, se detiene y observa el agua con sus ojos calculadores, como decidiendo dónde quiere lanzarse exactamente. Extiende los brazos delgados pero musculosos, como si ciñera el punto elegido. Se pone de puntillas, se lanza en picado, sin apenas salpicar, y se hace dos largos con soltura, moviendo la cabeza a uno y otro lado.

Quiero lucirme y me pongo a nadar junto a él, pero me duele el cuello y el cloro me abrasa los ojos. Flotando de pie en medio de la piscina nos abrazamos y damos vueltas.

—¡Eres un supermán! —grito como una tonta, coqueteando.

Sin embargo, falta algo. No hay conexión, y me convenzo de que necesitamos pasar más tiempo juntos, compartir más cosas. Es nuestra primera vez.

—¿Has ido a nadar muchas veces en México? —pregunto, tratando de no tragar agua.

—Unas cuantas —contesta, salpicándose la cara.

—Dicen que en México el agua es fantástica y está calentita.

Se encoge de hombros y se hace otro largo. Yo sigo flotando, moviendo las piernas como si fuera en bicicleta, tratando de convencerme de que son cosas mías, de que solo me estoy imaginando que Marv me miente. Nada un poco y sale de la piscina, pasándose los dedos por el pelo plateado. Yo también salgo a toda prisa y me pongo el albornoz.

—Vamos a recoger a Honey y volvemos en el coche eléctrico. Hace demasiado calor para ir andando —dice Marv—. Esta noche cocino yo.

—Uy, qué bien.

Vamos a las oficinas, donde Waters está con Honey. En cuanto la perra ve a Marv se pone a temblar, a aullar y a lamerle la cara.

—Mucho me temo que Honey no se ha portado bien —dice Waters con un hilo de voz—. Me ha mordido en un brazo. ¿Ve esta mancha roja?

—Ah, bueno, ha sido por cariño —dice Marv, sin apenas mirar el brazo enrojecido de la pobre chica—. Siempre se porta bien. ¿Verdad que sí, Honey?

Aún consolando a la perra, que no para de ladrar, Marv me lleva hasta un diminuto coche eléctrico. Bajamos lentamente, bamboleándonos. Yo voy sentada detrás, toda apretujada, y Marv y Honey delante. Marv tranquiliza al asustado animal, susurrando que se ha portado muy bien. Muerta de calor y de dolor de cuello, me aferro a los lados del coche, con miedo de caerme.

Una vez en la casa, Marv se cambia de ropa rápidamente. Se pone pantalones y camiseta de chándal grises, de París. Está guapísimo, todo bronceado.

—Tómate el tiempo que necesites, Anny. Me voy con Honey a comprar. ¿Quieres algo?

—No, solo a ti —digo como una boba—. Voy a echarte de menos.

—Yo también —replica Marv, y cierra la puerta.

Cuando oigo que su coche se aleja abro el grifo de la bañera de mármol blanco y pongo una espuma de baño de mango increíble. Cuando las burbujas llegan casi hasta el borde, me sumerjo en la bañera, pensando que esa noche todo va a ser distinto, que al fin y al cabo es nuestro primer viaje juntos. A remojo en la bañera, observo cómo el sol desciende lentamente y apunta el crepúsculo hasta que las sombras cubren el césped. Salgo y empiezo a prepararme para la noche.

Al oír los ladridos de Honey y las pisadas de Marv trato de moverme rápidamente pero con cuidado de no dejarlo todo tirado como hago en mi casa. Me pongo unos vaqueros blancos ajustados y una camiseta también blanca con cuello de barco muy escotado que me ha dejado Emily. Me recojo el pelo en una cola de caballo y me pongo una mariposa de cristal de roca a un lado. Un toque de maquillaje. Tengo los pies hinchados por el calor, así que decido ir descalza. Por último, me abrocho la cadenita de plata con mariposas en un tobillo. Ya estoy lista. Entro en la cocina, donde Marv está preparando unas copas y colocando salmón y caviar en una fuente. Está puesto el equipo de música, y Tony Bennett canta «I Left My Heart in San Francisco».

—Estás muy guapa —dice Marv.

Deja las copas en la mesa. Al lado del caviar y del salmón hay un ancho plato de cerámica con queso brie y galletas saladas, así como un cuenco pequeño con aceitunas y tallos de apio. El techo de cristal está abierto, y el cielo se ve precioso... con estrellas pinchando la oscuridad como alfileres y luciérnagas como lucecitas diminutas.

—Qué tranquilidad hay aquí —digo, sentándome a su lado. Doy un sorbito a mi copa, un poco mareada.

—Estoy contento de que hayas venido —dice Marv tras un largo silencio.

—Yo también.

Apura su copa y me sirve más vodka.

—¿Viste la casa de Frida Kahlo en México?

—No. Estuve muy liado con los negocios.

—¿Diamantes?

—Bésame.

Me acerca a él. Nos besamos apasionadamente, y dejo de sentir dolor, incluso de cabeza. La habitación se ha quedado a oscuras, excepto por el brillo de la luna que va dibujándose en el cielo, y me siento como embriagada, por el alcohol, el sol, la luna, la placidez de la noche y él.

—No te vayas a emborrachar —dice, quitándome la copa—. Has tomado mucho el sol.

Después de una fantástica cena —salmón, ensalada de endibias, gambas y tarta de frutas del bosque— nos desnudamos y nos acostamos. Marv quiere ver una película —le encantan las películas de guerra alemanas—, así que vemos acurrucaditos en la cama una tediosa película alemana con subtítulos. Se queda completamente absorto, como un niño jugando con soldaditos. Pero a mí me duelen las quemaduras de sol, y hace tanto calor en la habitación que apenas puedo respirar. Y para colmo, hay un montón de insectos que no paran de picarme, y Honey está en la cama con nosotros... otra vez.

Acaba la película. Son las dos de la madrugada. Marv apaga el televisor y se hace el silencio, salvo por los grillos y los insectos que chocan contra la ventana.

—Vamos al jacuzzi —dice pasado un rato.

Completamente desnudos, vamos hacia allí en la oscuridad. Dios nos libre de que encienda una luz. No para de repetir «hay que ahorrar electricidad», y yo voy a tientas, siguiendo la pared, medio ciega sin las lentillas. Es horrible. Me siento como una niña con una venda en los ojos jugando a la gallinita ciega, dando manotazos al aire para intentar guardar el equilibrio.

—Dios mío... ¿no ves? —grita nervioso Marv—. Anny, ¿por qué no ves?

—No llevo las lentillas, y tengo la impresión de estar cayéndome al vacío.

—Ya te sujeto yo, Anny —dice para tranquilizarme—. Agárrate bien. Eso es. Un paso más. Otro. Eso es.

Por fin nos metemos en la bañera de agua caliente. Caliente no es la palabra. Está hirviendo; no puedo respirar y creo que voy a desmayarme con tanto borboteo y burbujeo.

—Está demasiado caliente —digo, agarrándome a Marv—. Me mareo.

—Tú sí que me mareas —replica él, y me abraza con fuerza.

Nos besamos; su boca sabe a cloro, y a la luz de la luna su rostro parece de plata. Seguimos besándonos apasionadamente; mis pechos flotan en el agua como olas y rodeo su cintura con las piernas. Intenta penetrarme, pero la tiene blanda.

—No te preocupes. Es por el calor. No importa —digo.

—Ponla dura.

—Está demasiado blanda.

Pero él sigue empujando y me dice que se la apriete, que se la chupe, pero el agua burbujeante me está dando migraña y acabo agotada.

—He tomado demasiado el sol —digo.

—Venga, vamos a la cama.

Nos acostamos. Marv apaga la luz, se pone cómodo con su almohada y me deja a mí la más dura.

—No me había pasado nunca —dice.

—¿Has tomado el Viagra?

—¿Qué? —me suelta—. ¿De qué me estás hablando?

—Lo siento, yo...

—Se acabó. A dormir.

Enseguida se pone a roncar.

Honey me gruñe, me duelen las quemaduras del sol y no puedo pegar ojo. Me paso casi toda la noche en vela, con la mirada fija en la luna evanescente, preguntándome por qué cada vez que empiezo a notar que me acerco a ese hombre se me escapa.

Cuando me despierto, el lado de la cama de Marv está vacío. Miro el reloj, horrorizada. Son casi las diez. Oigo la voz de Marv en la cocina.

Me ducho, me lavo el cabello y dejo que el agua me corra por la cara. Hace un calor sofocante, uno de esos días de tanto calor que ni siquiera se mueven las nubes, como gigantescos montones de aire blanco.

Me visto rápidamente y observo que el lado del cuarto de baño de Marv está impecable, sin nada fuera de su sitio, mientras que mis objetos de aseo, los peines y los tarros de crema antiedad están desparramados por toda la repisa. Me pongo una camiseta blanca de manga larga, unas bermudas caqui y unas sandalias planas. Me recojo el pelo, todavía húmedo, en una cola de caballo y no me pongo nada de maquillaje.

Marv está en la cocina, cortando naranjas. Parece intranquilo.

—Buenos días —le saludo, y me sirvo café.

—¿A que no sabes qué, Anny? —dice él, cortando más naranjas—. Ha llamado Waters. Dice que tuvo que ir al hospital, y que le pusieron la inyección del tétanos... Resulta que quiere que lo pague yo.

—Deberías pagar. Esa chica no tiene dinero, y yo le vi la marca roja en el brazo.

—¡Honey no muerde! —grita Marv, colocando las naranjas en un plato—. Esa chica debió de hacer algo terrible a la pobre Honey. Lo que pasa es que sabe quién soy y quiere sacarme dinero.

—Marv, Honey me ha mordisqueado las manos muchas veces. Es una malcriada.

—Hay que saber acercarse a ella. Tú no sabes.

Hago esfuerzos titánicos para no decirle que es un tacaño, que cambia de humor como de camisa y que me quiero marchar.

Desayunamos en la mesa de cristal. Marv ha puesto servilletas de hilo y un cuenco con flores silvestres. Yo picoteo un poco de fruta, irritada por su egoísmo y sus cambios de humor. Como si yo no estuviera allí, Marv se come una tortilla de queso, suspirando y comentando que cocina mucho mejor que «en esos putos restaurantes supercaros».

—Hace calor —digo—. Detesto el sol.

—Ya lo habías dicho. —Se concentra en su comida. Come con pulcritud, y deja la mitad de la tortilla en un lado del plato—. Quiero ir a una bodega de Napa —añade tras un tenso silencio—. Tienen un vino francés que quiero comprar. Lo probé la semana pasada en París...

Se calla bruscamente. Silencio, un denso silencio.

—No estuviste en México —digo—. ¿Estuviste con Debra?

—Fue un viaje de negocios que surgió de repente —contesta con un suspiro—. A Debra se le da muy bien vender diamantes. Antes me acompañaba muchas veces a las grandes subastas.

—¡Me has mentido! —estallo, contenta de ver su repentina expresión de susto—. ¡Te llevaste a tu otra mujer a París! Todo este tiempo... ¿tienes otra novia? ¡Contesta!

Suspira.

—Anny, me llevé a Debra para que me ayudara en el trato final del diamante amarillo. No es lo que tú crees. Es mi familia.

—¿Y qué soy yo? ¿Tu polvo de los lunes? ¿Tu polvo de vez en cuando? ¿O tu puta?

—No me acuesto con nadie más que contigo.

—Claro que sí. Mira, Marv, detesto a los mentirosos. Detesto que me tengas encasillada. Detesto que no me lleves a

París, que me mantengas al margen, que cuando estás conmigo solo me des una parte de ti...

—Me preocupo por ti, Anny. Lo que hay entre tú y yo es especial, pero no estoy enamorado de ti.

—¿Qué tiene que ver el amor con la sinceridad y la intimidad? No te atrevas a hablarme así. ¿Cómo te atreves? ¡Si ni siquiera sabes quién soy! No sabes que mi columna está basada en ti, en todo lo tuyo. El señor X eres tú. ¿O es que te creías que estoy tan enamorada de ti? Te he utilizado como material todo el tiempo. Te habrías dado cuenta si la hubieras leído. He estado en charlas de la radio, hablando sobre ti.

Parpadea varias veces, como si estuviera digiriendo lo que acabo de decir. Después mira su reloj y me mira a mí, como si estuviera tratando de tomar una decisión.

—He leído tu estúpida columna —dice con expresión cruel—. No voy a volver a verte, Anny.

—Muy bien, porque no tengo la menor intención de contestar a tus llamadas. Llévame a casa, por favor.

En el trayecto hacia casa finjo dormir. Marv aferra con fuerza el volante y conduce a toda velocidad. El silencio es palpable. Después, como si yo no estuviera allí, se pone a hablar con su hijo por el móvil y hace planes para la cena, como si no pasara nada. Solo que cuando se pone nervioso actúa de la forma contraria. Yo vuelvo la cabeza como si estuviera mirando las vacas por la ventanilla y pienso en cada palabra que Marv ha pronunciado. «Tú crees que no me afectas. Me utilizas para tus necesidades.» Esas palabras me indignan, me devuelven a la realidad. Después recuerdo el jarrón azul que me regaló. Dijo que lo había comprado en México, pero en la etiqueta del fondo decía que estaba hecho en Francia. No le di importancia en su momento.

Cuando Marv detiene el coche enfrente de mi casa ya es tarde y unas sombras difusas empiezan a invadir la luz del sol.

Una fresca brisa mueve las rosas de la fachada. Pienso que ojalá hubiera vuelto Ryan de su viaje para poder contarle lo que ha pasado y lo mal que me siento.

Salgo del coche y corro hacia mi casa, sin volverme para despedirme.

22

El lunes voy a una sesión de urgencia con la doctora Indira. A petición mía, me siento en una silla frente a ella. La doctora se mantiene muy erguida. Lleva un sari rosa encima de un jersey de cuello alto y pantalones negros, el cabello plateado recogido en una trenza y una enorme pulsera de oro en una de sus delicadas muñecas. Le cuento todos los detalles de lo que ocurrió en Bolinas.

—Gracias a Dios, se acabó.

—¿Se acabó?

—¡Claro que sí! No quiero volver a verlo. No tendría que haberme ido con él. Es un mentiroso, y lo único que le importa de mí es mi vagina. Me hizo creer que se iba a México por una cuestión de negocios, pero esta vez metió la pata. Se fue a París con su ex mujer.

Saco del bolso mi bolsa de papel. Soplo dentro, inflando las mejillas, y espero hasta que dejo de llorar.

—Cuando nos acostábamos, podría haberme puesto una bolsa en la cara y no se habría enterado. Dice que no está enamorado de mí, como si yo no existiera. El muy cerdo utiliza Viagra como por deporte, un entretenimiento...

—¿Por qué no sigue?

Sollozando, saco de la caja el último pañuelo de papel.

—Yo sabía desde el principio que tenía un compromiso con su ex mujer. Lo presentía. Sí, sabía que no era emocionalmente accesible, pero me empeñaba en pensar que se enamoraría locamente de mí, que huiría conmigo a París y que viviríamos felices para siempre.

—¿Era eso lo que realmente quería?

—En mis fantasías, sí.

—En su matrimonio lo tuvo todo. Una casa preciosa en una zona residencial, un marido con dinero que la adoraba, una comunidad y una hija encantadora. Sin embargo, según me ha contado, no era feliz.

—Yo no he dicho que no fuera feliz en mi matrimonio. No era feliz conmigo misma.

—Es lo mismo —replica con calma la doctora Indira—. Tiene que definir qué es exactamente lo que quiere. ¿No será que quiere a Marv porque solo podía darle una mínima parte de sí mismo? Quizá no desee usted más. Pero le ha dado al señor X. Empieza usted a ser una columnista reconocida y económicamente independiente.

—Pero yo quería amor romántico. Marv despertó en mí unas sensaciones sexuales que no había tenido con Donald, ni con nadie, pero yo también quería la conexión emocional. ¿Quién se ha creído que es? —Espero, toqueteando un hilo suelto de mi blusa. El aire de la habitación está cargado—. A Marv le encanta el sexo conmigo, le encanta que tenga orgasmos, y yo esperaba que fuera igual de cariñoso fuera de la cama. Pero no es más que un adolescente salido que se masturba encima de mí. Estoy harta. —Aspiro profundamente—. Tengo que aclarar lo de Marv.

—No es lo de Marv lo que tiene que aclarar, sino a sí misma. Cuando lo haga, sabrá si quiere estar con él —me dice, y yo soplo en la bolsa de papel—. Tenemos que acabar.

Al ir hacia la puerta tropiezo con un cordón de las botas de baloncesto que llevo, giro la llave tres veces hacia la derecha, después a la izquierda y bajo deprisa la escalera, hacia la luz del día.

Subo rápidamente la cuesta, jadeando y resoplando, pensando en la sesión de psicoterapia. La doctora Indira tiene razón. Igual que acumulaba cosas para mis cajas, para conservar a Marv, incluso pensando que podía moldearlo para que se adaptase a mis necesidades, preferí no enfrentarme a mis verdades ni hacerle caso cuando dijo que no me quería. ¿Acaso será cierto que lo único que quiero es el señor X? ¿O era esa mi única alternativa? En uno u otro caso, en esta ocasión no hay marcha atrás.

Al pasar por Sacramento Street con sus elegantes cafés con terraza y sus joyerías de aire bohemio, recuerdo el día en que Donald y yo estuvimos tomando café en Rose's y poco después encontré el Viagra en un bolsillo de sus pantalones. Y de repente, por primera vez, siento alivio por que Marv y yo hayamos terminado, pero también tristeza.

Se acabó. Se acabó para siempre.

Los siguientes días son duros. Me siento dolida. Por imperfecta que fuera mi relación con Marv, existía un profundo vínculo que ha desaparecido. Duermo mal, me despierto al amanecer, repaso mentalmente cada detalle de cada momento que hemos pasado juntos. Hasta que me sienta menos vulnerable, hasta que aclare mis sentimientos por Marv, no puedo escribir sobre él. «Se acabó», le digo a Monica, quien me anima a que deje pasar el tiempo, a que siga escribiendo sobre el amor en la generación de los sesentones. Así que me refugio en el trabajo, busco nuevos perfiles, concierto más entrevistas y escribo más columnas. Entrevisto a mujeres de más de sesenta años y les pregunto por los hombres mayores con los que salen. Investigo en los sitios web de solteros e imprimo los perfiles de hombres de más de sesenta; todos ellos aseguran ser fantásticos e inteligentísimos. Entrevisto a un guionista que quiere una compañera para viajar; a un ceramista que quiere que me vaya con él a las montañas y escriba poesía; a varios viudos a la caza y captura; a hombres adinerados con implantes capilares, la frente lisa por el bótox y la piel naranja de los salones de bronceado que creen que la cirugía estética es una manera de reinventarse a sí mismos. Sin embargo, insisten en encontrar la relación perfecta, la «relación con mayúsculas», como dicen ellos, suspirando con nostalgia.

Cuando creo que todo va bien, un mes después del viaje a Bolinas, mientras doy mi paseo diario hasta Starbucks veo a Marv al volante de su coche, con la capota bajada. Se para ante una floristería de Polk Street. Sofocada, me escondo en un portal, con un cosquilleo en el estómago, y observo mientras él entra apresuradamente y sale con un ramo de tulipanes amarillos. Mientras lo veo alejarse en el coche, con la radio a todo volumen, me siento furiosa. Furiosa e inspirada.

Vuelvo a toda prisa a casa, conecto el ordenador y escribo de un tirón «¡Ruptura!», sobre Bolinas y la dolorosa separación del señor X.

> A veces veo su cara en las nubes, su cuerpo en las sombras. Observo los coches por si el señor X da señales de vida... Me escondo en un portal y lo veo saliendo de una floristería de California Street. Lleva un ramo de rosas amarillas. ¿Para quién serán? Nunca he visto rosas amarillas en su casa. Mi corazón late muy deprisa...

Mi columna «¡Ruptura!» causa sensación. Vuelvo a recibir correos electrónicos de todo el país. La gente me cuenta las rupturas con sus parejas y pregunta si volveré a ver al señor X. En algunos blogs hacen apuestas sobre si el señor X volverá conmigo o con su ex mujer. La columna tiene tanto éxito que no me obsesiono con la ruptura con Marv. Y de repente, la gran sorpresa: un lunes soleado, mientras estoy tomando café por la mañana, abro la *Gazette*, la publicación de cotilleos de la alta sociedad, y allí está él. Bajo el título «Gala de ópera del año» aparece una fotografía ampliada, a toda página, de Marv y una mujer alta, atractiva y mucho más joven, de pelo largo y oscuro y cara delgada e insolente. Se ve claramente que lleva un collar y unos pendientes de diamantes enormes. No mencionan su nombre; solo que Marv ha donado un diamante al museo.

Cierro la *Gazette*, pasmada. Había fantaseado con la idea de que él también suspiraba por mí, y de pronto me doy cuenta de que no es verdad. Estaba tan dominada por el deseo sexual que no quise enfrentarme a la realidad. Lo único que sabía era que deseaba a Marv. Y ahora veo con claridad que intenté transformar lo que había entre nosotros en algo imposible, como siempre he hecho. Para evitar el rechazo, con Donald hacía la vista gorda. Dejé que Emily se encargara de todo, que desempeñara el papel de madre. Primero tengo que aclarar mis verdades, saber quién soy, lo que quiero, para que no vuelva a ocurrir lo mismo.

Pasan las semanas y no solo sigo explorando el mundo de las relaciones de los sexagenarios sino también los altibajos del envejecimiento. Estudio cómo los medios de comunicación fomentan las apariencias, los estiramientos de cara, cómo ignoran a la gente mayor. Detesto que la televisión retrate a los mayores bailoteando por la cocina con botes de suplementos de calcio. Escribo más cosas sobre la discriminación por razón de edad, y Monica publica esos artículos como algo independiente de la columna. Sostengo que envejecer no es un callejón sin salida, sino una serie de comienzos para llegar a algo nuevo.

Me invitan a hablar sobre las relaciones entre los mayores en varios sitios y a ir a programas de la televisión local. Escribo una serie de charlas acerca de mis ideas sobre el envejecimiento. El *Star Reporter* me ofrece más dinero por una columna, pero yo rechazo la oferta. Recuerdo lo groseros que fueron cuando me dirigí a ellos hace años y no olvido que Monica me dio una oportunidad.

Decido trabajar más con las cajas y los cuadros.

Una tarde me pongo a trabajar en un lienzo de gran tamaño. En primer lugar dibujo la figura alargada de una mujer, a carboncillo. A continuación sumerjo un pincel en pintura blanca y pinto todo el cuerpo de ese color, acentuando las sombras con gris. Con gris pálido le pinto un vestido transparente con abertura a un lado, que le cae sensualmente desde los hombros desnudos, los largos muslos y las piernas provocativamente visibles. Trabajo deprisa, y le pinto unos zapatos de tacón como zancos, en negro. Tiene una actitud indómita y parece a punto de salir del cuadro para devorar la vida. Un vaporoso velo negro le cubre el rostro blanco, y sus ojos están cargados de secretos. Voy a titularlo *Natasha está fuera.*

La música suena muy alto. Billie Holiday me alucina; sus emociones se derraman en cada nota.

Sigo pintando hasta que se apagan las pisadas en el piso de arriba, hasta que hace tanto frío en la habitación que me pongo a tiritar, hasta que se me llenan las gafas de pintura y no veo.

Dejo los pinceles en la lata de agua. Contemplo el cuadro, tratando de averiguar qué le falta. ¿Quién es la mujer? ¿Por qué parece tan triste? ¿O está indecisa?

Cubro el lienzo con una lona. Seguiré pintando la mujer para ver cómo evoluciona.

Antes de acostarme me siento junto a la ventana, a contemplar el precioso dibujo que me ha enviado Ryan. Es una montaña, a tinta negra sobre una pequeña tarjeta blanca. «Ojalá subamos la próxima juntos», ha escrito.

El aire está en calma. La noche se desliza lentamente por las casas al otro lado de la calle, como los gatos. El destino es una banda que dirige los sueños. Imagino que el alma es blanda y clara y que lleva una existencia aparte, que nunca muere.

23

Monica me llama al cabo de una semana y me pide que vaya a verla a su despacho. «Tengo novedades que contarte», dice.

Me pongo el abrigo nuevo de punto negro hasta los tobillos y unos zapatos de tacón. Cuando llego, Monica me da un beso en la mejilla y me dice que «Prozac o pasión» ha superado todas nuestras ventas.

—Y además —añade soltando una bocanada de humo—, la columna se va a publicar en todo el país.

—¿Cómo? ¿En serio?

Asiente con la cabeza.

—Totalmente. Más dinero para ti, y para mí.

—No me lo puedo creer.

—Los lectores echan de menos al señor X. Les encantan las columnas sobre las relaciones entre la gente de más de sesenta, pero dicen que anhelan saber qué ha pasado con el señor X. Quiero que vuelvas a escribir sobre él. Creo que el tema de la desconexión entre el sexo y la comunicación emocional es importante. El blog está lleno con ese asunto.

—Ya no lo veo. Se ha acabado del todo.

—Pues invéntatelo. Tú puedes... Tenemos que continuar con la serie del señor X. Luego puedes escribir lo que quieras. Pero hasta entonces, investiga un poco. Tú lo conoces.

—Ya pensaré algo.

—Mientras tanto, sigue escribiendo sobre el amor después de los sesenta. —Se sacude ceniza del jersey negro de

Kate Spade—. Me ha llamado Kate Nielson, de la radio. Quiere que vayas a su programa de coloquio el viernes. Buena publicidad para el periódico.

—Vale.

—El periódico se ha apuntado muchos tantos contigo: premios, publicación a nivel nacional y todo el rollo. Sigue así.

Esa noche quedo con Lisa y Janet para tomar unas copas en el Myrtles de Polk Street, un bar de barrio con serrín en el suelo y obreros ruidosos que ven el baloncesto por televisión. Les cuento las buenas noticias y brindamos.

—Te has puesto en marcha, cariño —dice Janet.

—¿Te ha llamado? —se interesa Lisa.

—Solo han pasado unas semanas. Y me da igual —contesto a la defensiva.

—Tú, tranquila, cariño. No lo llames —me recomienda Janet—. Merecido se lo tiene.

—Pues claro que no voy a llamarlo. Se acabó. Y sabe que mis columnas hablan de él, que no andaba con él porque le tuviera confianza, en ningún sentido.

—Bueno, quién sabe —dice Lisa, que va vestida de azul turquesa—. A lo mejor ha leído tus columnas e incluso le gusta ser el señor X.

—Sí, quién sabe —tercia Janet, que está bebiendo bourbon con hielo—. También podría ser que le importen tres pitos las columnas de Anny y todo lo demás, menos su vagina. Es que estos tíos del Viagra son de pesadilla. Solo quieren una cosa. Se creen que tenemos que chuparles los huevos, hacerles guisitos de atún y limpiarles el váter. No saben que hemos avanzado, que somos una nueva generación. Ellos se han quedado en la anterior.

—Bueno, ya está bien de huevos —digo.

—Es como masticar chicle —dice Janet.

—Por mí, como si no vuelvo a ver un pene —dice Lisa—. Mira que es feo, como una cara de Smiley machacada. John no puede hacer nada, pero a mí no me importa. Me quiere.

—Lo único que Marv buscaba era sexo —digo—. Sí, era estupendo, pero yo no quiero sexo con indiferencia. No funciona. Además, no tiene en cuenta ni vacaciones, ni cumpleaños, ni mi trabajo. Como si yo no existiera.

—Mi vagina ha encogido tanto que es un agujerito. Así que, ¿para qué el sexo? —dice Lisa.

Janet enarca las cejas.

—Bélgica, México, Francia, lo que sea —digo—. Tiene otra mujer, y mucho más joven. Y sin embargo, tiene la caradura de acosarme sexualmente.

—Te quiere para pasárselo bien en la cama —dice Lisa.

—Eso, cuando lo quiere —replico con enfado—. No le importa que me folle a un pelotón con tal de que él tenga su dosis.

—Todos los sesentones dicen lo mismo, cariño —exclama Janet—. El truco consiste en pillar a uno bueno y casarse con él. Así tienes seguro médico, de vida y emocional.

—Entonces ¿qué somos? ¿Como perros viejos en celo? —pregunto.

—Los perros no tienen los mismos problemas que nosotros. Follan, se hinchan a ladrar y a otra cosa, mariposa.

—¡Ya está bien, chicas! Tengo que daros una noticia —dice Janet. Se le ilumina la cara—. He conocido a un húngaro. Hace transportes de muebles para Macy's. Está buenísimo. Es viudo, y de mi edad. Es estupendo. Tendríais que verme coquetear con él. Además, puede hacerlo sin Viagra.

—Chica, me alegro —le digo, dándole un abrazo.

—La mitad de las veces no entiendo lo que dice, pero me trae chicle. Sabe que me gusta Dentyne.

—A mí me huele a chamusquina —dice Lisa.

—La chamusquina que te huele es ese imbécil de tío con el que estás —replica Janet, lanzándole una mirada asesina a

Lisa—. Da seminarios de «Piensa como un rico» en su ático para conocer chicas jóvenes, y encima se declara insolvente y te hace pagar a ti las cenas caras. Yo lo tengo muy claro: el que quiera un revolcón que pague.

Lisa se encoge de hombros.

—Pero me abraza. Bueno, yo también tengo que daros una noticia, aunque no es tan fascinante. Me ponen una prótesis de cadera el mes que viene.

—Estaremos contigo —decimos Janet y yo.

Lisa parpadea varias veces.

—No os preocupéis. Vendrá mi hijo.

—Puedes contar con nosotras —le asegura Janet.

—Por supuesto —digo.

—Vamos a sellar el pacto —dice Lisa, y entrelazamos los dedos.

Empieza a hacer fresco y la niebla sopla en la ciudad como en solitarias bocanadas. Estos días más oscuros, más fríos, me hacen hibernar, refugiarme más profundamente dentro de mí misma. Cuando no estoy pintando o escribiendo, voy a los museos a analizar los cuadros y leo cuanto cae en mis manos sobre los pintores que admiro. Ryan sigue fuera, pero me envía tarjetas y correos electrónicos, y a veces me llama. Es un buen amigo, y echo de menos su compañía.

Por las noches alquilo películas en Netflix y estudio el argumento, el diálogo, a los actores. Quiero mejorar mi forma de hablar y mis dotes de actriz, y me apunto a un pequeño grupo de teatro en el Marsh. Me encantan esos chicos, los sueños que reflejan sus ojos, su indiferencia ante los convencionalismos. Hacer teatro es una forma de acercarse a los sentimientos.

Voy a residencias de ancianos y entrevisto a hombres y a mujeres. Los veo bailar, coquetear y pelearse por quién se sienta con quién. Algunos me enseñan fotografías de sus seres queridos ya muertos, y el pasado romántico brilla en sus rostros. Solo sus cuerpos son viejos, no sus espíritus. La edad es como los árboles viejos, que siguen creciendo y en realidad son solo versiones de los árboles más jóvenes.

Es jueves, un día frío y ventoso, ya de noche. Estoy ante el ordenador terminando «Sabiduría», un artículo en el que expongo que a las personas mayores se las trata como si fueran invisibles.

> Los dejan atontados. Independientemente de la edad, el alma es joven y la inteligencia aguda. Tenemos que poner el acento en las metas, no en los antidepresivos.

Una hora más tarde lo acabo y cierro el ordenador. Son casi las diez. Estoy nerviosa y llamo a Janet.

—Hola, cariño. ¿Qué tal?

Le cuento lo del artículo sobre el envejecimiento. Nos quejamos de los tíos de más de setenta años que aparecen en las páginas de solteros que quieren mujeres de no más de treinta.

—Un hombre feo detrás del otro —le digo a Janet.

—Eso es lo que hay, cariño.

—Incluso los feos son unos capullos. La mayoría de esos hombres de más de setenta van a la caza y captura con sus implantes de pelo, sus bronceados de frasco y el Viagra.

—Sueles pensar que los hombres feos son los buenos chicos —reflexiona Janet en voz alta—. Mienten sobre su edad. Pero las mujeres los atienden, los invitan a salir, les hacen guisos. Los hombres ya pueden ser monstruos y llevar pañales, que siguen estando muy solicitados. Gracias a Dios, yo he conocido a Paul. Él sabe cuidar.

—Que así sea. Parece fantástico. —Me alegro por Janet—. En fin, al lado de esos setentones, Marv parece un Adonis.

—Marv es un mal rollo. Has pagado un gran precio por el señor X —dice Janet suspirando.

—Pero bueno, Ryan está en casa y me ha invitado a comer mañana.

—Pues adelante. Es un cielo.

—Es un amigo. Prefiero un buen amigo a un amante del que no me puedo fiar.

—Mira, cariño, con los hombres eso de la amistad no existe. Que te diviertas.

24

Al día siguiente voy a buscar a Ryan a su estudio de Chinatown para ir a comer. Hace frío, y sobre la ciudad flota una densa niebla gris. Paso por el túnel de Broadway, hasta Bush Street, y sigo por Grant Avenue.

Llego a Chinatown, que es como otro mundo. Los turistas van en autobuses multicolores de dos pisos por la estrecha colina de Bush Street y los tranvías suben dificultosamente las empinadas cuestas, con los turistas colgados a los lados. Las calles empedradas son tan angostas que hay que andar en fila india. Las tiendas, los restaurantes y las casas de tejados de madera inclinados, rojos y rosas, parecen bloques de construcción, amontonados unos encima de otros. En algunas tiendas hay patos colgados de cuerdas y productos frescos en puestos al aire libre. En los escaparates de algunos establecimientos se exhiben sedas multicolores, arañas de goma que penden de cables, abanicos, perlas y jade. Me acuerdo de que llevaba a Emily a Chinatown de pequeña y le compraba abanicos y después íbamos al restaurante Mein, encima de un antiguo templo, a comer chow mein. En Chinatown todo está mezclado —la gente, las casas, los productos— como en un mundo antiguo, y siempre bulle de actividad y entusiasmo.

Al final de Grant Avenue llego a un edificio industrial cuadrado, de color gris, donde fabrican galletas de la fortuna, entre dos restaurantes de tejados inclinados y rojos. Ryan lo alquiló hace unos años. En Chinatown los alquileres son bajos, y Ryan habla chino y mandarín.

Subo en un montacargas bamboleante hasta el último piso, conteniendo la respiración. Ryan, con sus vaqueros y su camisa de costumbre, negros, me está esperando arriba. Se le ilumina el rostro al sonreír. Me da un fuerte abrazo, murmurando que se alegra de verme.

—Estás estupenda, Anny. Ven. Quiero enseñarte unas fotografías.

Se adelanta. Las llaves que lleva sujetas al ancho cinturón de cuero tintinean. Me conduce a una habitación grande, llena de luz, con ventanas alargadas que dan a un templo chino y una hilera de edificios y escaleras de caracol. El olor a cerdo y arroz al vapor se cuela por las ventanas abiertas.

—Esto es fantástico —digo, mirando a mi alrededor.

Ryan sonríe. Tiene el pelo salpicado de gris.

—Voy a hacer té. Echa un vistazo por aquí.

Prepara el té en una sencilla cocinita. Sobre una mesa alargada de madera hay herramientas, cámaras de fotos, ordenadores Apple y lentes fotográficas, todo ello pulcramente ordenado.

Contemplo con admiración las fotografías de las paredes. Enormes ampliaciones en blanco y negro de la increíble arquitectura de Gaudí en Barcelona, y al lado jardines de Francia e Italia. Su fotografía es dramática en el mismo sentido que la de Robert Mapplethorpe es sencilla, pura, reveladora de la esencia desnuda. A Ryan le interesan muchísimas cosas: las abejas, los bosques, el mar y la política. Es miembro de grupos de izquierda y fotografía a los dirigentes políticos.

—Los ojos de la chica esquimal son fascinantes —digo—. Has captado su esencia, asombrosa en medio de la belleza del paisaje. ¿Por qué parece tan triste?

—No está triste, Anny. Está resignada. Eso es lo que intenté captar.

Nos sentamos en unas sillas de lona a tomar té de caqui.

El vapor nubla nuestras caras, y permanecemos en silencio durante un rato. Hay tantas cosas de las que quiero hablar con Ryan, preguntarle... Pero me conformo con estar en esta fantástica habitación con él.

—Bueno, ¿qué tal, Anny? Ponme al día.

—Pues los artículos se van a publicar en todo el país, pero Monica quiere más columnas del señor X y asegurar la continuidad de la serie.

—¿Y cuál es el problema?

—Ya no estoy con Marv, y lo necesito para escribir la serie.

—Anny, confía en ti misma. Puedes escribir sin él.

—Manet pintaba con modelo, y Van Gogh.

—No es por los modelos por lo que sus cuadros son buenos. Es por las emociones. Crea al señor X partiendo de lo que sabes de Marv, y sabes mucho. Vendiste tu alma a cambio del señor X.

Tomo un sorbito de té, pensando en lo que ha dicho Ryan.

—¿Qué pasó con Marv? —pregunta tras un largo silencio.

—Más bien qué no pasó.

Le cuento lo de Bolinas, la mentira de Marv, todo. Ryan escucha con atención, mientras sujeta delicadamente la taza.

—Te mereces algo mejor. Estar con alguien que quiera pasar tiempo contigo.

—Aunque no sean perfectas, algunas relaciones son cosas del corazón. A veces hay demasiadas heridas...

—Eso son chorradas, Anny —me suelta Ryan—. Tú te lo mereces todo. Lo que tenías con Marv era algo superficial.

No replico, porque sé que es verdad, porque sé que nunca quise enfrentarme al hecho de que Marv no me quiere y que la única manera de estar con él, como el heroinómano que necesita un pico, era mentirme a mí misma.

Acabamos de tomar el té. Hablamos de fotografía, de su relación con la pintura.

—Yo creo que la fotografía es capaz de captar lo que la

pintura no puede —digo—. Y la pintura consigue captar ideas y detalles, pero la fotografía logra captar lo que no se ve.

Ryan parece reflexionar.

—Tengo una cosa para ti.

Se levanta de un brinco y coge de la mesa una caja preciosa de metacrilato. Dentro hay docenas de minúsculas estrellas de cristal de diferentes formas, y arriba una bola de cristal verde esmeralda.

—Es preciosa —digo, encantada con el regalo—. Me gusta muchísimo. Gracias.

—Tú eres todas esas estrellas. La bola verde muestra que a veces la vida toma otros caminos. Siempre que tengas un deseo, saca una estrella. Es tu caja especial. —Me acaricia un lado de la cara con la delicadeza que lo he visto tocar una flor—. He reservado mesa en el Dragón. La comida es fantástica. Vamos. Cuando se come bien se siente uno mejor. Cuánto me alegro de verte, Anny.

El Dragón está abarrotado de turistas y de familias asiáticas que se preparan para las celebraciones del Año Nuevo. Está oscuro. Unos murales enormes de dragones dorados relucen a la tenue luz. Las alfombras son de color rojo oscuro, y los camareros llevan chaquetas de satén rojo y gorros negros.

De primero tomamos una sopa de arroz increíble. Después Ryan pide varios platos: gambas, pescado, verduras y más arroz. En la sala hace calor, y el vapor de los platos calientes empaña las ventanas como una neblina. Estoy disfrutando de esta comida compartida con Ryan. Me cuenta que va a hacer una exposición en Irlanda el año que viene. Maneja los palillos como un director de orquesta la batuta. Me pone más gambas en el plato.

—¿Y por qué en Irlanda?

—Me hacen buenos encargos, pero también me gustaría volver al sitio donde nací. Voy a pasar varias semanas andando y montando en bicicleta por las montañas más altas de Irlanda. Me interesan los primeros monasterios cristianos, las fortificaciones celtas y las casas señoriales medievales. Quiero comprar un castillo y trabajar allí a temporadas... Es un sitio fantástico para los artistas, y la vida es barata en comparación con la de aquí.

—Me da la impresión de que tienes planes —digo, saboreando las gambas.

—Pues sí. Y tú estás incluida en ellos.

—Estás loco.

—Bueno, es solo por hablar. —Sonríe indeciso, como un chico al que han pillado en falta. Me sirve cortésmente té de jazmín—. Bueno, háblame de tu ex marido. ¿Cómo era?

Antes de empezar aspiro una profunda bocanada de aire.

—Cuando lo conocí, me pareció un príncipe azul. Era listo, guapo... y tradicional. Éramos jóvenes. —Me pongo nostálgica—. En fin, esa es la versión resumida.

Ryan suspira y me da un beso en la palma de la mano.

—Anny, no has estado con el hombre adecuado. Creo que te conozco. Vamos a pasar tiempo juntos mientras yo esté aquí.

—Sí, muy bien.

—No vuelvas con él, Anny.

Pasamos un largo rato en silencio. Después paseamos de la mano por la calle, donde empiezan a congregarse auténticas multitudes para el desfile de la noche. Las bonitas carrozas están en fila en la estrecha calle; el dragón dorado tiene unos sesenta metros de longitud, y en la cabeza, de dos metros, lleva borlas amarillas y rojas. Resuenan los petardos y en el cielo oscurecido estallan relámpagos de colores. Ryan hace fotos a las familias chinas y a sus hijos, vestidos con trajes pintorescos, y a los chicos que preparan la carroza de la pagoda. Me compra un abanico dorado de seda recubierto de florecitas rosas pintadas. Al abrirse aparecen tiras de perlas incrustadas.

Ryan me saca una foto con el abanico, y pedimos a una pareja de turistas que nos hagan unas cuantas a nosotros. Después Ryan tiene que volver a trabajar porque va a fotografiar el desfile. Nos despedimos con un abrazo, y yo vuelvo a casa andando.

Unos días después Ryan me deja en casa las fotos que me hizo. Ha enmarcado una, en la que estoy con el abanico que me regaló, sonriendo con coquetería. Parezco feliz. Es como si Ryan hubiera captado lo que yo sentía y quizá no quería reconocer. Me pregunto si podríamos ser felices, si me importa más de lo que quisiera. Coloco las fotos junto a la caja de metacrilato con las estrellas y la bola verde.

Es de noche y cae una ligera lluvia. Abro las ventanas para que penetre la luna llena. Pongo los mensajes del contestador y me quedo de piedra al oír la voz de Marv: «Llámame, por favor. Estaré despierto hasta tarde».

Me echo a temblar. Me animo, me desanimo, me digo que no tengo que llamarlo. Recojo la mesa para trabajar al día siguiente, me preparo para acostarme, tratando de convencerme de que tengo superado a Marv y que no necesito hablar con él.

Duermo profundamente, sin soñar.

A la mañana siguiente, cerca de las siete, suena el teléfono y lo cojo.

—Anny, me alegro de que contestes —dice Marv, nervioso—. ¿Te he despertado? —Agarro el teléfono con fuerza—. Anny, por favor, me gustaría mucho verte. Habla conmigo, por favor, Anny.

—Te estoy escuchando —digo medio adormilada.

—Por favor, Anny, ven a cenar conmigo esta noche. Necesito hablar contigo.

—En serio, Marv, tengo mucho que hacer, y esto se acabó. No deberíamos... Yo no...

—A las siete paso a recogerte. Anny, es muy importante.

Me levanto y trato de convencerme de que por hablar no va a pasar nada. Al fin y al cabo, hemos tenido una relación. Y además, ¿no necesito más material? Pero sé que debería alejarme de ese creído que busca incansablemente la juventud y la inmortalidad, que nunca me ofrecerá un final de cuento.

Llamo por teleconferencia a Janet y a Lisa. Les confieso que voy a ver a Marv.

—Quiere que hablemos —les explico.

—Seguramente se ha aburrido de su ex esposa superestrella y frígida —dice Lisa.

—¿Hablar? Cuando un hombre dice hablar lo que quiere decir es follar —sentencia Janet—. Si no tomara Viagra y tuviera la picha floja, entonces sí que hablaría. Pero mientras pueda echar un polvo, no tiene nada que decir.

—Lo de siempre. Eso es lo que dirá. No pierdas el tiempo —me aconseja Lisa.

—Chicas, qué pesimistas sois.

—Hazte de rogar —dicen a la vez.

Es por la tarde. Termino de vestirme, me vuelvo y me miro en el espejo de tres cuerpos. Me he puesto un jersey de cachemira malva, una falda negra por debajo de la rodilla, unas medias malvas y unos botines con cordones morados. Estoy lista.

Suena el teléfono. Es Marv; está en el vestíbulo. Normalmente espera fuera, en el coche o junto a la puerta del copiloto. Tiene tantas ganas como yo, me digo.

Está fantástico con un jersey gris de cuello alto y una chaqueta larga de cuero negro. Se me acerca sonriente, con los brazos tendidos para abrazarme. En ese momento entra Ryan. Nos ve y se vuelve para mirar, sorprendido.

—Esto... Marv, te presento a Ryan, mi vecino —digo, desasiéndome de los brazos de Marv.

—Ah, tú eres el que hace fotos —dice Marv.

Ryan se encoge de hombros.

—¿Y tú el que vende diamantes de sangre?

—Yo no vendo diamantes de sangre. Vendo diamantes —lo corrige Marv.

Ryan me mira con expresión de confusión y se interna en el pasillo. Oigo un ligero portazo en su casa.

Estamos en el restaurante North Beach, sentados a la mesa que suele ocupar Marv. El restaurante es muy alegre. Las paredes están cubiertas de reproducciones de Miró, y el ruido de los camareros agitando cocteleras y de los dados sobre la barra de caoba se mezcla con la cacofonía que sale de la cocina. Tomamos unos martinis. Desde que me recogió, Marv ha estado especialmente atento, pendiente de cada una de mis palabras.

—Anny, quiero que vuelvas —me dice, y yo intento sonreír, recordándome que Marv puede ser muy convincente y que todo ha acabado—. ¿Tú no quieres que vuelva contigo?

—No me gusta cómo me has tratado, como si no existiera. Cambias constantemente de actitud. Me has hecho demasiado daño.

Marv suspira y parece avergonzado, como un niño al que pillan robando una galleta.

—No me dejes, Anny. Te necesito.

—Volvería a pasar lo mismo, y acabaríamos odiándonos. —Titubeo—. No me gustaría que estuvieras con Debra ni con ninguna otra mujer. Yo soy así.

—Ya no estoy con ella, y te necesito, Anny.

Termino mi copa.

—No estoy segura, Marv.

—¿Es Ryan? Te mira como si fueras suya.

—En absoluto. Sencillamente creo que es imposible.

—Sí, claro. Ya lo sé. —Me besa una mano—. Te quiero, Anny. De verdad.

Llega el rodaballo que hemos pedido. Yo apenas puedo comer. Sé que es el momento en que debería marcharme. Lo sé, que Marv no va a cambiar, que volver con él significaría retroceder, pero está pronunciando las palabras con las que yo había fantaseado, y mis emociones oscilan entre el deseo de acabar de una vez por todas e imaginarnos como una pareja de verdad, enamorada. Pero Marv tiene la capacidad de presentar los hechos y a las personas como él quiere, y cuando pasa ese momento, desaparece. Me repito que tengo que andarme con cuidado.

—El pescado está riquísimo —digo, tratando de mantener una conversación superficial.

—¿Y tú, Anny? ¿Me quieres?

—¿Qué tiene que ver el amor con desear una relación buena y respetable?

—Dame otra oportunidad. Vuelve conmigo, Anny. No puedo vivir sin ti.

¡Zas! En cuanto pronuncia esas palabras, me derrito. Todo cambia. Lo ha comprendido, me digo.

Media hora más tarde estamos en casa de Marv. Me desnudo como si me fuera la vida en ello. Nada importa, nada salvo él, que está aquí, a mi lado. Nada más importa. Estoy en otro mundo, y no puedo evitarlo. Me meto en la cama y nos fundimos en un abrazo, y no hay nada más que nosotros dos, nuestros cuerpos.

—Cuánto he soñado con esto —murmura Marv encima de mí, y me besa apasionadamente.

—Hazlo ahora —le susurro junto a la boca.

—Chist... Vamos a esperar un poco, para que dure. Que dure eternamente.

Intenta penetrarme, pero ¡Dios mío, qué blando está!, y yo con las piernas alrededor de su cuello y él venga a apretar y empujar, pero nada, nada. Incluso deja de besarme, se aparta lentamente y yo dejo caer las piernas. Los dos nos quedamos como niños avergonzados.

—No puedo. Dios, no puedo.

Nos quedamos quietos lo que parece una eternidad, Marv tumbado de espaldas. La luna está tan cerca que casi toca la ventana, y una luz dorada salpica la tensa cara de Marv.

—Es el alcohol —digo, besándole—. Podemos abrazarnos. —Entierro mi cara en su hombro.

—Supongo que es porque estoy cansado. Tengo un dolor de cabeza tremendo, a lo mejor a causa del vodka.

—No te preocupes. El amor no es solo sexo, es cómo lo haces.

—Anny, he dejado una luz encendida por si te levantas por la noche. Hay pastillas para la tos en ese cajón de tu lado. Toses mucho. ¿Te has hecho la radiografía del pecho?

—Dentro de poco.

—Anny, sé que te gustan las almohadas blandas. Toma la mía.

Me la coloca detrás de la cabeza.

—Yo vuelo en sueños —digo, acurrucada entre sus brazos.

—Yo floto y me dejo arrastrar por la corriente —dice Marv en tono nostálgico—. Es fantástico. Floto eternamente, y no envejezco.

—Ten cuidado. —Le doy un beso en la boca—. Si te acercas demasiado al sol, como Ícaro, te desintegrarás.

Me da un beso en los labios.

—Buenas noches, cariño.

—¿Dónde está Honey? —pregunto con voz apagada.

—En la residencia canina. Tengo que ir a Las Vegas a una exposición de piedras preciosas y después a Nueva York por negocios. Estaré fuera un par de semanas.

—¿Por qué no se ha quedado Debra con Honey?

—Debra está fuera.

Se vuelve de costado y se queda dormido. Ha desconectado. Yo no puedo dormir. Contemplo las luces que flotan en el techo, sabiendo que me he dejado engañar una vez más. Marv se da la vuelta, suspira y sigue roncando. Se levanta dos veces, murmurando que le duele más la cabeza, y va al cuarto de baño. Oigo correr el agua, su tos, el ruido de pastillas en un frasco. Vuelve a la cama. Tiene los pies fríos.

La luna ha desaparecido y el cielo está negro. «No puedo vivir sin ti», me dijo. No será capaz de mentir en eso... Al fin me sumo en un duermevela en el que mi imaginación echa a volar: voy a lomos de un camello por el desierto, me balanceo en un columpio en Irlanda, bailo la danza del vientre en Estambul. Mi cuerpo se cubre de luces exóticas y hierba alta; en mis brazos tintinean brazaletes con piedras preciosas; llevo anillos en los dedos de los pies, cadenas de plata en los tobillos.

Cuando suena el despertador, a las seis de la mañana, me despierto, y Marv se levanta de golpe.

—Tenemos que darnos prisa, Anny. Tengo una reunión de negocios urgente esta mañana.

—Sí, sí...

Marv entra corriendo en su cuarto de baño. Cuando oigo la ducha y a Marv cantando una canción de Frank Sinatra, miro los periódicos que hay en las sillas. Ni un *San Francisco Times.* No hay ningún indicio de que Marv lea mi columna ni de que tenga el menor interés por hacerlo. Nada. Todo está en orden, oculto, como siempre.

Marv entra en la habitación con una toalla alrededor de la cintura.

—Es todo tuyo, Anny.

—Gracias.

Entro en el baño con mi ropa y cierro la puerta. Todavía hay vapor en el aire y huele a la colonia de Marv. Pongo la ducha al máximo y hago como si me duchara. Busco frenéticamente en el botiquín las pastillas de Viagra. Nada. Me visto a toda prisa con la misma ropa de la noche anterior, preguntándome si realmente habrá leído los artículos del señor X o si le importa un bledo que tengan tantos lectores.

Me lavo la cara con agua fría, y mientras me peino con el cepillo de Marv me fijo en un frasco de perfume francés en el otro extremo de la repisa. Me convenzo de que es mejor no meterme donde no me llaman y voy a la cocina. Marv está preparando café en su cafetera roja especial. Lleva el impecable traje oscuro con raya diplomática, una corbata plateada, una camisa blanca, y el pelo peinado hacia atrás.

—Como a ti te gusta, con espuma encima —dice cortésmente, y me ofrece una tacita de cristal de café exprés con una corteza de limón flotando.

Me siento con mi taza en uno de los altos taburetes y lo observo mientras prepara huevos. Me da un sermón, diciendo que debería comer mejor.

—Bueno, ¿has leído mis artículos?

—El señor X es un tío estupendo —dice.

Está sirviendo los huevos en sus elegantes platos de Versace. Se sienta a mi lado y se pone a comer con la cara muy cerca del plato. Yo tomo unos bocaditos, pensando en que da un poco de lástima la atención que Marv presta a los huevos.

Después de fregar los platos se pone a manipular su Aero Garden en la encimera, corta cuidadosamente unas hojas de albahaca y las mete en una bolsita.

—Toma, es para ti. Sé que te gusta la albahaca —dice con una expresión avergonzada en su hermoso rostro—. Con la luz adecuada crece de todo.

Miro mi reloj.

—Bueno, la mujer depravada tiene que irse a casa —digo, deseando marcharme para reflexionar sobre lo que ha pasado.

—No. El depravado soy yo —replica Marv crípticamente. Mira a su alrededor—. No te olvides de la albahaca. ¿Tienes tus pendientes? ¿Las gafas?

Una vez en casa, no puedo escribir. Me siento vacía, vacía por esta mañana. Todo ha vuelto a cambiar. «Te quiero», me dijo Marv, pero ¿adónde ha ido a parar la pasión de anoche? ¿Es incapaz de mantener sus emociones a la mañana siguiente? ¿Lamenta haberme dicho que me quiere? ¿Por qué estaba impotente?

Abro la ventana de par en par para que entre el aire limpio, soleado. Una mariposa amarilla revolotea sobre el alféizar y me quedo observándola un rato hasta que se aleja.

Brilla el sol y un viento suave y cálido cubre la ciudad, como humo. Cierro los ojos y me pongo a viajar con la imaginación. Vuelo en mi alfombra mágica, escribo escenas de amor, con imágenes de mis sueños como telón de fondo... un árbol que refleja la luz como una bola de cristal, un remolino negro, la súbita oscuridad de la cueva...

Después de tomar un café, bañarme y prepararme para la jornada, redacto un borrador de «El señor X ha vuelto. ¿Funcionará?».

> «Quiero que vuelvas. Te quiero», me dijo. Pero esta mañana, al traerme a casa, el señor X estaba otra vez distante, como si la intimidad de la noche le resultara excesiva.

Escribo durante varias horas, perdida en el mundo del señor X. Termino el borrador, con la idea de leerlo más tarde en Starbucks y después corregirlo. Ya ha avanzado la tarde, y un sol pálido compite con la acometida de la niebla.

Pongo la radio en la emisora hispana para escuchar música. Cierro los ojos y dejo volar mi imaginación. Marv y yo estamos bailando al compás de una sensual canción española.

Me sostiene con fuerza, su mano firme y cálida en mi espalda desnuda. Con los zapatos de tacón de diez centímetros sujetos a los tobillos, mi boca queda a la altura de la suya. Nos besamos, sin apenas movernos, y cuando cesa la música seguimos besándonos, con la habitación vacía.

Vuelvo bruscamente a la realidad. Con un subidón de energía, me pongo a pintar la pared junto a mi cama, un montón de rosas blancas, los tallos verdes ondeantes y sinuosos a lo largo del borde. Pinto durante dos horas. Cuando termino, me alegro de haberlo hecho. Me gusta.

Me pongo la mochila a la espalda y salgo a la luz evanescente.

25

Han operado de la cadera a Lisa. Unos días después de la intervención Janet y yo vamos a verla a su casa, un elegante edificio de una planta en Pacific Heights. Las paredes están cubiertas de obras de artistas locales, incluyendo dos de mis cuadros de señoras en cajas. El suelo de teca está lustroso, y junto a las antigüedades hay en armonía sillas de Mies van der Rohe.

Con una bata de seda azul celeste, Lisa tiene un aspecto frágil. Está sentada en un sillón de orejas de terciopelo beis en su dormitorio azul claro. Junto al sillón hay un andador. En unas mesitas de cristal hay varias fotografías enmarcadas de su hijo y su nieto, y también de nosotras tres.

Lisa no quiere hablar de su salud y no hace caso de nuestras preocupaciones, así que nos ponemos a charlar sobre mi última noche con Marv.

—Ahora son Las Vegas, otra vez la exposición de piedras preciosas —digo—. Y seguro que va a Las Vegas con su ex mujer, a la que prometió no volver a ver.

—No me suena nada bien, cariño —dice Janet.

—No debería haber vuelto con él —reconozco.

—A mí me huele a chamusquina —opina Lisa—. La perra está en la residencia canina porque él está con la exmujer.

La pintura de labios de color coral que lleva Lisa destaca sobre su piel pálida. En la mesa antigua que tiene al lado hay varios frascos de medicamentos.

—Te dijo que no quiere vivir sin ti, pero no puede darte más. Te da lo mejor de sí mismo, y tienes al señor X. Confórmate con eso —dice Janet, y se aplica brillo de labios naranja. Lleva jersey naranja, mallas negras y botines negros con cremalleras a los lados.

—Eso son gilipolleces. Lo que le pasa es que ha visto demasiadas películas de Cary Grant —afirma Lisa.

—¿Es suficiente con la cama? Ahí es donde funcionamos mejor, los amantes en la oscuridad, pero en otros sitios no funcionamos, y desgraciadamente yo necesito algo más. Quiero algo que nunca he tenido. —Suspiro—. Ya os lo he contado, que estaba impotente.

—A lo mejor estaba nervioso por haber reconocido que no puede vivir sin ti —dice Lisa.

—Y una mierda que estaba nervioso —replica Janet—. Estaría nervioso por si lo pillaban en otra mentira. Se quedó impotente porque sabía que estaba mintiendo.

—¿Has visto si ha entrado en JDate? —pregunta Lisa.

—Sí, lo he mirado, y no.

—Pues sigue mirando —me aconseja Lisa.

—Dudo mucho que se meta ahora.

—¿Que dudas qué? —exclama Lisa en tono imperioso—. Tú eres más lista que todo eso, y él es imbécil. Se cree que porque es un hombre maravilloooso y rico, enganchado al Viagra, puede hacer lo que le venga en gana.

—Le quiero. A pesar de que sé que es un impresentable, le quiero.

—Quieres más al señor X —dice Lisa.

Nada más llegar a casa, lo primero que hago es mirar en JDate, y cómo no, Marv se ha conectado por la mañana.

Muy bien. Esta vez voy a ganar yo. Se me ocurre un plan. Vuelvo a apuntarme con un perfil y un nombre distintos, el de Bailarina Divina. Cumplimento los requisitos y escribo mi nuevo perfil. «Soy una actriz de treinta y dos años. Me gustan los hombres mayores que yo, porque son mucho más interesantes.» Escaneo y cuelgo una fotografía mía de cuando tenía treinta años, con gafas oscuras y biquini de lunares, al borde de mi piscina en Happy Valley.

Espero. Una hora más tarde, Marv envía un correo electrónico a Bailarina Divina.

> Eres una mujer preciosa. Me gusta que seas actriz. Y joven. Yo viajo por todo el mundo, vendiendo diamantes a famosos. Tú pareces un diamante. Estaré en Las Vegas unos días, pero puedes enviarme un correo electrónico. Tío Genial.

Escribo el siguiente artículo de mi columna del señor X, contando mi plan a los lectores, y envío la respuesta de Marv a Bailarina Divina. El plan consiste en que cuando reúna suficientes respuestas, concertaré una cita con Marv y le contaré que yo soy Bailarina Divina. Será definitivo.

Durante los doce días siguientes escribo ardientes correos a Marv, a veces incluso tres diarios, con mi nuevo apodo. Incluyo sus respuestas en mis artículos, y el correo de mis lectores se multiplica inmediatamente. La columna va estupendamente. Me invitan de la televisión y de emisoras de radio locales a hablar sobre las relaciones entre personas de más de sesenta años. Una agente de Hollywood se pone en contacto con Monica. Quiere un contrato de opción de la columna para una película. Monica dice que ya veremos, que los de Hollywood son como buitres. Estoy entusiasmada con mi trabajo y me da la impresión de que todo lo que desee hacer es posible.

Escribo «¿Cuándo llega el momento de acabarlo?».

> ¿Cuál es el momento? Las mentiras del señor X resultan casi encantadoras, graciosas, y tiene unos cambios de humor como los de un chico a la caza y captura de una presa sexual: se exalta, se deprime, se oculta, jamás es el mismo. Nunca hay

un buen momento para acabar, porque la neurosis está siempre presente, pero mientras observo al señor X dirigiéndose a su coche el corazón me late tan deprisa...

Dos días más tarde estoy ante el ordenador cuando llama Marv.

—Cuánto te he echado de menos, cariño —dice.

—Eso está bien.

—¿Y tú a mí?

—Terriblemente.

—¿Y si nos vemos esta noche?

—Lo siento, no puedo. Estoy liadísima con el artículo, y después he quedado para cenar.

—¿Mañana?

—Esta semana no puedo.

—¿Y el sábado que viene? Para cenar y pasar el fin de semana conmigo.

—El domingo es mi cumpleaños, así que no puedo.

—Feliz cumpleaños —dice Marv—. Te llevaré a algún sitio la próxima noche que nos veamos, para celebrarlo.

—Ya hablaremos —digo.

26

El domingo por la mañana, el día de mi cumpleaños, recibo un ramo de rosas de color dorado pálido, regalo de Ryan, junto con una tarjeta preciosa.

> Anny, tú serás siempre joven.
>
> Ryan

Me pongo ante el espejo y observo la piel descolgada de mi cuello, la papada y las cejas descoloridas y menos tupidas. Estoy pendiente del teléfono, que no suena. Marv ha olvidado mi cumpleaños. ¿O no?

Termino de vestirme. He quedado con Emily y Harry en el Golden Gate Park; después iremos a cenar a Sam, mi restaurante preferido de San Francisco. Antes de marcharme entro en JDate y leo los románticos correos de Marv a Bailarina Divina.

> Deberíamos vernos pronto. ¿Cuándo estás libre?

Voy en taxi hasta el parque. Harry y Emily me esperan en la entrada. Fred me salta encima y está a punto de derribarme; me lame la cara y las manos. Riendo, Emily lo aparta y le dice que no tire a la «abuela». Emily está muy guapa, con unas violetas alrededor de la cola de caballo y la cara sin una pizca de maquillaje. Tiene una belleza natural, de esa que no se aprecia hasta que conoces a la persona.

—Feliz cumpleaños, mamá —dice Emily al tiempo que me da un abrazo enorme.

—Feliz cumpleaños, mamá —dice Harry, guiñándome un ojo—. Tenemos tu regalo en el coche. Te lo daremos después de cenar.

El parque está precioso, con florecitas que cubren el césped como una gasa rosa. Nos tumbamos en la hierba, y Fred corretea tras una pelota que le lanza Harry, con su sombra extendiéndose sobre el césped.

Observo una mariquita que trepa por un tallo de hierba, y recuerdo a mi hermano cantando «Mariquita, mariquita, vuela hasta tu casita». Dejo que me suba por un dedo. Me gustaría quedármela, llevármela a casa. Pero es demasiado bonita. Muevo la mano y sale volando; después cae sobre la hierba.

—Mamá, me alegro de que estés hoy con nosotros. Es divertido —dice Emily.

—A mí también me gusta estar con vosotros —digo.

—¿Te ha enviado don Fantástico docenas de rosas? —pregunta Emily.

—No le he dicho que es mi cumpleaños —miento.

—No tendrías que decírselo —insiste Emily.

—Quiero presentarte a mi tío —dice Harry—. Tiene una casa muy bonita en Santa Cruz y se pasa el día cuidando el jardín. Además, tiene bastante dinero.

—Tendría la vida resuelta —dice Emily, mirando a Harry.

—No quiero que nadie me resuelva la vida. Estoy ganando dinero, y más que voy a ganar. Ya está bien de intentar emparejarme.

Emily deja escapar un profundo suspiro y dirige a Harry una mirada cómplice.

—Mamá, es que no queremos que estés sola.

Así que mientras discuten sobre los grupos de solteros en los que debería apuntarme y las cosas que debería hacer, cierro los ojos y veo los destellos de luz que flotan formando bolitas y desparecen, imaginando que me hundo en el césped, de color verde lima, y recordando a Emily cuando era pequeña ante su mesa de juegos, colocando cuidadosamente las barritas en los agujeros. Su biberón olía a albaricoques y goma.

—Despierta, mamá. Nos vamos —dice Emily.

La noche siguiente estoy en casa, relajándome y viendo *Infieles,* ese espantoso *reality show* sobre unos cretinos que van por ahí en una furgoneta investigando las infidelidades de sus parejas. Cambio de canal, pasando de una reposición de *Doctor Phil* a *El soltero,* sobre unas memas que suspiran por un desgraciado de soltero reciclado. Me sobresalto cuando suena el teléfono, casi a medianoche. Es Lisa.

Me cuenta toda excitada que ha ido con su novio a una cena superelegante de la Federación Judía para recaudar fondos.

—¿Y con quién tengo que toparme sino con un hombre alto y guapo que lleva una tarjeta con su nombre, Marv Rothstein? Estaba con una mujer alta, con pinta de anoréxica, muy joven, pero guapa. Nos presentaron y él hizo como si no me conociera, lo que es absurdo, porque tú le has hablado de mí. Pero bueno, era una cena de esas de mil dólares el cubierto.

—Agarro con fuerza el teléfono—. ¿Por qué no te lleva a ningún sitio el hombre importante?

—No me interesan esas cosas.

—Te recomiendo el feng shui —dice Lisa, bajando el tono de voz—. Te cambiará la vida. Yo estaba hecha un lío, y después de que viniera a casa el del feng shui vendí dos edificios y conocí a Harold. Sí, vale, no es para tirar cohetes, pero me abraza y es coherente. En fin, voy a darte el teléfono del tío este del feng shui. Es increíble, muy espiritual. Te cambiará la vida.

Cuelgo y me pongo a dar vueltas por la casa. Estoy enfadada conmigo misma por haber resistido tanto. ¿Cómo voy a acabarlo? Todavía no he llamado a Marv para decirle algo sobre el sábado, y de repente se me ocurre una idea: ponerme en contacto con Tío Genial, haciéndome pasar por Bailarina Divina, y pedirle que nos veamos al día siguiente por la noche. Entonces podré decirle cara a cara que se acabó lo que se daba. Al menos así se dará cuenta de que sé de qué va.

Muy animada, entro en JDate, pincho en Tío Genial y escribo lo siguiente:

> Mañana por la noche estaré en San Francisco, y estoy loca por conocerte. Eres tan guapo, tan encantador... Por favor, ve a buscarme a la última planta del hotel Mark Hopkins a las siete. Me reconocerás. Llevaré un abrigo rojo largo. Mi verdadero nombre es Natasha.

Dos horas más tarde, a las dos de la madrugada, me contesta.

> Estoy deseando verte. Te espero en la barra.

27

Llego pronto al hotel Mark Hopkins, en Nob Hill. La niebla se ha adueñado de la ciudad y hace un frío que pela. Llevo un abrigo largo rojo, unos zapatos negros de plataforma y una boina roja con un broche, una mariposa de cristal.

La luna está posada en el cielo oscuro como una bola dorada. Los tranvías suben bamboleantes por las colinas, y la catedral de Grace reluce como un sueño blanco.

Aspiro la fría niebla y entro a toda prisa en el hotel. El magnífico vestíbulo tiene techos enormes, muy altos, arañas de cristal y paredes recubiertas de paneles de madera. Subo en el ascensor de cristal abarrotado de turistas hasta la última planta. Cierro los ojos y contengo la respiración.

Las puertas del ascensor se abren a un elegante salón, todo cristal y tonos rojos. Los turistas esperan en fila una mesa. Me pongo detrás de la fila a observar a Marv, que está sentado a un extremo de la larga barra con espejos. Un pianista con esmoquin blanco toca «It Had to Be You», y las parejas se deslizan trazando círculos por la pequeña pista de baile. Del techo cuelgan arañas de cristal como joyas, y por las altas ventanas se ven las estrellas, tan cercanas que casi rozan los cristales.

Mientras observo a Marv, tan elegante con su traje oscuro, mirando con impaciencia su reloj, alisándose nervioso el cabello perfecto con sus largas manos, recuerdo la primera vez que lo vi. Me quedé boquiabierta, y lo mismo me ocurre ahora. Indiferente a su vanidad, a su narcisismo, a sus mentiras, siento un repentino acceso de amor por las heridas de Marv, sus defensas, su engreimiento e incluso sus engaños. Sé que si le hago saber que yo soy Natasha lo humillaré indeciblemente, que pareceré absurda, mezquina, incluso una acosadora. En ese momento comprendo que lo he amado, que siempre lo amaré. Él me hizo un regalo: despertar mi pasión sexual. Cada vez que hacíamos el amor, Marv era como un joven soldado a punto de irse a la guerra, y así es él. Vive cada momento, a su manera.

Sí, lo veré mañana por la noche y le diré que todo ha acabado, pero no le contaré lo de Bailarina Divina. Dejaré que cargue con eso.

Bajo en el ascensor y me meto en un taxi que espera a la entrada.

A la mañana siguiente le envío un correo electrónico a Marv diciéndole que iré a cenar con él el sábado por la noche.

El sábado por la noche Marv y yo estamos cenando en el restaurante North Beach. Parece cansado. Tiene la piel, normalmente aceitunada y radiante, pálida y con manchas. Ha estado hablando de su «viaje de negocios» y del fabuloso diamante amarillo que ha vendido a una estrella del rock. Quiere comprar un piso en Londres.

—Qué bien —digo.

—Estás preciosa, Anny. Radiante. —Al oírlo, sonrío—. Te he echado de menos, Anny. Echo de menos tus rarezas, tus numeritos. Eres maravillosa. Echo de menos tu cuerpo, tu piel —dice, bajando la voz.

—Marv, tenemos que hablar.

Entorna los ojos y emite un profundo suspiro, como preparándose para un enfrentamiento.

—Sé que no te hago el caso que debería. Ya somos mayores, Anny, y todo es distinto. A nuestra edad, lo que hay entre nosotros es algo especial. —Sonríe y me coge la mano—. Sigues siendo la mujer con la que lo he pasado mejor en la cama.

—Se acabó, Marv. Hace tiempo que quería decírtelo, que no me vuelvas a llamar. Por favor, Marv. He sido débil contigo, pero ahora me encuentro en otra situación.

Me aprieta la mano y me mira con nostalgia, como podría mirar un chico a su madre.

—En fin, Anny. Lo que tú quieras.

—No es lo que yo quiera. Tiene que ser así.

Mira su reloj.

—Quiero enseñarte el banco que ha comprado mi decoradora en París, que...

—Marv, se acabó. Me marcho a casa. Cogeré un taxi.

Paga la cuenta y se levanta lentamente, como si pensara que voy a cambiar de idea. Cuando nos dirigimos hacia la salida, sorteando al gentío, da un traspié.

—Cuidado —digo, y lo sujeto de un brazo.

—Debe de ser que he bebido demasiado.

Parece avergonzado.

—Vamos a por un vaso de agua.

Pero es demasiado tarde; se desploma y cae al suelo, con la piel grisácea y los ojos en blanco.

—¡Socorro! —grito—. ¡Por favor, por favor!

—¡Soy médico! ¡Llamen al nueve–uno–uno! —grita un hombre pelirrojo y bajito.

Ordena que se vaya todo el mundo, que dejen sitio. Le quita la corbata a Marv, le abre la camisa y le golpea en el pecho. La cara de Marv está cada vez más gris. Todo ocurre rápidamente; llegan los de urgencias y le ponen una máscara de oxígeno.

Meten a Marv en una ambulancia y yo voy con él. Tiene los ojos cerrados y está casi azul. A cada lado va un sanitario con expresión grave.

Al llegar al hospital Mount Zion lo llevan corriendo por un pasillo y unas puertas se cierran de golpe. Una enfermera me pregunta si soy familia de Marv.

—No, una amiga, pero me gustaría quedarme.

Me lleva a la sala de espera de la UCI y me asegura que me informará del estado de Marv en cuanto lo sepan los médicos.

Me siento en una silla de plástico a tomarme un café sin azúcar. No te mueras, Marv, por favor, me repito sin cesar. No le he dicho que, pase lo que pase, siempre lo querré, que me ha dado algo que no tenía desde hacía tiempo, algo que yo creía muerto. Sus palabras antes de que ocurriera esto ya no importan.

Se abre la puerta y sale una enfermera con una mascarilla alrededor del cuello.

—¿Es usted familiar del señor Rothstein?

—Una amiga.

Parece comprender, pero dice:

—Ha sufrido un grave ataque al corazón. Las próximas veinticuatro horas son cruciales. Los médicos se están encargando de él. A menos que sea usted de la familia, lo mejor será que se marche y que llame aquí mañana.

Mientras me dirijo al ascensor veo a un hombre rubio, alto y guapo a todo correr por el pasillo. Reconozco al hijo de Marv, Maurice, por la foto del salón de su padre. Tiene el mentón firme, la boca alargada y los pómulos prominentes de Marv. Le explico que yo estaba con su padre.

—Eres Anny —dice. Asiento con la cabeza—. Te llamaré en cuanto sepa algo.

Me paso todo el día esperando, pero no llama nadie. Llamo al hospital a última hora de la tarde. Una enfermera me dice que Marv está en el quirófano, que lo están sometiendo a un triple baipás y que lo tendrán varios días en la UCI.

—¿Cuándo puedo verlo?

—Tendrá que llamar a su hijo.

Encuentro el número de teléfono de Maurice en la guía y le dejo un recado: «Por favor, llámame».

Pasan los días, y rezo por la recuperación de Marv. Voy a rezar a la iglesia católica de Saint Mark, en North Beach, y pongo velas a los santos. Siento cierta conexión con el catolicismo, algo que me atrae. Me encantan los rituales, la pompa, los colores y la fe. Cuando llamo al hospital, una enfermera me dice que Marv se encuentra en «estado crítico».

Cierro los ojos y recuerdo el funeral de mi madre. La incineraron y expusieron la caja de cartón dorado con sus cenizas. El rabino contratado sermoneó con voz aguda sobre la vida «maravillosa» que había llevado.

La lluvia azota los cristales de las ventanas. La tarde empapa la habitación y el repiqueteo de las gotas resulta extrañamente reconfortante. La enfermedad de Marv aviva mi compasión por él, y la idea de que pueda morir me asusta. Ha ocupado un lugar importante en mi vida. Para relajarme me preparo para ponerme a pintar. Organizo la paleta y decido utilizar grises, blancos y verdes, un toque de esmeralda. Justo cuando empiezo a pintar suena el teléfono. Es el hijo de Marv.

—¿Cómo está tu padre?

—Ya está fuera de peligro. Lo han llevado a una habitación privada.

—Cuánto me alegro... Es un alivio.

—El doctor Abrams dice que necesitará varias semanas de cuidados y reposo, pero que quedará como nuevo.

Maurice vacila unos momentos.

—Quiere verte, Anny, pero telefonea primero al hospital, por si acaso.

Llamo al hospital a la mañana siguiente; la enfermera me informa de que Marv está débil y cansado, y me dice que no podré quedarme mucho tiempo.

—Si viene a las cuatro, antes de la cena, es buena hora.

Por la tarde hace frío y arrecia la lluvia. Me pongo la trinchera que me llega hasta los tobillos, guardo en el bolso la fotografía enmarcada que le hice a Honey y me dirijo al hospital.

En la sala de enfermeras anuncio que he ido a visitar a Marv Rothstein. Una de ellas me lleva a una habitación en penumbra. Junto a la cama hay una maceta de orquídeas blancas en flor. Me acerco de puntillas a la cama. Marv está acostado, apoyado sobre varias almohadas, con la piel tan blanca como el pelo. Un monitor cardíaco emite pitidos y en la pantalla saltan unas rayas verdes.

—Hola —susurro.

—Hola, mi amor —susurra él.

Tiene profundas ojeras, los brazos salpicados de manchas de la edad y pequeños moratones en una muñeca, donde le han puesto una vía. Lo beso levemente en los labios, que parecen de papel.

—Qué bien hueles —dice, tratando de sonreír.

Coloco la fotografía de Honey en la mesilla, junto a las de su hijo y su nieta, y Marv me da las gracias.

—Me encanta —añade.

—Sé que echarás de menos a Honey.

—Quiero que vuelvas. Te quiero, Anny.

—Te pondrás bien, Marv. Ya verás.

Se le llenan los ojos de lágrimas.

—Los médicos me han dicho que no puedo tomar Viagra. Lo siento. Por eso...

—No pongas en peligro tu salud, Marv.

—Anny, acuéstate a mi lado, por favor.

Me quito las botas y las dejo a los pies de la cama. Me tumbo a su lado, con cuidado de no empujarlo, de no moverlo ni desplazar los tubos. Le aprieto la mano, pensando en lo frágil y absolutamente vulnerable que es. Sus brazos, normalmente bronceados y tersos, están pálidos, y ¿cómo no le había notado las manchas de la edad en la cara? Y las arruguitas alrededor de su boca son mucho más profundas de lo que yo recordaba. Nos quedamos así un rato, sin hablar, cogidos de la mano, oyendo el ruido de las llamadas a los médicos, de las rápidas pisadas de una enfermera por el pasillo. Del viejo radiador sale vapor, y el ruido de la lluvia contra los cristales resulta reconfortante.

—Si me muero, quiero que sepas que te quiero, Anny. No hay nadie más.

—Vamos, duérmete. Volveré mañana.

Deja de llover y la habitación queda en silencio. Me pongo las botas y la trinchera. Me quedo unos momentos observando a Marv, le doy un beso en la frente y salgo de puntillas.

Al día siguiente por la tarde subo rápidamente a la habitación de Marv con una maceta de orquídeas amarillas, pero Marv no está. Voy a la sala de enfermeras a preguntar por él.

—Está en la UCI —dice una enfermera joven en tono cortante—. Ha tenido un paro cardíaco. El médico está con él, y todavía no puede verlo nadie.

—¿Se pondrá bien?

—No sabría decirle. Avisaré al médico de que está usted en la sala de espera.

—Por favor, no lo olvide.

—Sí, señora Rothstein.

—Yo... —empiezo a corregirle, pero cambio de idea.

Me siento en la recepción al extremo de la UCI. La pequeña habitación naranja está vacía. Huele como a café. Hay un televisor con el sonido bajo, en la CNN.

Entra una mujer impresionante, alta, delgada, mucho más

joven que yo, de ojos hostiles azul grisáceo. Se sienta enfrente de mí. Lleva el cabello negro y liso por debajo de los hombros, y unos pendientes de diamantes. La reconozco; es la mujer que vi en la *Gazette* con Marv. Se quita el abrigo y distingo con toda claridad en su muñeca el reloj de oro con pequeños diamantes engastados, el mismo que vi aquella noche en casa de Marv.

Me quedo atónita. Me siento engañada. Marv ha estado mintiendo todo el tiempo. Ayer mismo, en la cama del hospital, me mintió. Es como una de esas cajas lacadas japonesas: cuando crees que has sacado la última, aparece otra. Trato de no mirar, recordando todas las veces que Marv ponía alguna excusa, todas las veces que decía que iba a ver a su nieta o a su hijo, o que tenía una cita con el médico, y noto que me arde la cara.

Entra un médico con bata verde y una mascarilla colgándole del cuello.

—¿La señora Rothstein? —La mujer se levanta—. Debra, el señor Rothstein pregunta por usted —dice.

—¿Se pondrá bien? —pregunta ella.

El médico asiente con la cabeza.

—Venga conmigo.

Corro hacia el ascensor. No siento los pies, no siento nada. Dejo las orquídeas en recepción, con una tarjeta mía, y me voy a casa.

Ver a Debra cara a cara, ver al fin la verdad, que Marv me ha mentido descaradamente, ha sido la gota que colma el vaso. No vuelvo al hospital. Envío unas cuantas tarjetas y llamo al hijo de Marv, que me cuenta que su padre está en casa, recuperándose estupendamente.

Mi último artículo, «El señor X sufre un ataque al corazón», provoca más controversia. La gente escribe diciendo que la mujer no debería dejarlo. Las mujeres dicen que el señor X contrate a una enfermera. Melissa Powell, la agente de Hollywood, sigue llamando a Monica.

Mi nueva serie sobre las mujeres y la discriminación por razón de edad empieza a tener éxito. Un día me entrevista la CBS por satélite, a las tres de la madrugada, sobre las mujeres mayores y el sexo. Digo que el sexo no tiene nada que ver con la edad, que se pueden tener malas relaciones sexuales a los veinte años y estupendas a los cien.

Sigo pronunciándome públicamente contra la discriminación por razón de edad.

28

Esta noche voy a hacer la colada. Con el cesto de la ropa sucia bajo en el ascensor a la lavandería, que está en el sótano, al lado del garaje. Es una habitación pequeña, fría y húmeda, con una bombilla por toda iluminación.

Meto la ropa en la lavadora y me siento en una silla de plástico, con el móvil a mano y la revista *Poets.* Las desvencijadas máquinas hacen un ruido metálico.

—Ah, estás aquí —dice Ryan, con su cesto de ropa—. Te he llamado.

—No sabía que estuvieras en casa.

Le doy un abrazo. Hace semanas que no lo veo, porque ha estado fuera, trabajando en un encargo.

Nos sentamos en la habitación débilmente iluminada y hablamos con el ronroneo de las máquinas como telón de fondo. A Ryan le ha ido muy bien en el viaje y está entusiasmado con su trabajo. Va a reunir en un libro las fotografías con las que ha ganado premios. Cuando se para la lavadora paso mi ropa a la secadora.

—He notificado a la administración que me traslado definitivamente a Sebastopol —dice con los ojos clavados en los míos.

—¿Te vas? No puedes irte. ¿En quién voy a confiar yo?

—¿Y Marv?

—Ha tenido un ataque al corazón, y además ya no nos vemos. Te lo había dicho.

—Ahora querrá que estés con él más que nunca. Espero que no vuelvas a caer en la trampa, Anny.

—Se acabó —insisto.

—Pues yo he tomado una decisión, Anny. Me voy a instalar en mi casa de Sebastopol. Ya no necesito un piso en la ciudad. Viajar más.

Se pone a doblar meticulosamente una sábana con sus manos grandes y fuertes. La secadora está vibrando y temblando. Cuando se para, doblo la ropa y la meto en el cesto.

—Recordarás que te dije que voy a fotografiar las mariposas monarca para el *National Geographic.* El Palacio de las Mariposas es un lugar muy especial. Pocas personas lo conocen. Es un sitio para investigar y admirar la belleza. Me encantaría que vinieras conmigo el sábado. Después podemos ir a mi casa de Sebastopol. Yo haré la cena.

Asiento con la cabeza.

—Me parece una idea estupenda.

—Paso a recogerte el sábado a mediodía.

Vacilo unos momentos, observando la luz que se refleja en el pelo de Ryan, y siento deseos de darle las gracias por estar siempre a mi lado, por escucharme. Después subo a mi casa.

El sábado por la tarde, también un día de viento y frío, Ryan y yo nos dirigimos al Parque de las Mariposas, cerca de la playa de Stinson. El cielo tiene el color del carbón y no hay sol. Unas pequeñas nubes salpican el cielo como bolas de algodón y no parecen moverse. Durante el viaje, Ryan me habla con entusiasmo de la migración de las mariposas, de que les gusta el frío. Sabe mucho de mariposas; conoce sus orígenes, sus costumbres. Le encanta fotografiar pájaros y la fauna silvestre.

La furgoneta de Ryan traquetea por un estrecho camino de tierra que atraviesa hectáreas de rosas de todos los tamaños, formas y tonos imaginables. Se detiene en un jardín como un bosque. En un extremo del jardín hay un edificio alto, como un palacio, con cúpula de cristal y altos arcos. Más allá se divisan colinas ondulantes y un cielo azul, muy bajo. Se oye un repicar de campanas.

—Esto está detrás de un convento —me explica Ryan en susurros.

—Qué tranquilidad hay aquí —digo, agarrándome de su brazo para subir por un estrecho sendero.

—No hagas ruido cuando entremos. Y no toques las mariposas. Ellas vendrán a ti.

Entramos en una habitación con techos como de iglesia y paredes de cristal. Me quedo boquiabierta. Miles de mariposas de todos los colores con enormes alas flotan en el aire. Unas están pegadas a las paredes; otras, posadas en el techo, aleteando. Las alas son de todos los colores y dibujos, algunas como cristal de Tiffany. Si la naturaleza ha hecho algo tan exquisito, ha organizado sus colores y perfiles de una forma tan perfecta, tengo que creer en la existencia de un poder divino.

Mientras atravieso la habitación las mariposas me cubren la ropa, los zapatos. Extiendo los brazos y vuelan hasta mí. Son de una belleza insuperable.

Ryan está de rodillas, con el rostro fuerte y sensible extasiado, haciendo docenas de fotografías. Las mariposas se posan en su pelo, sus hombros y en la cámara.

No soy religiosa, en el sentido de que no creo en ninguna religión organizada. Sí creo en un poder superior que está detrás del universo, y en este momento tengo la fe que tienen las monjas, los niños, el amor. Contemplando una mariposa que se ha posado en mi mano, admirada de su intrincada belleza y su mirada fija, noto que algo ha cambiado en mí, algo que había mantenido oculto. Como si estallara una luz en mi interior, siento una especie de éxtasis, éxtasis ante los misterios de la vida, los momentos exquisitos, una sensación de libertad.

Cuando nos marchamos el día empieza a grisear y la luz del cielo a desvanecerse en la neblina del crepúsculo. Nos encaminamos hacia Sebastopol. Ha sido un día maravilloso, pero cuando nos aproximamos a la casa siento cierta angustia y me pregunto si será buena idea. Solo el ruido de los neumáticos sobre la grava invade nuestro silencio, ese silencio que se prolonga tras haber compartido una puesta de sol, una repentina lluvia o la súbita llegada de la noche, una transformación. Jamás olvidaré la sensación de las mariposas en mi piel, la mirada de sus ojos minúsculos, su forma de alzar el vuelo. Ryan y yo hemos compartido algo maravilloso, algo engastado en los misterios de la naturaleza.

Detiene la furgoneta ante una verja alta y la abre. Seguimos por otra carretera, hasta que vuelve a detenerse delante de una pequeña casa de madera blanca, en medio de la hierba y rodeada de magnolios, madreselva y rosales. Se ha levantado viento y los árboles se balancean. Reina la tranquilidad. Las flores, los árboles, todo está muy cuidado. En medio de la hierba, al viento, noto el espíritu de Ryan.

—Vamos adentro, Anny. Hace frío.

Se nota que en la casa de madera baja vive alguien, con cómodas sillas de madera y sofás multicolores que Ryan ha comprado en mercadillos y arreglado. Junto a una chimenea de piedra hay un cesto de mimbre con leños recién cortados y al lado varios cestos más, llenos de bellotas, hojas secas y piedras raras que Ryan ha encontrado en la playa. Percibo su alma curiosa, de artista, en esas cosas sencillas que ha recogido de la naturaleza. Todo da sensación de vida: libros abiertos en las sillas y las mesas, y objetos de los viajes de Ryan que realzan la sencillez de las habitaciones. En las paredes hay fotografías suyas de artistas que ha conocido por todo el mundo.

—Podrías traerte el portátil y escribir aquí —dice Ryan, poniendo unos leños en la chimenea—. O dibujar. Aquí hay mucha tranquilidad.

—Espero comprarme una casa junto al mar algún día.

—Y lo harás.

Nos sentamos en el césped a tomar café, pan y el queso francés que Ryan ha comprado en una quesería rural cuando veníamos hacia la casa. Hablamos un poco de todo, desde música latina, que nos encanta a los dos, hasta las inauguraciones de exposiciones más recientes, y a veces nos interrumpimos el uno al otro. Ryan tiene su Nikon a mano, y cada dos por tres, sin que yo me dé cuenta, me hace una foto. Me habla de Irlanda, de «la belleza de la hierba, los castillos, la gente...».

—No hay otro sitio igual, Anny.

—Me encantaría ver dónde escribió sus libros James Joyce.

—Pues ven conmigo. Me marcho en primavera. Viviremos en un castillo antiguo, junto al mar.

Tomo un sorbito de café, mientras contemplo las nubes que empiezan a oscurecerse y a moverse ligeramente.

—Debes estar con alguien que quiera pasar tiempo contigo.

—Ryan, es que yo...

—No te estoy pidiendo que te cases conmigo. Trabajaremos, nos dedicaremos a nuestro arte, nos inspiraremos mutuamente.

Guardamos silencio un rato. Observo una ardilla que trepa por un árbol.

—«Debes ser capaz de andar con seguridad por el suelo antes de empezar a andar por la cuerda floja», como decía Matisse. A los sesenta y seis años estoy empezando a tener los pies en la tierra.

—La edad no sabe de números, Anny. Eres quien eres en diferentes etapas de tu vida.

—Para ti es muy fácil decirlo. Solo tienes cincuenta y cinco.

Ryan sonríe y deja que se pose una mariquita en su dedo.

—Mira, Anny. Da buena suerte.

La mariquita salta a la palma de mi mano y se queda allí unos momentos. Pienso en lo bonita que es, en la perfección de su forma. Se pone a andar más deprisa, tratando de escapar, y vuelvo a dejarla en la hierba.

—Venga, Anny, voy a hacerte unas fotos. No andes toqueteándote el pelo ni la cara. Me gusta así, natural, gracioso... Eso es. Sonríe.

Me echo a reír, y el día da paso a la noche.

Un poco más tarde estoy en la cocina con Ryan, sentada ante una mesa alargada de madera de secuoya que ha hecho él. Como telón de fondo suena música de Miles Davis. Ryan sabe que a mí también me gusta el jazz. Está preparando pasta con gambas en los grandes fogones y cortando tomates para la salsa, al tiempo que me cuenta cosas de sus primeros años de vida. Se crió en Irlanda, donde sus padres cultivaban patatas. A los doce años vino a Estados Unidos y vivió con su familia en Los Ángeles. Se pagó los estudios de arquitectura paisajista y de fotografía en UCLA trabajando, y más adelante se licenció en el Chicago Art Institute.

—Nunca hablas de tu mujer —digo, y me doy cuenta de que su estado de ánimo ha cambiado.

—Sarah era maravillosa. Tuvo cáncer y murió a los veintiocho años, pero yo seguí adelante. No me quedaba más remedio —dice, con la tristeza reflejada en los ojos—. Pero vamos a hablar de este día increíble que hemos pasado juntos, Anny.

—Ryan, ¿tú crees que el pasado nos hace ser lo que somos? ¿Podemos evolucionar y llegar a ser personas distintas, o siempre cometemos los mismos errores?

Se encoge de hombros.

—Yo creo que el pasado es un magnífico punto de referencia. Nuestra vida es como una película. Podemos verla, ver qué funciona, qué no funciona. En fin, Anny, vamos a cenar.

Después de cenar en la cocina, tan cálida, nos sentamos junto a la chimenea en unos cojines, a tomar brandy caliente. Ryan pone música cíngara, y guardamos silencio durante un rato, disfrutando la sensual música.

—Nunca olvidaré tu expresión cuando estabas con las mariposas —dice Ryan, apartándome con ternura un mechón de pelo de los ojos.

El viento sacude las ventanas y a lo lejos se oye el retumbar de los truenos.

—Esto es maravilloso —digo, al tiempo que me apoyo en su hombro.

—Tú eres maravillosa —susurra Ryan.

Me toma entre sus brazos y me besa. Al principio me resisto, vacilante, pero él insiste, y yo le beso. El beso se prolonga, tiernamente, y al poco nos besamos enloquecidamente, como adolescentes en celo. Hasta que yo me aparto.

—No debería... No deberíamos...

—Anny, es demasiado tarde. Tenemos que continuar.

Nos besamos con más vehemencia. Me siento excitada y disfruto la pasión de Ryan, lo que me hace sentir. Besa lenta, tiernamente y me acaricia con delicadeza, como le he visto acariciar las rosas o las mariposas.

Me toma de la mano y lo sigo de buena gana al dormitorio.

La habitación está a oscuras, salvo el rayo de luna que ilumina la cama doble. En lugar de sentirme avergonzada me siento llena de vigor y sexualmente viva. El cuerpo de Ryan es duro y joven. Durante un rato no nos movemos, y la luz de la luna recorta la silueta de nuestros cuerpos desnudos. Qué bonito, pienso. Solo se oye el murmullo del viento. Y de repente me siento cohibida, como cuando de pequeña vas a un lugar prohibido.

Hacemos el amor con ternura, en silencio, y es maravilloso. Cuando acabamos, seguimos el uno en brazos del otro.

—Lástima que no fumemos —digo, tratando de romper la tensión—. Es un momento en que encender un cigarrillo llenaría este silencio.

—Ha sido maravilloso, Anny.

—Sí.

Me besa largamente y nos preparamos para dormir. Me abraza con fuerza y al poco se queda dormido, roncando ligeramente. Yo no puedo dormir. Me siento incómoda, de mal humor, como fuera de lugar. Y de repente me pongo triste. Recuerdo la sensación del abrazo de Marv mientras dormíamos, su olor y su manera de dormir, como un niño. Me libro con delicadeza de los brazos de Ryan, alrededor de mi cintura, y me aparto hacia un lado. Me quedo despierta hasta que el amanecer inunda la habitación. Quiero irme a casa.

Por la mañana, cuando me despierto, el sol entra a raudales en la habitación. Ryan está abajo, preparando el desayuno. Estiro los brazos, un poco asustada. Quiero volver a casa lo antes posible. A la luz del día sé que he hecho lo que no debía. No estoy preparada para estar con nadie, y no quiero dar a Ryan falsas esperanzas. No siento la misma pasión que con Marv. Todas esas veces que Marv estaba deseando llevarme a casa, probablemente sentía lo mismo que yo esta mañana.

Me baño y me visto rápidamente y bajo a la cocina. Ryan, solo con vaqueros, está preparando tortillas y café. Me da un abrazo.

—Buenos días, cariño. ¿Te apetece desayunar? He cortado unas rosas para ti. Recuerda que debes cortar los tallos antes de ponerlas en un jarrón...

—Gracias. Son preciosas.

Durante el desayuno hablamos de sus jardines y de los planes que tiene para renovar la casa.

—Podría construirte un estudio junto a los rosales. ¿No sería perfecto, Anny? Un sitio perfecto para que pintaras.

—Tengo intención de comprarme una casa en el campo.

—Quiero enseñarte unas fotografías. —Abre un sobre alargado y coloca con delicadeza varias fotos en blanco y negro de halcones en pleno vuelo.

—No sabía que los halcones fueran tan bonitos —digo, contemplando las fotos con admiración—. Son majestuosos.

—Los halcones son capaces de mantenerse inmóviles en el aire —dice Ryan, y se le iluminan los ojos—. Pueden remontar vientos muy fuertes. —Vuelve a guardar las fotografías en el sobre—. Voy a hacer una exposición con los halcones en una galería nueva de Nueva York. —Yo sigo comiendo en silencio—. Quédate conmigo el fin de semana.

—No, Ryan. Me encantó lo de anoche, pero no es lo que tú crees.

—¿Es por Marv? —pregunta tras un largo silencio.

—No.

Me mira con dolor en los ojos.

—Me siento fatal. Me gustas, de verdad, pero no puedo con más, Ryan. No puedo.

Parece perplejo. Se levanta y friega los platos.

—Había pensado que hoy podíamos ir a dar una vuelta por el pueblo.

—No, Ryan. No somos una pareja así. No podemos serlo. Lo siento.

—Pero anoche...

—Olvida lo de anoche. No debería haber ocurrido —digo, sorprendida ante la dureza de mis palabras.

—Comprendo.

Parece muy dolido.

—No, no lo comprendes. No estoy preparada para estar con nadie de momento. Tengo mi trabajo. Necesito tiempo para mí misma, para mi relación con Emily. No tenía intención de hacerte daño.

Aprieta el borde del sobre, y con sus dedos de artista le quita las arrugas. Me siento mal. Sé que le he hecho daño, y sé cómo se siente. También sé que necesito tiempo para solucionar lo de Marv.

Ryan se levanta.

—No quiero verte durante algún tiempo, Anny. Confiaba en ti. Y me has partido el corazón. Voy a llevarte a casa.

29

—He visto las diapositivas que me enviaste —dice por teléfono Inga, mi marchante—. Me encantan. Te ofrezco una exposición individual en febrero. ¿Estás lista?

—¡Que si lo estoy! Estoy emocionada. Gracias. Llevo tres años trabajando en esta serie de cuadros y cajas.

—Me encantan los cuadros de mujeres con sombrero. Tienen un trazo como el de De Kooning.

—¡Vaya!

Me explica que va a preparar las invitaciones y me pide que le envíe una lista. Sus transportistas embalarán los cuadros y los llevarán a la galería en el camión.

Después de colgar me quedo un rato sentada junto a la ventana. Me siento eufórica. Pienso en todos esos años en los que he fantaseado con una exposición individual. Sí, todo es posible. A cualquier edad lo único que tienes que hacer es creer en ti mismo y trabajar con todas tus fuerzas.

Se aproximan las vacaciones. Tengo un arbolito sobre la mesa de cristal. Lo he decorado con ristras de perlas de plástico y campanitas plateadas. En la copa reluce una estrella de cristal.

No sé nada de Ryan desde la noche que pasamos en Sebastopol. Me entristece, y le deseo lo mejor. A veces lo echo terriblemente de menos.

El día de Navidad cojo el tren ligero hasta Berkeley. Emily y Harry han invitado a una fiesta a varios familiares, amigos y vecinos. El tren se bambolea y tengo que sujetar con fuerza la cacerola de fideos con espinacas y queso que he preparado, así como una bolsa con regalos. Cuando pasa por el túnel, contengo la respiración, rezando para que no se quede atascado bajo el agua. Un hombre grueso sentado a mi lado no para de hablar sobre la última vez que el tren se atascó y la gente quedó atrapada durante horas. Tiene el pelo largo y escaso, y un aliento apestoso.

En la estación de Berkeley bajo a toda prisa el largo tramo de escalera y salgo por la puerta principal. Harry y Fred me están esperando en el todoterreno de Harry, que lleva un jersey de Papá Noel y el cabello negro peinado hacia arriba.

—Aquí está la abuela —digo al entrar en el coche, y doy un beso a Harry.

Adentrándose en el denso tráfico, Harry me cuenta que Emily ha pasado varios días cocinando y preparando platos al horno para un auténtico banquete.

—Es increíble —digo, mientras Fred lame la tapa de la cacerola.

—Está preocupada por ti —dice Harry en tono confidencial—. Nos cae bien Ryan.

—A mí también. Ryan y yo somos amigos —digo en tono alegre.

—Sin ánimo de ofender, Anny, pero le dijiste a Emily que habías pasado la noche en Sebastopol.

—Eso no significa que...

—¡Para ella, sí! —grita Harry—. No se lo cuentes, pero estamos preocupados.

—No tenéis por qué preocuparos. Estoy bien. Me va bien. Soy feliz.

—Quizá deberías registrarte en eHarmony. Veo por televisión esos anuncios de mayores enamorados, y parecen felices.

—Lo que parece es que les han hecho una lobotomía —le suelto—. El amor no es un currículo, es algo que ocurre.

Al fin llegamos a la preciosa casa de Emily y Harry, diseñada por él. Es de acero y cristal, con techos de diez metros, suelo de cemento y una librería empotrada que llega hasta la segunda planta. Situada en medio de un patio rodeado de arces japoneses, tiene un aire de iglesia de cristal.

Emily, con blusa y leotardos rojos y zapatos de tacón abiertos también rojos, me da un abrazo tremendo. La sigo hasta la cocina.

—Qué buena pinta tiene, mamá —dice, cogiendo la cacerola.

Hay un pavo enorme enfriándose en una bandeja sobre una encimera alargada de mármol blanco, y varias bandejas con patés, quesos, ensaladas y boniatos. La mesa alargada de cristal está cubierta con un mantel dorado, con jarrones de cristal cuadrados llenos de rosas blancas y un centro de piñas rociadas de pintura dorada.

—Mamá, juega con Fred. Y dale su muñeco de trapo. Se pone como loco si no lo tiene. Es ese pato amarillo. Y ten cuidado con la escalera. Lo único que nos faltaba era que te cayeras. Harry dice que no miras por dónde vas.

—Lo único que nos faltaba era que te cayeras —repite Harry, que está en la barra, ordenando las botellas.

—¡Harry, no ve bien! —grita Emily.

Mientras Emily termina de poner la mesa, me siento en el suelo con Fred a jugar con el muñeco de trapo hasta que llegan los invitados. Los familiares, amigos y vecinos traen regalos y Harry prepara las copas. Mi tía Zoë, que tiene ochenta años y lleva una diadema de cristal de roca en el pelo de color bronce, se pone a tomar vodka y a «achisparse», como ella dice. Todo el mundo bebe y toma bocaditos de cangrejo con salsa. La música navideña suena a todo volumen, y yo me pongo a bailar «Navidad, Navidad, dulce Navidad» a ritmo de twist con Andy, un vecino con una enorme cresta de mohicano y una camiseta de los Rolling Stones. También se ponen a bailar otros vecinos, contratistas que trabajan para Harry y que han traído regalos y bandejas de comida.

—¡Ay, Dios mío, mi pavo! —chilla Emily—. ¡Fred se está comiendo el pavo!

El pobre Fred está debajo de la mesa zampándose el pavo, y Emily se lamenta llorosa de que ha echado a perder su cena. Harry le arrebata el pavo a Fred; yo le aseguro a Emily que detesto el pavo y que, además, tiene comida de sobra.

—A nadie le va a importar —insisto.

—¡Eres muy malo! —le grita Harry a Fred, y con voz grave y paternal le echa una bronca al pobre perro, diciéndole que «el pavo ha costado una fortuna» y que se han quedado sin él.

Al fin está lista la cena. Todo el mundo se atiborra de guisos y empanadas caseros.

—Pero ¿qué sois? ¿Una panda de gentiles? —grita la tía Zoë—. Venga de luces, árboles, jamones... Uy, uyuy.

—Madre, por favor —le riñe su hija, mi prima Marcia.

—Nos gusta la Navidad —digo—. A mí me interesa más la Navidad que el judaísmo.

—Gentiles —murmura la tía Zoë, con la boca llena de empanada de calabaza.

—¡La hora de los regalos! —grita Emily con un megáfono. Dice los nombres que están escritos en unos papelitos dentro de un sombrero, y todo el mundo abre paquetes y se interrumpen unos a otros a gritos, mientras Fred hace trizas los envoltorios. Observo que algunos regalos son reciclados de los del año pasado. A mí me tocan tres tarros de mermelada, una bufanda odiosa de una prima y un jersey aún más feo con cuello de piel sintética, de mi prima Boo Boo. Emily y Harry me regalan un microondas y una suscripción a la revista de la Asociación Americana de Personas Jubiladas. Intento parecer entusiasmada.

—Ahora podrás vivir como una persona. Deja de calentar cosas en un hornillo, como los sin techo —dice Emily.

—Deja de calentar la comida en el horno —dice Harry, con expresión compasiva.

—Con esto puedes asar patatas —añade Emily.

Acaba la velada. Familiares, vecinos y amigos se ponen en fila para que Emily les llene los tápers con restos de comida. Fred engulle parte de un guiso que ha arrastrado hasta debajo de la mesa.

Después de que Emily y yo recojamos la cocina, me voy a la habitación de invitados, me pongo mi nuevo pijama rojo de franela y me meto en la cama de estilo japonés, tan pegada al suelo que tengo que agacharme mucho. Fred está tumbado a mi lado, con su juguete de trapo bajo una pata.

—Te he traído un ventilador —dice Emily, que acaba de entrar en la habitación—. Sé que si no, no puedes dormir.

Lleva la bata roja de rizo que le he regalado y el cabello, negro y sedoso, suelto hasta más abajo de la cintura. Coloca el ventilador en la mesilla de noche y lo enchufa.

—Estupendo. Así podré dormir.

—Y Harry se ha acercado a Longs y te ha traído las pastillas para la tos que tanto te gustan, las de cereza.

—Qué bien.

Se queda observándome unos momentos.

—Mamá, Ryan es un hombre fantástico, muy interesante, y te quiere. Cásate antes de que sea demasiado tarde. Marv te dijo que te quería porque está en las últimas y no puede tomar Viagra.

—Ya no veo a Marv; o sea, que déjalo en paz. Además, no quiero volver a casarme.

—¿Por qué? —grita, con la cara enrojecida—. ¿Prefieres estar en tu estudio escribiendo y hablando por teléfono con las vagas de tus amigas? Tendrías que consultárselo a tu psicoterapeuta.

—Tú no estás casada —me atrevo a decirle.

—Pero mamá, tú eres vieja, y no quiero que estés sola.

Se queda de pie junto a mi cama, como si esperase una revelación, un cambio. Me muerdo la lengua para no decirle que es ella la que debería casarse y que a qué está esperando. Se despide con un beso y me estira la manta.

—Buenas noches, mamá. Te quiero.

—Y yo a ti.

—Harry te llevará mañana a casa. No queremos que te subas al tren ligero. No ves bien y podrías caerte. Lo único que te faltaba era romperte una cadera.

Nos damos otro beso de despedida y Emily se va al piso de arriba.

Me quedo un rato escuchando los ronquidos de Fred, y pienso que soy afortunada de tener a Emily, a Harry, a Fred, mi vida.

30

Estoy en casa escribiendo «La rabia de la edad», un artículo sobre la ira que desata la edad en la sociedad. Perdida en mis reflexiones, de repente oigo el teléfono, pero no lo encuentro por ninguna parte. Sigue sonando con insistencia, y yo buscándolo. No está en el armario, ni en un bolsillo de mi chaqueta ni debajo del sofá. ¿Dónde lo habré metido? ¿Se me estarán olvidando las cosas más de lo normal? ¿Perderé las llaves? ¿Me dejaré la tarjeta del banco en el cajero automático y después olvidaré el PIN?

Sigo el débil pitido. Está cerca de la cama, pero no debajo. Toqueteo la colcha como si estuviera cacheando a un delincuente. ¡Ya está!

—¿Sí?

—Mamá...

—¿Por qué estás llorando? Dios mío, ¿qué pasa?

—¡Que estoy prometida!

Me quedo boquiabierta. Emily me cuenta con todo detalle que Harry y ella fueron a celebrar su sexto aniversario al restaurante Trader Vic de Emeryville, y que en su galleta de la fortuna decía «¿Quieres casarte conmigo?».

—¡Qué romántico! —exclamo, a punto de ahogarme.

—Harry encargó las galletas de la fortuna. La gente que había en el restaurante aplaudió y nos felicitó. Bueno, mamá, no llores. Harry dice que eres demasiado sentimental.

—Es que no lo puedo evitar. Soy tan feliz...

—Queremos una boda sencilla, solo la familia más cercana. A lo mejor en el lago Tahoe, para poder llevar a Fred. Vamos a casarnos el día de San Valentín.

—Qué buena idea.

Es un alivio que no quieran una boda por todo lo alto.

—Mamá, ¿estás en la bañera?

—¡No!

—Harry dice que tienes la mala costumbre de llevarte el móvil a la bañera. Su tía Rose, que tenía noventa años, se electrocutó. Se quemó entera.

—Emily...

—Mamá, tengo que hacer varias llamadas. Te llamo más tarde. Qué feliz soy, mamá. Quiero que estés conmigo todo el tiempo.

Un día, tres semanas más tarde, Emily yo vamos a David's Bridal a comprar un vestido de novia. Emily está en una plataforma de madera frente a un espejo de tres cuerpos, probándose vestidos. Desde que Harry le propuso matrimonio, Emily y yo hemos pasado juntas más tiempo que nunca. Hemos dedicado horas enteras a elegir flores para las mesas, notas de agradecimiento, libros para que firmen los invitados a la boda, y por último, en Noah, en Berkeley, ensaladas, pan y salmón ahumado para el brunch del día siguiente a la ceremonia. También he pasado horas enteras con Emily y Harry en Macy's, eligiendo platos y cubertería, y me he divertido mucho. Tan perfeccionistas ellos, han dedicado un montón de tiempo a decidir si querían platos cuadrados o redondos, el color de las sábanas, el tamaño de las toallas.

Nos acompañan tres amigas de Emily. Siento ganas de llorar, y todas nos deshacemos en halagos ante cada vestido. Y me acuerdo del día en que estuve en Saks probándome el mío para mi boda, el de estilo Audrey Hepburn, de seda y tafetán, soñando con poner punto final a mi virginidad, mientras mi madre presumía muy contenta delante de la dependienta de que iba a casarme con «un buen partido». Me gustaba complacer a mi madre, pasar largas horas con ella probándome vestidos para lo que ella llamaba mi «ajuar». Para ella el matrimonio lo era todo, el papel que debía desempeñar una mujer, la «posición en la vida» de una mujer, como decía ella.

—Oye, ¿estás despierta? —Emily chasquea los dedos—. Mamá, creo que este es el vestido definitivo. ¿A ti qué te parece?

—Es elegante.

Ese vestido de seda satinada de color marfil sin tirantes realza su figura curvilínea, esbelta y ondula cuando Emily da unos pasos.

—Me hace gorda —dice, poniéndose de lado—. Me sobran unos kilos. —No puedo contener las lágrimas—. ¡Por Dios, mamá! —añade, riéndose—. No me queda tan mal, ¿no?

—Pareces una princesa.

Pasamos varias horas esa tarde eligiendo mi vestido. No puedo gastar mucho dinero, pero me pruebo un montón de vestidos, y como no encuentro ninguno que me guste, vamos a Loehmann's.

La tienda de tres plantas es enorme, con percheros llenos de ropa de todos los diseñadores conocidos. Una planta está dedicada exclusivamente a zapatos y bolsos. Hace mucho tiempo que no voy de compras y estoy animadísima. Emily y yo descolgamos vestidos de los percheros, vamos al probador y los colgamos de los ganchos. El probador, lleno de mujeres medio desnudas que se prueban ropa, apesta a sudor y perfume barato. Me cambio de vestido varias veces hasta que encuentro uno que me gusta: negro, sencillo, corto, de raso, con manga larga y escote cuadrado y bajo.

—Con el collar de perlas de Nana, perfecto —digo, dándome la vuelta ante el espejo que ocupa toda una pared.

—Estás fantástica, mamá —exclama Emily. Está contenta y sonríe—. Me gusta.

—Y a un buen precio.

Vamos a comer al restaurante Mama, el preferido de mi hija. Tomamos hamburguesas en baguette y Coca-Cola baja en calorías. Y sin poder contenerme pregunto a Emily si van a tener hijos.

—No quiero meterme donde no llaman, yo era solo por...

—No estoy segura, mamá. Me da miedo pensar en un embarazo.

La expresión de Emily cambia, de alegría juvenil a seria reflexión.

—Emily, siento no haber estado más contigo cuando eras pequeña, pero eso no significa que tú vayas a ser mala madre. Perdóname. Yo no quería...

Me coge de la mano, con los negros ojos llenos de lágrimas.

—Mamá, tú no me planchabas la ropa, ni hacías galletas ni me preparabas la comida para el colegio... y, vale, guardabas mis sándwiches en el congelador, y después los metías en mi cartera y estaban empapados. Pero te vestías de bruja en Halloween y jugabas conmigo. Me enseñaste a pintar con los dedos. Eras una madre mágica.

Seguimos comiendo, sin hablar durante unos momentos. Me pongo sentimental, y pienso que ojalá pudiera retroceder en el tiempo y criar a Emily, no ser esa madre indiferente pero siempre enfadada que no hacía mucho caso a esa niña tan maravillosa. Pero el cariño y la lealtad de Emily son un regalo, y no quiero echar a perder el día con mi repentina tristeza. Así que después de comer nos dirigimos a la zapatería.

31

Entre escribir, pintar y los preparativos de la boda estoy más ocupada que nunca. He enviado un correo electrónico a Ryan para contarle que Emily y Harry van a casarse. Llevaba años confiándole mis temores de que Harry nunca le propusiera casarse a mi hija. Ryan me envía otro correo diciendo que está encantado y que les enviará un regalo, así que quiere su dirección.

En medio de todo el lío llama Monica. Me dice que la agente de Hollywood, Melissa Powell, ha encontrado productor para hacer una película con los artículos del señor X. Monica ha hablado con ella largo y tendido.

—Va a llamarte. Tú habla con ella, a ver qué te cuenta —me recomienda Monica—. ¡Quién sabe! Pero una película le vendría estupendamente al periódico.

—De acuerdo. ¿Por qué no?

Y unos minutos más tarde llama Melissa. Tiene esa voz atropellada tan neoyorkina, con un leve acento del Bronx. En primer lugar me dice lo mucho que le gustan los artículos del señor X y me cuenta que hay un señor X en su vida.

—Mohamed tiene casi sesenta años y se cree que por regalarme un Rolex de imitación le pertenezco. Lo lleva claro —exclama, y me echo a reír—. En fin, llevo tiempo asediando a Monica. Me encanta tu estilo en la discriminación por razón de edad, me rechifla el señor X. Me imagino esos artículos como película.

Espero a que continúe.

—Hay un importante productor que está interesado. Bruce Samson es fabuloso —dice, bajando la voz, y lo repite en tono reverente: fa-bu-lo-so—. Tiene dinero y poder para hacer lo que hay que hacer. Pollas —añade, como sin dirigirse a nadie—. Eso es lo que son todos, una polla. Pero le encanta, le rechifla el proyecto.

—Ajá. Suena bien.

Melissa suspira. Oigo timbres de teléfonos de fondo.

—Pero no puede vender gente de sesenta a los estudios.

—Entonces ¿por qué le interesa mi proyecto? —pregunto, molesta.

—Nos encanta la relación entre el señor X y la narradora, pero ella tiene sesenta y cinco años. ¿Y si le pusiéramos cincuenta y ocho?

—¿Como esas amas de casa petardas con extensiones de cabello? No, me temo que es imposible. Bastante escandalosa es ya la discriminación por razón de edad para convertir obras basadas en la realidad en memeces de ficción.

Melissa vuelve a suspirar.

—No, si yo entiendo tu punto de vista. ¡Oye, que tengo cuarenta y siete, y ya me hablan de la jubilación! Pero hablaré con el productor, a ver qué puedo hacer.

—Vale. Muy bien.

—Ya te contaré. Te aseguro que quiero que este material caiga en buenas manos. Los temas son muy serios.

—Estupendo, Melissa.

—Los estudios no tienen huevos. Tardaron décadas en hacer *No es tan fácil*, pero es una película que no llega hasta el fondo. El señor X es el típico relamido con mucha labia. Le horroriza la edad. A ella la quiere pero la utiliza porque piensa que es demasiado vieja.

—Sí, sí —digo, y me doy cuenta de que está en lo cierto—. Bueno, hablaré con Monica. He de pensármelo. El verdadero señor X está enfermo y seguramente se siente fatal, así que me gustaría tener el control creativo sobre el proyecto...

—¿Y eso qué más te da, cariño? —me suelta Melissa—. ¿Haría él lo mismo por ti? Anny, las cadenas de televisión quieren gente de veinte años, y esto es para una película, o sea, que no compliques demasiado las cosas.

—Yo lo hago así o de ninguna manera.

—Tengo que salir pitando, pero hablaremos pronto. *Ciao*!

Esa misma tarde viene Emily. Trae una caja con las respuestas de asistencia a la boda. Hago té de albaricoque y ella pone en un plato, con un cuchillo muy fino, la tarta de limón que acaba de preparar.

Sentadas a la mesa de cristal, separamos las tarjetas de quienes pueden y no pueden asistir a la boda. Emily está radiante, con el cabello hasta la cintura, con una expresión en los ojos como cuando ganaba premios de salto de obstáculos en hípica. Con un rotulador amarillo prepara cuidadosamente la lista de los asientos en el restaurante. Mientras me explica quién es quién en la lista de los familiares de Harry recuerdo las últimas semanas, los preparativos de la boda.

Me he empeñado en correr con los gastos, así que va a ser algo sencillo en el restaurante de Trader Vic, donde se prometieron. Se celebrará en la terraza y después habrá una cena. Me encantaron las semanas que pasé con Emily buscando la tarta. Fuimos a muchas pastelerías, y probamos, hasta que Emily se decidió por Schubert, la más antigua de San Francisco, famosa por su nata montada auténtica y su bizcocho de fresa. Compramos uno de catorce pisos adornado con rosas de color rosa, la flor favorita de Emily.

—Bueno, mamá, de momento, ciento diez.

—Caray.

—Todos los familiares de Harry vienen de Nueva York y de Jersey.

—Estupendo.

—Por supuesto, mi padre ha enviado una tarjeta en la que dice que no puede asistir. —Emily se muerde el labio inferior—. Seguramente es por Conchita. Esa tiene miedo de que yo me lleve aunque sean diez centavos.

—Emily, sé que tu padre te quiere. No te preocupes ahora por eso. Él se lo pierde.

—Mamá, he quedado con Megan para que nos arregle el pelo en el hotel antes de la boda.

—Ah, qué bien.

—Tienes que cortarte un poco ese cabello.

—A mí me gusta largo.

Reímos.

—Mamá, me pareces guapísima. Yo solo quiero verte...

—Feliz —concluyo—. Pues soy feliz por ti.

—Mamá, esto es tremendo, ¿verdad?

Nos damos un abrazo superfuerte.

32

Es la tarde antes de la boda, y llegan la familia de Harry y los invitados que viven fuera de la ciudad. Nos juntamos todos en el recibidor, dándonos besos, murmurando «ahora somos familia» y repitiendo lo felices que nos sentimos. Emily, radiante y vestida de rojo, presume de su anillo de compromiso, de diamantes, y Harry, con su camiseta de Harvard, enseña fotografías de Fred.

—¡Pero es un perro! —dice la tía Frieda con voz cascada—. ¡Chicos, lo que necesitáis es un niño!

—¡Por favor, Dios mío! —dice la tía Zoë, que lleva un traje pantalón rosa y el cabello escaso, cobrizo, con un enorme cardado.

—Un perro no tiene nada de malo —dice Joe, un tío de Harry.

Me encantan los padres de Harry. Lil es enérgica y divertida, menuda, con el pelo abundante, oscuro con mechones grises, los ojos hundidos de color avellana y la nariz como la de Harry. Aaron es alto, esbelto, con una mata de pelo gris con pico de viuda muy pronunciado y los ojos marrones, agudos y penetrantes. Lleva pantalones cargo verdes y zapatillas de baloncesto blancas. Con su acento neoyorquino se jacta de andar quince kilómetros todos los días y cuenta historias de la Segunda Guerra Mundial, de cuando recibió una herida de bala y salvó la vida haciéndose el muerto. Lleva una gorra con lucecitas. «Así veo de noche», dice. Sus enormes bolsillos están llenos de chismes que encuentra en las calles de Nueva York y que después vende. Es dinámico y graciosísimo. En cierta época trabajó en el vodevil. Me cae estupendamente.

Al cabo de un rato todos se van de compras o a hacer sus cosas. Paso el resto del día con Emily, recogiendo flores para la boda, ramos de rosas de color rosa que llevamos a Trader Vic, y comprobando que han enviado la tarta. A última hora de la tarde volvemos al hotel a prepararnos para la celebración.

El restaurante es bonito, tan oscuro que apenas se ve nada, pero literalmente flota sobre la bahía. Los barcos de pesca están iluminados y las luces proyectan destellos naranjas sobre el agua. Hay cincuenta invitados sentados alrededor de una enorme mesa en forma de herradura, bebiendo y comiendo chuletas, pescado y pasta. Todo el mundo pronuncia discursos a los que nadie presta atención. Emily y Harry, radiantes y besándose como locos, presiden la mesa. Aaron, con traje oscuro, cuenta más historias de la guerra. Seymour, un primo de Harry, se pone a pronunciar un prolijo discurso sobre su búsqueda en internet de una mujer como Emily.

—Buena suerte —susurra la tía Zoë—. Se cayó de cabeza cuando tenía diez años, y está chiflado.

Doris, una tía de Harry, ha bebido demasiado vino y ronca estruendosamente.

—¡Ponedle una manta encima! —vocifera Aaron.

—Lil me ha dicho que escribes una columna sobre un vendedor de diamantes de setenta años demasiado aficionado al sexo —dice Blossom Cohn, una prima de Harry. Es rubia, con la cara afilada y demasiado bronceada, y lleva un jersey blanco con cuello de barco muy abierto.

Me cuenta que Noah, su marido —y señala a un hombre con mala pinta, de pelo blanco, dientes demasiado blancos y también demasiado bronceado—, es productor.

—Ah, estupendo —digo.

—Es un pez gordo, el productor que manda en Paramount. Está buscando cosas. Envíame tus columnas. Noah les dirá que hagan una película.

Sin darme tiempo a decirle gracias, pero no, me vuelve la espalda. La tía Belle, que a sus ciento un años sigue jugando a los bolos, se queja de la comida.

—Lo único que me faltaba era una intoxicación alimentaria. La última vez que me comí una gamba acabé en el hospital con tubos en el gaznate.

—Mamá, come y calla —dice su hijo, un hombre que parece enano y que está encorvado sobre el plato.

—Maury está en bancarrota —dice una mujer delgada y pelirroja con un gigantesco peinado. Tiene Parkinson y está atada a la silla.

—¿Qué sabrán los médicos? —dice Arnold, un tío de Harry. Me da la paliza hablándome de su hijo Louis, que es un genio con un coeficiente intelectual de 160—. Era un canijo, los médicos no sabían qué hacer con él, y ahora hay que verlo: mide uno ochenta.

Nate, un tío de Harry, da unos golpecitos con la cuchara en un vaso y se pone en pie.

—Tenemos una famosa columnista en nuestra familia, nuestra querida Anny Applebaum, autora de *Los diarios del Viagra.* Quiera Dios que gane una fortuna. —Todos aplauden—. ¡Viva el Viagra! —grita.

—Hoy en día hacen maravillas —dice la tía Zoë.

Una vez en la habitación, me preparo para acostarme. Sigo despierta durante lo que me parecen horas. Estoy demasiado nerviosa para dormir. Mañana es el día de San Valentín, y sin poder evitarlo recuerdo los últimos meses, cuando esperaba las penosas llamadas de Marv y maquinaba cómo retenerlo. En comparación con mi felicidad actual, esos escasos momentos con Marv me parecen endebles, grises. Siempre había pensado que el amor romántico me daría la felicidad, pero ahora mismo saber que Emily es feliz y que estoy haciendo un trabajo que me encanta me proporciona una gran satisfacción, una increíble paz interior que no había conocido nunca.

Cierro los ojos y recuerdo a Emily cuando tenía diez años. Está en clase de gimnasia, dando volteretas laterales, y sus largas piernas giran como ventiladores. Emily subida a un taburete de madera, haciendo pan de plátano en latas de café, plantando flores en tazas con dibujos. Su arbolito de aguacate está creciendo detrás del alféizar de la ventana...

Hora de dormir.

Faltan unos minutos para la boda. Lil y yo estamos en Trader Vic, esperando en el guardarropa con Emily a que nos avisen para salir a la terraza. Lil, preciosa con un vestido de raso gris y un collar de perlas, le habla a Emily del día que se casó con Aaron, hace cincuenta y cinco años. Entra la tía Pearl, vestida de satén rojo y con un pasador de cristal de roca en el cabello.

—Solo vengo a echar un vistacito— murmura.

Aprieta a Emily contra su enorme pecho y le cuenta su boda, hace cincuenta años.

—Jamás te vayas a la cama enfadada —le recomienda con voz ronca de fumadora.

—Tú tenlo siempre en ascuas —le recomienda mi prima Linda, con los grandes ojos de color avellana llenos de lágrimas de nostalgia.

—¡Que Emily tiene cuarenta y dos años, y él cincuenta y uno! ¡No son ningunas criaturitas! —dice la tía Pearl.

—Emily sabe muy bien qué tiene que hacer. Y quiere a mi hijo —suelta Lil, que lleva un ramillete de rosas blancas, regalo de Harry.

Llama a la puerta el jazán Feldman.

—Es la hora —anuncia.

—Vamos, es la hora. Vámonos todas —dice Lil, y sale después de dar un beso a Emily.

Miro unos momentos a mi hija con su ramo nupcial de rosas blancas, un último recuerdo de soltera. Está preciosa, con una cola de caballo sujeta con rosas blancas, el rostro radiante, y me pongo sentimental. Casi se me olvida que los zapatos nuevos de satén negro, con un tacón de ocho centímetros, me están matando, por no hablar de la rodilla, que empieza a hacer de las suyas.

—Mamá, ya estás llorando —dice Emily, mordiéndose el labio inferior.

—Pareces una diosa.

—Ya me lo has dicho unas cinco veces, mamá.

—Es que no puedo evitarlo. Eres mi niña pequeña y estás tan guapa...

—Tengo que contarte una cosa, mamá. Estoy embarazada.

¿He oído bien? No puedo hablar durante unos momentos. Es esa sensación de cuando algo te pilla totalmente desprevenida. Me siento como si flotara en el aire, alto, muy alto.

—Deja de llorar, mamá. Se te está corriendo el rímel. Vas a ser abuela.

—¿Cuándo? —consigo preguntar, abrazándola.

—Estoy de cinco semanas. No queremos que hoy se entere nadie. Pensarán que nos hemos tenido que casar deprisa y corriendo, y no es así. Habíamos decidido casarnos antes. Así que no digas nada.

—No me extraña que estés radiante.

Nos abrazamos y yo sigo llorando, limpiándome el rímel, alisándole el vestido, hasta que vuelven a llamar a la puerta y el jazán Feldman nos recuerda que ya está listo.

Emily y yo lo seguimos, cogidas de la mano, por la larga alfombra roja hasta la terraza, donde los invitados están sentados, en sillas alquiladas para la ocasión. Se está poniendo el sol, se ha levantado viento y el mar brama. Pasamos lentamente junto a los invitados, que susurran: «Qué preciosidad. *Mazel tov.* Buena suerte». Emily me suelta la mano y se coloca con Harry bajo el palio nupcial de guirnaldas de rosas. Yo me pongo junto a ellos, con Aaron y Lil.

Mientras Harry y Emily pronuncian los votos, una bandada de pájaros queda suspendida en el aire. A mi lado está Lil, que me tiene cogida de la mano. La brisa alborota la cola del vestido de Emily y lo levanta ligeramente, y la luz del crepúsculo cae sobre el agua gris, como arena plateada.

Intento concentrarme en el momento, en este poderoso momento de amor, de juramento de amor eterno, y pienso que voy a tener un nieto. Y mientras pronuncian «hasta que la muerte nos separe», al fin me doy cuenta de que el amor vincula a la vida, comprendo que es lo único que importa. Y en este momento, el de la boda de mi hija, me siento plena, completa.

—Aquí estoy, una persona distinta de ti, pero dispuesta a fundir mi vida con la tuya —dice Emily, mirando a Harry a los ojos.

—Te amo, pero no te poseo —proclama Harry, con una kipá de satén morado en la coronilla.

—Nuestro matrimonio nos permitirá crecer, amarnos cada día con renovado entendimiento —recita Emily, mirando a Harry con adoración.

—¡Yo os declaro marido y mujer! ¡Puedes besar a la novia! —vocifera el jazán Feldman.

Harry y Emily se besan, y los invitados gritan: *«Mazel tov!»*.

Tía Zoë arroja pétalos de rosa, el tío Nate, monedas, que recogen los niños, mientras el fotógrafo hace fotos. Los pinchadiscos ponen música y los camareros sirven bebidas. Los invitados, en fila, van llenando sus platos de salmón, ensaladas y comida china en los mostradores al aire libre. Todo está precioso: los corazones confitados en cada mesa, las rosas fucsia que hemos colocado Emily y yo en jarroncitos cuadrados.

Saludo a los invitados; muchos de ellos son amigos míos.
—Cariño, estás estupenda con ese vestido —dice Janet.
Va de rojo, por el día de San Valentín, y lleva el pelo recogido en un moño francés y salpicado de cristalitos de roca. Paul, su nuevo novio, baila con nosotros. Es guapo, con el pelo blanco y rizado y bondadosos ojos azules. Parecen felices, y enamorados.
Bailo con Aaron una canción movidita. Aaron se agacha y se levanta y hace piruetas, presumiendo de haber ganado concursos de *jitterbug*.
Me echo a reír.
—Eres muy gracioso. Y bailas muy bien.
—Pues tú no lo haces nada mal —dice, haciéndome girar.
La música se para un rato. Los invitados van al bufet y forman grupitos. Yo me siento a una mesa para recuperar el aliento y sacar del bolso el brillo de labios para refrescármelos un poco. Cuando suena mi móvil, pienso que será que en el Trader's Vic han encontrado la pulsera de perlas que me ha desaparecido.
—Hola, Anny. Soy Marv.
Sujeto el teléfono con fuerza.
—¿Qué tal estás?
Me late el corazón muy deprisa.
—Mejor que nunca —contesta Marv muy animado—. Quería darte las gracias por tus tarjetas.
—No puedo hablar, estoy muy liada. Emily y Harry se han casado hoy.
—Ah, enhorabuena. Bueno, había pensado si podríamos vernos para cenar o algo...
—No, no lo creo. Tengo que marcharme, Marv. Buena suerte.
Cuando cuelgo me siento un poco mareada, la misma sensación que siempre he tenido al oír la voz de Marv, pero me recuerdo a mí misma que todo ha acabado y que lo que realmente siento es compasión, y otro sentimiento que nunca

desaparecerá. Es increíble. A veces te vinculas a la persona que no debes, pero el vínculo se mantiene para siempre. Al mirar hacia atrás, comprendo que Marv ocupó un lugar en el viaje que me ha traído a donde estoy ahora.

La noche avanza muy deprisa, la luz se vuelve oscuridad rápidamente, todo gira, como las luces. Un nieto, no paro de repetirme, y como si algo hubiera despertado en mí, se produce un cambio. Por primera vez en mi vida me siento como si estuviera en otro sitio y mi pasado ocupara su verdadero lugar. La música, la felicidad de la noche, y bailo, bailo tanto que se me hinchan los pies y me quito los zapatos, y bailo *swing* con Janet y después con Paul. Llega la hora judía, y Emily, Harry y yo juntamos las manos con los invitados y damos vueltas por toda la habitación, tan deprisa que me falta la respiración. Los familiares mayores, con andadores, siguen sentados a las mesas, batiendo palmas y cantando.

Cuando suena la «Canción de boda hawaiana» se vacía la pista de baile y Emily y Harry bailan muy juntos, mirándose.

Cesa la música. Sacan la tarta de boda y Emily y Harry la cortan, mientras todos gritan: «¡Pedid un deseo!».

Después todo sigue igualmente rápido. Harry me pide el último baile. Me dice al oído que les va a contar a sus padres lo del niño al día siguiente, en el brunch.

—Te quiero, Harry.

—Yo también te quiero.

Damos vueltas y más vueltas y me siento mareada, mareada y feliz. Tras varios bailes más se encienden las luces. Es hora de marcharse, hora de poner el recuerdo en el álbum de fotos.

Los familiares se pelean por los centros de mesa. Los que no son de la ciudad prometen volver a verse a la mañana siguiente en el brunch, tocan madera y dan besos al aire.

Emily envuelve un trozo de tarta en una servilleta de papel.

—Mamá, guarda esto en el congelador. Te lo comerás en tu boda.

Cuando vuelvo a la habitación es más de medianoche. Sumerjo los pies hinchados en la bañera, mientras revivo mentalmente la boda, todos y cada uno de los detalles, los momentos maravillosos que pasan rápidamente, como recuerdos que intentan encontrar su sitio en un álbum. Me repito una y otra vez que voy a tener un nieto y siento alegría, una alegría inmensa, y doy gracias a Dios por tener una segunda oportunidad de poder ayudar a criar a un niño.

33

Es la tarde de la inauguración de mi exposición. La galería está abarrotada. Yo me he quedado un poco apartada, bebiendo vodka a palo seco y observando a la gente. Por los altavoces sale música cubana, palpitante y sensual. Llevo un vestido negro de seda de mangas largas y ceñidas y escote bajo, ovalado, y unos zapatos de plataforma con tiras de cristal de roca en los tobillos; además, como la mujer de mi cuadro *Mujer fuera de la caja*, un ramillete de rosas blancas sujetándome el moño en la nuca.

Llegan Emily y Harry. A Emily se le nota un poco el embarazo y está muy atractiva con un vestido negro holgado y un collar de perlas. Lleva el cabello recogido en una bonita cola de caballo con una peineta de cristal rojo en forma de mariposa que le regalé. Harry va muy elegante, todo de negro, y sujeta con fuerza la mano de Emily. Lleva el abundante pelo muy corto, y se le ha ondulado. Le va muy bien en el trabajo. Recientemente le han concedido un premio por una casa que diseñó en las colinas de Berkeley.

—Mamá, tus cuadros son para morirse de bonitos. Y estás increíble con ese vestido. Me encanta tu pelo.

—A mí me gusta *Chica con perro* —dice Harry, con un brillo en sus ojos de color avellana—. Son Emily y Fred.

Asiento con la cabeza.

—Le he puesto una pegatina roja. Es vuestro.

—Gracias. Es fantástico —dice Harry.

Emily sonríe.

—Mamá, estamos orgullosos de ti. —Mira mi copa—. No bebas demasiado.

Nos abrazamos. Los miro mientras se mezclan con la gente y pienso en lo emocionada que estoy porque tendré un nieto. Hay tantas cosas con las que ilusionarse... Estoy impaciente. Además, me he marcado muchas metas nuevas. Me siento llena de alegría. La edad es solo quien eres y significa vivir la vida plenamente.

La música sube de volumen. Hay unos jarrones altos con exóticas flores de color carmesí que ha puesto Inga. De repente empieza a entrar gente en auténticas hordas. Me encanta ver a pintores y escritores con los que fui a la universidad. Llegan Janet y Paul, y Lisa y John. Nos abrazamos dando saltos.

—Tu obra es para morirse, cariño —dice Janet.

Lleva una chaqueta naranja fuerte con hombreras al estilo de los años cuarenta, una falda corta y unos tacones, el cabello suelto, en ondas, y unos pendientes de cristal de roca en forma de corazones hasta los hombros. Paul me felicita con gentileza.

—Voy a comprar *Dama de negro* —dice Lisa, que se ha puesto un abrigo de ante malva fantástico, ajustado, y unos zapatos de tacón muy alto—. Tu obra me parece maravillosa, Anny. ¿Verdad, John? Me siento muy orgullosa de ti.

—Enhorabuena —dice John. Es de constitución menuda y lleva una chaqueta de tweed marrón.

—Aquí hay unos hombres fabulosos, cariño. Deberías intentar algo —dice Janet.

—No le interesa. Tiene su carrera —replica Lisa, y mira a Janet.

—Pues los tienes a mano, cariño —dice Janet guiñándome un ojo—. Ve a por todas.

—Esta noche lo tengo todo. Os quiero mucho, chicas.

—Me vas a hacer llorar —dice Lisa.

—Nos llamamos mañana, cariño.

La multitud va aumentando, una mezcla de asiduos a las galerías que conozco, periodistas de varios periódicos, pintores jóvenes con camisetas de Mickey Mouse y cuellos de piel sintética, y coleccionistas pudientes que miran los cuadros rápidamente como si sus breves miradas fueran a hacer la historia del arte. Me alucina ver un punto rojo en *Natasha está fuera* y otro en *Musas*, un cuadro de mujeres flotando.

Cuando miro los cuadros veo los años en cada uno de ellos. Otra vida, pienso. Otra montaña que escalar. Y me siento plena, por primera vez. Ahora sé quién soy. Sé que hay nuevas montañas que subir, que me espera un nuevo viaje.

—Su pintura es muy poética —dice una mujer bajita con un chal de Hermès enorme alrededor de los estrechos hombros.

—¿Y eso de las cajas? —pregunta una mujer que está junto a *Chica con perro.*

—A mí que me den los limones de Cézanne —dice el hombre que está a su lado.

—¡Al! ¡Cézanne pintaba naranjas!

—Naranjas, limones... ¿qué más da? —dice el hombre, encogiéndose de hombros.

—¿Anny? Sam Stein.

Al darme la vuelta veo a un hombre bajo con cara de rana.

—Sí, te conozco.

Es un coleccionista de arte de renombre y también patrocinador de películas de arte independientes. Lleva una ropa escandalosa, un traje verde y un sombrero también verde que le oscurece la cara de queso y los ojos como puntitos.

—Me interesan mucho tus cuadros.

—¿De verdad?

Asiente con la cabeza.

—Me gusta *Chica en una caja* y la serie de *Tras la red.* Son excelentes. —Señala el cuadro de dos metros de una mujer que salta de una caja—. Me gustan las cajas. No se parecen a nada que haya visto. Reflejan el alma.

—Sí, exacto.

Sigue hablando, sobre una película que ha patrocinado, basada en los diarios de una pintora del siglo XVII llamada April Bourgeois.

—Pintaba mujeres atrapadas en cajas. Es asombroso, pero tus pinturas encajan con sus descripciones del aislamiento, de sus tentativas para escapar. Describe las emociones que veo en tu obra.

—Vaya, es increíble. O sea, que ella también era rara —digo riéndome.

—Lo raro es bueno —replica Sam, y su alargada boca como de goma se estira sobre unos dientes pequeños—. Como April Bourgeois, tú eres capaz de reflejar en tus cuadros el malestar, la tristeza, la introspección. —Parece ponerse de mal humor—. Patrocinar es un asco. Si un artista es famoso, los coleccionistas son capaces de comprar hasta un pañuelo suyo lleno de mocos. A esos petardos se les cae la baba ante un ladrillo o un trozo de cuerda. —Reprimo una carcajada ante su comentario—. Yo compro obras de artistas desconocidos antes de que se hagan famosos. ¡Por cierto! Sé que escribes *Los diarios del Viagra.* Me encanta lo irreverente. Me gusta el señor X. Es un canalla.

—Todos los hombres tienen algo de señor X.

Suelta una carcajada estridente, como un ladrido.

La galería está hasta los topes. Me siento animada por el vodka y la música cubana, palpitante y ardiente.

—Volveré cuando no haya tanta gente. Voy a comprar tus cuadros para la película sobre April Bourgeois, pero quiero verlos con más calma.

—Pues espero noticias tuyas.

Me tomo otra copa. Al levantar la vista veo a Ryan junto a

la entrada, mirando a su alrededor, como si me estuviera buscando. Me emociona que haya venido, pero de repente siento una punzada de culpabilidad.

Cuando me ve corremos a saludarnos. Me quedo pasmada, boquiabierta. Está guapísimo, todo de negro, con el pelo largo y rizado. Nos damos un fuerte abrazo.

—Cuánto me alegro de verte —le digo, con mi cara muy cerca de la suya—. ¿Cuándo has vuelto? Estás morenísimo —añado muy nerviosa.

Se encoge de hombros.

—Llevo aquí un par de semanas. Estuve en Italia, nadando en la Gruta Azul. Y he hecho unas fotografías fantásticas.

—Vaya, la Gruta Azul. Yo estuve allí cuando tenía dieciocho años. El agua es como terciopelo azul...

Se pone a mirar *Las nadadoras,* un cuadro de tres metros que está detrás de nosotros. Las mujeres se lanzan al agua, sus cuerpos pálidos en el aire, el pelo revoloteando a la espalda.

—Anny, tu obra ha evolucionado. Es... mágica. No dejes de pintar. He visto estos cuadros en diferentes etapas.

—Sí, es verdad. Como me has visto a mí, en diferentes etapas. Me siento mal por la última vez que estuvimos...

—Anny, eso es el pasado. Hoy es el futuro. —Me mira fijamente, con sus ojos inteligentes—. Los cuadros son tu consumación. —Mira su reloj—. Bueno, tengo que marcharme. Deja que te haga una foto delante de *Las nadadoras.* Eso es. Sonríe. A ver, esa maravillosa sonrisa tuya. —El flash suelta un fogonazo—. Te la enviaré.

—Ryan, yo... me alegro mucho de verte...

—Me marcho muy temprano. A Irlanda. Volveré en verano. Pensaré en ti, Anny. —Me besa la mano—. Y acuérdate de la bolita verde de la caja. Las cosas cambian.

Observo cómo se pierde entre la multitud. Me alegro de que haya estado aquí y me reconforta que aún le importe nuestra amistad. Sé que volveré a verlo algún día, y de repente se atenúa mi sentimiento de culpa por haberle hecho daño. Es un amigo maravilloso y valoro lo que hubo entre nosotros.

Voy a buscar otra copa y me pongo a hablar con Monica, que lleva un vestido morado. Está con un tipo bastante agradable, de unos cuarenta años, delgado y con una enorme mata de pelo negro, un nuevo editor del periódico.

—Es fantástico, Anny —dice Monica—. Quiero comprar *Chica de rojo.*

—Es un regalo. Por todo lo que has hecho.

Se le saltan las lágrimas. Nos damos un abrazo y prometemos hablar pronto.

—Mañana envío el artículo siguiente —digo, y le lanzo un beso al aire.

Me abro paso entre la gente, parándome a saludar a los que conozco, los chicos de Starbucks, parejas que viven en mi edificio, incluso a algunos de los mayores de sesenta que he entrevistado. Me llena de satisfacción ver mi vida alrededor. La gente empieza a marcharse y al final solo quedan unas cuantas personas. Voy a buscar a Inga, que está en su despacho. Me dice que Sam Stein ha comprado tres cuadros y que volverá mañana.

—Estupendo. Sam me cae bien.

—*Natasha* se ha vendido —dice Inga sonriendo.

—¿Quién lo ha comprado? —pregunto.

Inga mira las facturas que hay encima de su mesa.

—Un tal Marv Rothstein.

—¿Ha estado aquí?

—Sí, como a la una de la tarde. Dijo que había leído lo de la inauguración en el *Chronicle.* Pasó un buen rato mirando los cuadros. Está muy interesado en tu obra.

Inga enciende y apaga las luces para indicar que la inauguración ha acabado.

Me abrocho la capa de terciopelo negro. Ya es casi medianoche. Inga me da un montón de invitaciones y el póster de *Natasha* que tiene al lado de la mesa. Lo enrollo y le pongo una goma.

Fuera, la luna está blanca y el aire helado. Decido andar hasta el final de la manzana y coger allí un taxi. Atravieso el aparcamiento que hay detrás de la galería. Las farolas dibujan bandas alargadas de tenue luz gris sobre la acera, y mis tacones resuenan en medio del silencio. El cielo está cuajado de estrellas. Estoy deseando llegar a casa para reflexionar sobre esta noche maravillosa.

—Hola, Anny.

Me doy la vuelta. Marv está junto a su coche. Nos quedamos mirándonos unos momentos. Lleva un abrigo negro, largo, y en la oscuridad su cabello plateado resplandece.

—Estás preciosa, Anny.

—¿Te encuentras bien? —le pregunto tras un largo silencio—. Ha pasado mucho tiempo.

Asiente con la cabeza.

—He vendido mi negocio. He dejado de trabajar.

Las lámparas proyectan una luz gris poco favorecedora sobre su hermoso rostro, y parece más encorvado, más viejo, como encogido por la edad, en una situación en la que no quiere estar, una parte de su vida que no tolerará, ni para sí mismo ni para sus mujeres.

—Me alegro de que te hayas recuperado y de que te vaya bien —digo en voz baja.

Marv sonríe.

—Tu exposición es increíble, Anny. La vi esta mañana.

—Sí, me ha dicho Inga que has comprado *Natasha*.

Parpadea, como reflexionando.

—Es asombroso cómo lo has organizado todo. —Recuerda cuando vio los lienzos a medio terminar en mi casa—. No me había imaginado... es increíble. —Guarda silencio unos momentos—. Me gusta el señor X. He leído tus artículos.

—Pero está basado en ti. ¿No te importa?

—Es un tío juvenil... enrollado. —Mira su reloj—. Anny, por favor, tómate una copa conmigo. Tengo algo que contarte. Me voy mañana a París y necesito hablar contigo.

—Ya hemos hablado.

—Pero ahora es distinto.

Me coge de la mano.

—¿Vas a París con Debra?

—Ya no veo a Debra. —Se sube el cuello del abrigo—. Quiero que vengas conmigo a París. Me marcho mañana a mediodía. Tengo un billete para ti.

—No puedo. Ya no te quiero de la misma manera. Ahora es distinto.

—Quiero casarme contigo, Anny.

—Si no eras capaz de un compromiso que durara más allá del lunes por la noche, ¿cómo vas a casarte conmigo?

—Ahora es distinto. Estamos en el último tramo de nuestra vida. Anny, tienes sesenta y seis años, ya cerca de los setenta. Nos queda poco. Somos mayores, y ¿cuánto crees que puede durar tu carrera? No tires el amor por la borda.

—Tú lo tiraste por la borda hace mucho tiempo. Ya no me interesas de la misma manera. Voy a ser abuela, y tengo metas para el futuro y nuevas posibilidades. Nunca había sido más feliz. La edad no tiene nada que ver con el futuro.

Marv parece estar tomando una decisión.

—Nos casaremos en París.

Me doy la vuelta y echo a andar. Cuando Marv pronuncia mi nombre no me vuelvo. Aprieto el paso, mientras las estrellas arrojan luz sobre la oscuridad. Los tranvías se deslizan por los raíles en Market Street, y los músicos callejeros tocan sus instrumentos, agazapados en las esquinas. Mañana es un nuevo comienzo. Siempre lo es. Cada día es nuevo y excitante.

Paro un taxi y me siento detrás. Y mientras sube por las

colinas contemplo la miríada de estrellas que parpadean y relucen plateadas como un broche de diamantes, una auténtica maravilla. Cómo son las estrellas, Dios mío. Y de repente veo una que se separa de las demás. Cambia de rumbo y se eleva en el firmamento.

Agradecimientos

Un agradecimiento muy especial a mis yernos, Gary Osterman, por su constante ayuda y por escucharme, y Henry Unger. A Patti Axelrod, por su apoyo y su ayuda inagotables para llevar esta novela a Hollywood; a los productores Wendy y Alan Riche, por su confianza. A Marlene Levinson, por su amistad incondicional y su fe en mí. A Aaron Kaplan, Patti Felker, Chris Abramson y Olga Vezeris por su gran ayuda en el extranjero, así como a Matthew Carlini. A Bradly Bessey, Frank Sanchez, Gabriel Bessey Sanchez y Alan Rinzler, los primeros que confiaron en este proyecto. Mi eterno agradecimiento a David y Kathy Lerner. A Jerry Astrove, Donald Alex, Bill Bowker, Sue Lakin, estupenda escritora y editora, a la doctora Janine Canan y al doctor Phyllis Koestenbaum, Rose Wang, al doctor Bill Smith, a la doctora Arlene Keller, al doctor John Chan, Sydney Williams, que me ayudaron a comprender; a la doctora Jane Melnick, la doctora Tara Cortez, por su ayuda y su confianza, a Riki Rafner, y a mis antiguos alumnos de la Universidad Estatal de San Francisco, sobre todo a Marsha Michaels, Cathy Fiorelli, Francee Covington, Sue Woods, Vivian Zetlin y Norma Kaufman. A Barry Miller, David Weiner, Pammy Mittle, Judy Camp, Jeffrey Flatgaard, Steve Saroyan, Susan Savage, Diane Rosenberg, Robert Rose, Andy Altman, Mia Stageberg, Mira Paskinov, Michelle Spitz y a Barbara Brenner, por nuestra imperecedera amistad, y a Judy Cohn por su risa. A Laurie Marshall, Marilyn Schneider, Marsha Mayer, Pat Andrews y Baseball Mary. A Eileen Williams, Barry Miller y David Weiner por su continua ayuda. A Bill Zbowker, David Dahl, Suzanne Spitz, Patti Felker, Chris Abramson y Wendy Knecht.

Un agradecimiento muy especial a mi musa, Lycia.